もふもふと むくむくと 異世界漂流生活 8

キねこ

neko

んた

Mukumuku to
uryuseikatsu

CONTENTS

第87話　死屍累々の朝とのんびりホテル生活　019
第88話　トレーニングと内緒の話　033
第89話　お祭りまでのあれやこれや　050
第90話　祭り一日目と参加者紹介！　072
第91話　初日はのんびりレース観戦だ！　091
第92話　激闘の三周戦！　107
第93話　シルヴァの呟き　120
第94話　表彰式とお疲れ様な翌日　126

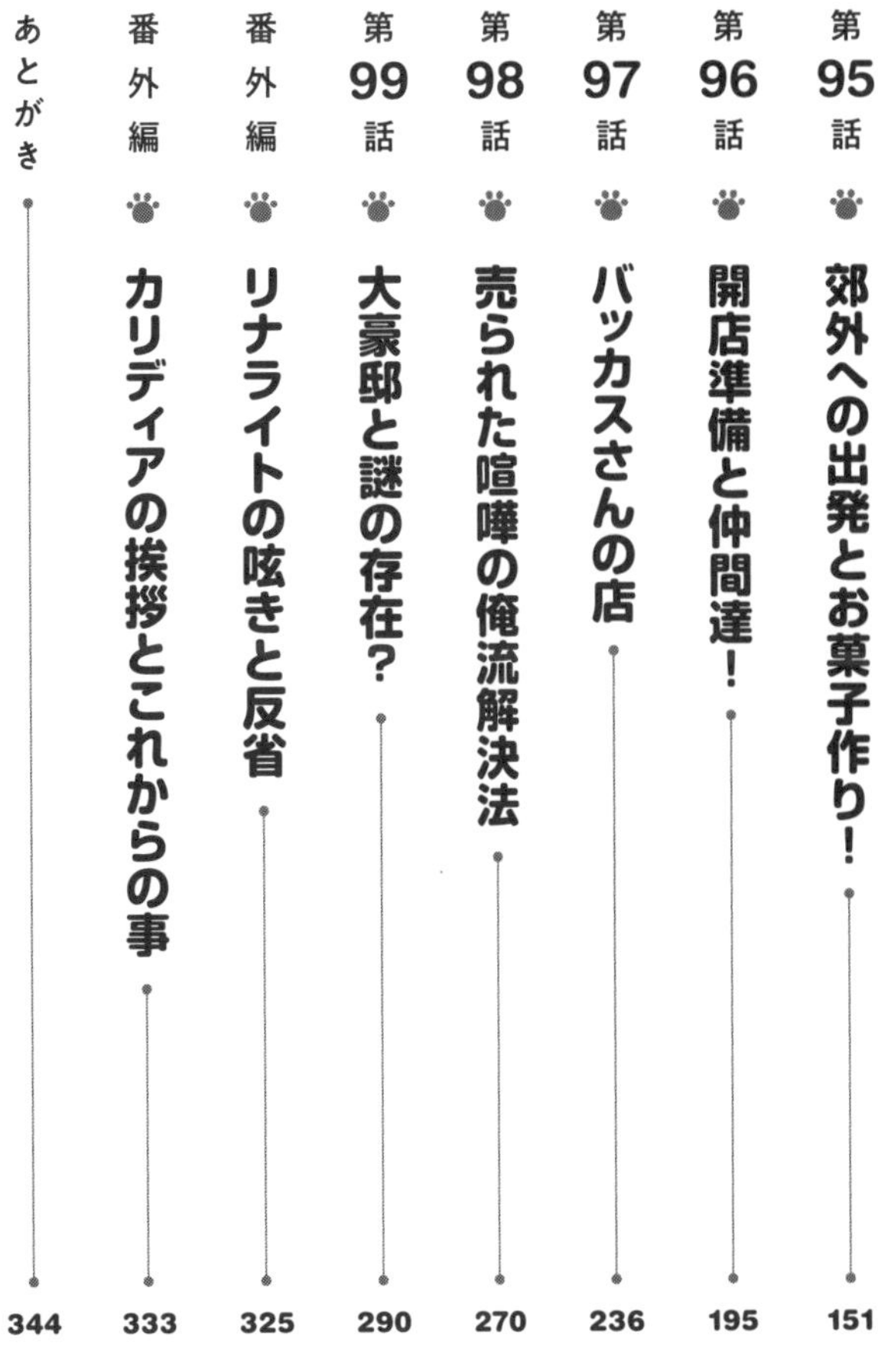

第95話 郊外への出発とお菓子作り！ 151
第96話 開店準備と仲間達！ 195
第97話 バッカスさんの店 236
第98話 売られた喧嘩の俺流解決法 270
第99話 大豪邸と謎の存在？ 290
番外編 リナライトの呟きと反省 325
番外編 カリディアの挨拶とこれからの事 333
あとがき 344

Mofumofu to Mukumuku to Isekai hyouryuseikatsu

CHARACTERS

シャムエル
（シャムエルディライティア）
ケンたちを転生させた大
雑把な創造主。
リスもどきの姿は仮の姿。

ケン
元サラリーマンのお人好
しな青年。
面倒見がよく従魔たちに
慕われているが、ヘタレ
な所もある。

ハスフェル
（ハスフェルダイルキッシュ）
闘神の化身。
この世界の警備担当。
身長２メートル近くある
超マッチョなイケオジ。

ニニ
ケンの愛猫。
一緒に異世界転生を果
たし、魔獣のレッドリンク
スになった。

マックス
ケンの愛犬。
一緒に異世界転生を果
たし、魔獣のヘルハウンド
になった。

グレイ
（グレイリーダスティン）
水の神様。
人の姿を作ってやってくる。

シルヴァ
（シルヴァスワイヤー）
風の神様。
人の姿を作ってやってくる。

ギイ
（ギーベルトアンティス）
天秤と調停の神様の化身。
普段はハスフェルに似た
見た目だが様々な姿に
変化できる。

オンハルト
（オンハルトロッシェ）

装飾と鍛冶の神様。
人の姿を作ってやってくる。

エリゴール
（エリゴールバイソン）

炎の神様。
人の姿を作ってやってくる。

レオ
（レオナルドエンゲッティ）

大地の神様。
人の姿を作ってやってくる。

マーサ

クライン族。ハンプールで不動産屋を営む。元冒険者。

クーヘン

クライン族の青年。
ケンに弟子入りして魔獣使いになった。

シュレム

怒りの神様。
小人の姿をとっている。
怒らせなければ無害な存在。

マギラス

ケンの料理の師匠。
ハスフェルとギイの元旅仲間。現在は高級料理店店主。

バッカス

ドワーフの上位冒険者。ランドルの相棒。

ランドル

テイマーの上位冒険者。かわいくて甘いもの好き。

ラパン

ケンにテイムされたブラウンホーンラビット。ふわふわな毛並みを持つ。

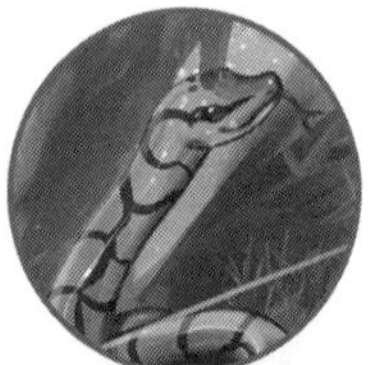

セルパン

ケンにテイムされたグリーンビッグパイソン。毒持ちの蛇の最上位種。

ファルコ

ケンにテイムされたオオタカ。背中に乗ることもできる。

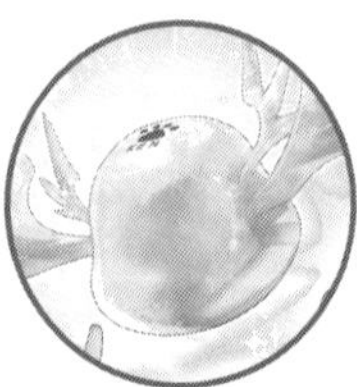

アクアゴールド

アクアやサクラ、スライムたちが金色合成した姿。いつでも分離可能。

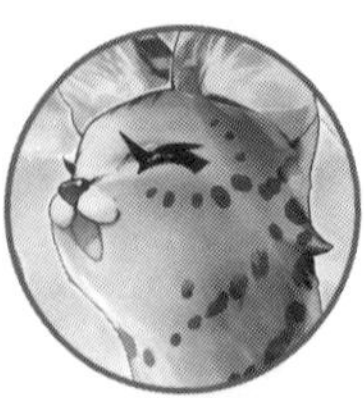

ソレイユ

ケンにテイムされたレッドグラスサーバル。最強目覚まし係。

コニー

ケンにテイムされたレッドダブルホーンラビット。垂れ耳のウサギ。

プティラ

ケンにテイムされたブラックミニラプトル。羽毛のある恐竜。

アヴィ
（アヴィオン）

ケンにテイムされたモモンガ。普段はケンの腕やマックスの首輪周りにしがみついている。

エリー
（エリキウス）

ケンがテイムしたハリネズミ。防御が得意。ケンの鞄の外ポケットにいる。

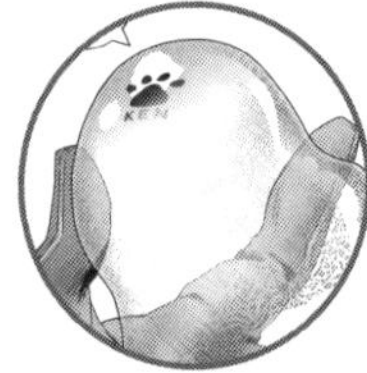

クロッシェ

ケンがテイムした超レアスライム。国の懸賞金がかかっている。

ヒルシュ

ケンがテイムしたエルク（鹿）。アルビノで立派な角を持つ。

フォール

ケンにテイムされたレッドクロージャガー。最強目覚まし係。

ティグリス

ケンがテイムした虎。亜種で猫科の中で最強といわれている。

メイプル

ケンがテイムしたセキセイインコ。ファルコ、プティラと共に「お空部隊」を結成。

ブラン
（ブランシュ）

ケンがテイムしたキバタン。ファルコ、プティラと共に「お空部隊」を結成。

ローザ

ケンがテイムしたモモイロインコ。ファルコ、プティラと共に「お空部隊」を結成。

ヤミー

ケンがテイムした雪豹。前のご主人の影響で鶏ハムが大好き。

セーブル

ケンがテイムした熊。前のご主人の記憶をしっかり持っている。

マロン

ケンがテイムしたカラカル。耳の房毛が特徴的。

テンペスト/ファイン

ケンがテイムした狼。狼コンビで同じ群れだった。

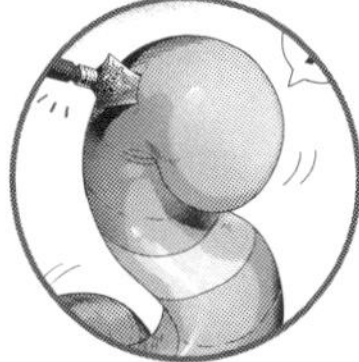

ウェルミス

イケボな巨大ミミズ。大地の神レオの眷属。

フランマ

カーバンクルの幻獣。最強の炎の魔法の使い手。

ベリー

ケンタウロス。賢者の精霊と呼ばれており、様々な魔法が使える。

タロン

ケット・シーの幻獣。普段は猫のふりをして過ごしている。

STORY

秋の早駆け祭りに参加しようとハンプールに向かうと、前回優勝した経緯から案の定大騒ぎになりケンたちは郊外に避難した。

ランドルが魔獣使いになれるようテイムを手伝うことになり、猛獣ばかりの一帯で虎、サーバル、狼と次々にテイムしていく。

ランドルの従魔の数が五匹を超え、目標をクリアしたところで超巨大な熊と遭遇、ハスフェルら神の化身ですら苦戦する。

なんとか倒せそうな目途がたったとき、熊の放った一言から前の主人の記憶を持つ元従魔だったことにケンが気付いて、熊を説き伏せそのままテイムしてしまう。以前の名前を引き継ぎセーブルとして、ケンの従魔となった。

さらにセーブルと同じような境遇の雪豹を偶然にも鶏ハムで引き寄せ、押しかけられるような形でケンの従魔とした。イレギュラーなテイムの連続であった。

バッカスの開店資金集めを兼ねた狩りを続ける間に、ケンはマギラスのレシピをもとにデザートづくりに挑戦、スイーツプレートを完成させてみんなで美味しく平らげた。

料理を仕込み続けていると、ケンを狙った謎の襲撃者二人組が現れる。あっさり撃退するが、指名手配犯だと判明、ギルドに突き出すためにハンプールへ戻ることになった。

ギルドマスターからの要望で祭りまでホテルに缶詰となったケンたちは、ホテルでも魔獣使いの紋章登録ができるとわかり、ランドルの紋章授与の儀式を見守る。

ランドルのオーバーリアクションに盛り上がった後、新たな魔獣使いの誕生を祝って大宴会、

酔いつぶれるまで飲んだのだった。

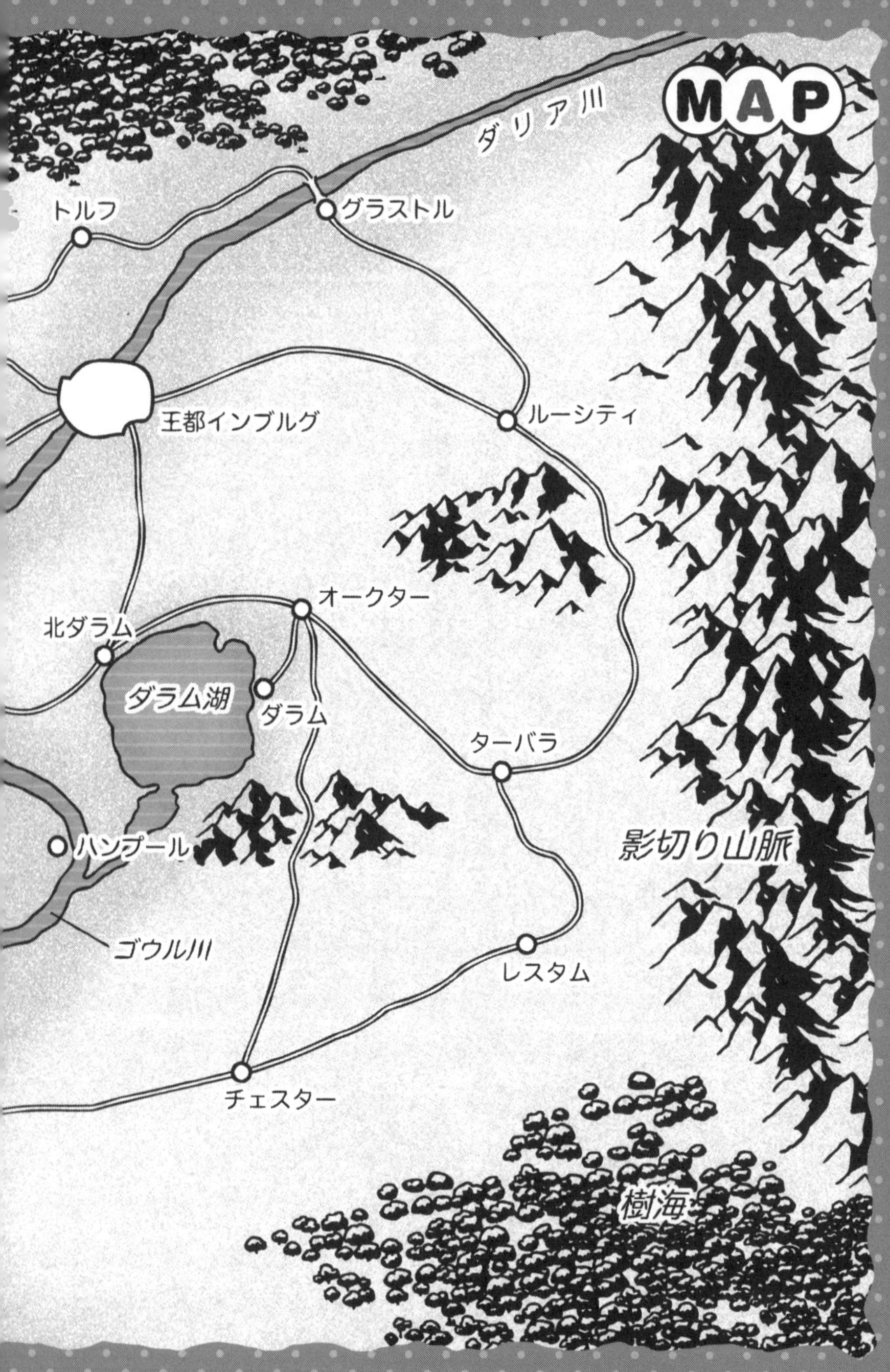
MAP
ダリア川
トルフ
グラストル
王都インブルグ
ルーシティ
オークター
北ダラム
ダラム湖
ダラム
ターバラ
ハンプール
影切り山脈
ゴウル川
レスタム
チェスター
樹海

バイゼン
セントリム
ルーステラ
グラス
ウォルス
ホーマ
リーワーフ
北アクスヒル
イスラ
北オウマ
南オウマ
南アクスヒル
北グラスダル
南グラスダル
カルーシュ
カデリー
西アポン
東アポン
ハンウィック
ターポート

第87話　死屍累々の朝とのんびりホテル生活

ぺしぺしぺしぺし……。
ふみふみふみふみ……。
ふみふみふみふみ……。
ふみふみふみふみ……。
カリカリカリカリ……。
つんつんつんつん……。
チクチクチクチク……。
こしょこしょこしょこしょ……。
ふんふんふんふん……！
ふんふんふんふん……！
ふんふんふんふん……！

「うう……起き……」

いつもの従魔達総出のモーニングコールに起こされた俺は、返事をした瞬間、酷い頭痛に襲われて悶絶した。目は全く開かず、頭を思い切り殴られているかのような激しい痛み。何だ……これ？

ザリザリザリ！

ジョリジョリジョリ！

ぼんやり考えていると、いきなり首筋と耳の後ろを舐められて俺は悲鳴を上げた。

「うわあ、ちょっと待った！」

逃げるように転がると、何故か絨毯が顔面に当たって結構痛かった。

「うう、待って……頭が割れそう……」

そう呟くと、呆れた声が耳元から聞こえた。

「いい加減に起きたら？」

「……シャムエル様？」

「そうだよ。誰も起きないから、死んだかと思って本気で心配したのに」

「人を勝手に、殺すなって……ってか誰も起きないって、ドユコト？」

何とかそう尋ねるもまだ目は開かないし、頭も相変わらず酷い痛みだ。

「ご主人大丈夫？　美味しい水、飲む？」

耳元でサクラの声が聞こえる。

さすがはサクラ。俺が欲しい物をよく分かってくれている。でも起きられない。

「しょうがないですねえ」

笑ったセーブルの声が聞こえた直後、俺の体は誰かに引き起こされ、即座に左右をしっかりとした柔らかな体が、倒れないように支えてくれる。

おお、何故か全身もふもふ感満載だぞ。何だこれ？

「はい、どうぞ」

「おう、ありがとうな。ああ、美味い！」

気配りの出来るサクラが、蓋を開けて渡してくれた水筒を受け取る。一口飲むなり体中に水が染み渡るのを感じ、思わずそう叫んで残りの水をゴクゴクと飲み干した。

さすがは神様仕様の美味しい水。霞んでいた目も見えるようになったし、頭痛もほぼ無くなった。

そしてその時、俺はようやく自分の状態に気が付いた。

何故か上半身素っ裸で床に座り込んでいる。その状態で背中をセーブルに、左右を巨大化したティグとヤミーに支えられていた。

何この、幸せパラダイス空間。

もふもふを満喫しながらぼんやりしていたら、頭の上に現れたシャムエル様に思いっきり額を叩かれた。

「いい加減に起きなさい！」

「痛い！　そのちっこい手で叩くと痛いんだってば！」

額を押さえて悶絶しながら抗議する。

「はあ、やっと起きたね」

座った俺の膝に現れたシャムエル様が、嬉しそうに頬をぷっくらさせながら俺を見上げて笑う。

ああ、頼むからそのぷっくらな頬を俺に突っつかせてくれ。

さっきと違う意味でまた悶絶していると、複数の呻き声が聞こえて飛び上がった。


「……何だ、これ？」

そう呟いた俺は、悪くないと思う。

広い部屋には、巨大化してそれぞれのご主人に寄り添う従魔達と、床に転がって爆睡しているハスフェルとギイとオンハルトの爺さん、それからランドルさんとバッカスさんがいた。

そして何故か全員が、俺と同じく上半身素っ裸。


「思い出した。昨夜、めっちゃ飲んだんだ。ワインに始まりウイスキーのボトルを開けて、大吟醸を一升瓶サイズで出されて……それからどうなったっけ？」

「大吟醸の瓶が空になった頃に、白ビールと黒ビールのどっちが美味しいかって話で盛り上がって立て続けに両方で乾杯して、それからケンが樹海のお酒を出したらバッカスが大喜びして飲み出して……その後の詳細、聞きたい？」

笑いながらのシャムエル様の言葉に、首を振って上半身裸になった自分の体を見る。

「で、これはどうして？」

「事の起こりはハスフェルとギイが筋肉自慢をしていたんだ。そこにランドルとバッカスが乱入したところで何故か全員服を脱ぎ出して、誰が一番格好良くポーズを決められるかって言い出したの。それで順番に机の上でポーズは取るし、窓にぶら下がって懸垂や、椅子に足を絡めて腹筋までし出

して、もう完全にカオス状態だったんだよ」

笑ったシャムエル様の言葉に俺は違う意味で頭を抱えた。最初以外全く記憶に無いよ。

「いやあ、一晩で百年分くらいは笑わせてもらったね。最後は全員酔い潰れて床で寝ちゃったら、巨大化した従魔達が添い寝してくれたんだよ」

「おう、皆ありがとうな。おかげで風邪もひかずに起きられたよ」

幸せパラダイス空間から何とか立ち上がった俺は、駆け寄ってきた従魔達を順番に撫でさすっておにぎりにした後、洗面所へ行ってとにかく顔を洗って身支度を整えた。

まだ床に転がって寝ているハスフェル達を起こして洗面所へ追い立て、散らかった部屋を見回す。部屋中に空瓶、ナッツやクルミの殻が散乱しているし、机と椅子の位置も俺の記憶にあるのとは場所も向きも違う。そして謎の物体が部屋にあるよ。
「ううん、この柱にシーツをぐるぐる巻きにして結んであるのは、何か意味があるのか？」
腰ぐらいの高さにあるソレを見て首を傾げていると、肩に現れたシャムエル様がいきなり笑い出した。
「それは君がやったんだよ。俺の腹筋を見ろ～！　って叫んで、持ってきたシーツをそこに結んで、膝から下を隙間に差し込んで空中腹筋を始めたんだ。それを見たハスフェルが、ドアの上側に膝を引っ掛けて同じように空中腹筋を始めて、ギイはオンハルトに肩車されて、そのまま肩の上で腹筋し始めるし、ランドルとバッカスは二人揃って高速腹筋！　とか叫んで、椅子に足を引っ掛けても の凄い速さで腹筋し出して、挙句に気分が悪くなって洗面所に駆け込んでいたの。本当に酔っ払い って何するか分からないよね」

大爆笑しつつ教えてくれたんだけど、そんな記憶は全く無い。

話している間に、スライム達が散らかった部屋をあっという間に片付けてくれた。

「ああ、これは俺が出した樹海の酒か。あれ？　まだ半分以上残っている。へえ、もうかなり飲んだと思ったのになあ」

見覚えのある大きなガラス瓶を手にそう呟く。

「ああ、それは増加の術が付与されている瓶だからね。時間が経てば中のお酒の量は元に戻るよ」

「何、その増加の術って？」

驚きの説明にシャムエル様を振り返る。

「文字通り入れてあるものが増える珍しい術だよ。それ、完全に中身を空にしなければ、時間が経てばまた増えるからね」

おお、そんなレアアイテムは樹海では絶対に貴重だろうに、知らなかったとはいえ気軽に貰ってよかったんだろうか？

内心で大いに焦っていると、笑ったシャムエル様に頬を叩かれた。

「樹海にいたリューティスは、その貴重な増加の術の使い手の一人なんだ。彼にしてみれば、その程度の術の付与は手慰み程度だから気にしなくていいよ」

まさかの言葉に、驚きつつ手にした樹海の火酒が入った瓶を改めて見てみる。

「じゃあ質問だけど、例えばこの瓶から中身を全部取り出して別のお酒を入れたら、今度はその酒が増えるのか？」

それなら、大吟醸とかも入れてみたい。

若干の期待を込めてそう尋ねると、呆れたように俺の顔を見たシャムエル様に鼻で笑われた。

「どうせ、別のお酒を入れて増やしたいとか思ったんでしょう」

図星だったので、笑って誤魔化す。

「残念だけど、中身が空になった時点で増加の術は強制解除されちゃうから、もう増えないよ。その瓶で増えるのは、あくまでも彼が術を付与した時に入っていたその火酒だけだよ」

成る程。術を付与した時に入っていた中身が増える対象だから、空になった時点で強制解除か。

逆に言えば、一滴でも残っていれば永遠に飲めるって事か。

心の中で、樹海でこれをくれたリューティスさんに改めて感謝したよ。

「なんだ、まだ飲むつもりか？」

背後から聞こえたハスフェルの声に振り返る。

「迎え酒か？　やめてくれ。幾ら何でも、もう無理だよ」

笑ってそう答えて、樹海の火酒は収納しておく。

「じゃあ、朝昼兼用になったけどお粥で良いか？　それともいつも通り？」

「お粥をお願いしま～す」

全員揃った返事に吹き出し、鞄に入ってくれたサクラから師匠特製の海老団子粥と大根と人参の雑炊の入った大鍋を取り出してやった。

だけどその前に俺は、ベリーと草食チーム用に、果物の入った箱を部屋の隅に置き、すっかりいつもの大きさに戻った従魔達には、ハイランドチキンの胸肉を取り出して大きく切り分けてやる。

もちろん、全員の従魔達にあげたよ。

それから最後に、鶏ハムを一切れヤミーの前に置いた。

「ヤミーにはこれだな」

大きく喉を鳴らしたヤミーは、嬉々として鶏ハムに齧り付いた。

「しっかり食べろよ」

手を伸ばして小さなその頭を撫でてから、俺も自分の食事をする為に椅子に座った。


食事の後、午後から俺は、ホテルのスタッフさんと一緒にマックスとニニの様子を見に行ったり、皆で、部屋に置いてあったボードゲームで遊んだりして楽しく過ごした。

作り置きの夕食を食べた後は、もう早めに休ませてもらう事にした。

「待った！　全員俺の上に乗るのは無しだぞ。せめて俺が寝返りを打てるスペースは残してくれ」
ベッドに駆け上がった猫族軍団に慌ててそう言い、順番におにぎりの刑に処する。
「ええ、ご主人にくっついて寝たいのに〜」
もの凄い音で喉を鳴らしながら、ソレイユとフォールが文句を言う。

「俺が寝返りを打てる場所を空けておいてくれって。分かったか？」

「分かった～～」

完全に脱力しながらの返事なのでやや信頼性に欠けるが、まあ言質は取った。

笑ってもう一度全員を順番に揉みくちゃにしてから、俺はベッドに潜り込んだ。

足元に、中型犬サイズになったセーブルが来て転がる。

「ご主人の足程度なら、蹴っても大丈夫ですからね」

何故か嬉しそうにそう言うので、気にせず腹の上に足を乗せてみる。

「おお、良い感じの硬さだ」

笑ってそう言い、少し考える。

「なあ、セーブル。こっちに来てくれるか」

枕元を叩いてそう言うと、すぐ側まで来てくれる。

「ここ、ここに今みたいに横になってみてくれ」

枕をどかせてそう言うと、セーブルがいそいそと言われた場所に横になる。

「それで俺が、ここで寝る」

使っていた枕は腰の段差を埋めるのに使い、セーブルの腹の辺りに上半身を預けて横向きに寝てみる。

「おお、これは良い感じだ。よし、部屋のベッドで寝る時には、セーブルを枕担当に任命する！」

「はあ～い、お任せくださ～い！」

嬉しそうなセーブルの返事に俺も笑い、胸元に飛び込んできたタロンに抱きつく。

背中側には巨大化したラパンとコニーが定位置につき、足元にはティグとマロンが大型犬サイズになって並んで収まり、スライム達がその上から毛布をかけてくれた。

ソフトボールサイズのスライム達は、部屋のあちこちに好き勝手に転がる。

狼達とソレイユとフォールは、ベリーのところへ行ったみたいだ。

「では消しますね。おやすみなさい。良い夢を」

優しいベリーの言葉に、俺は多分返事をしたと思う。

だけど横になって目を閉じると、すぐに気持ちよく眠りの国に旅立ってしまったのだった。


翌朝、気持ちよく目を覚ました俺が見たのは、枕役のセーブルと抱き枕役のタロン以外の全員が大型犬サイズになって、何故か俺を中心に円陣を組んで寝ている謎の図だった。

どうやら寝返りを打てる場所を確保してくれって言った結果、こうなったらしい。巨大キングサイズのベッドだからこそ出来る荒技だな。

セーブルの頭の上で熟睡しているシャムエル様とモモンガのアヴィを見て、笑ってふかふかの尻尾を突っついてやり、またセーブルの腹にもたれかかって目を閉じる。

「よし決めた。今日は何もしない日にしよう！」

そう呟き、ふかふかなタロンに頬擦りして気持ちよく二度寝の海へ落っこちていった。

「う、うん……」

「あ、やっと起きたね」

耳元で聞こえたシャムエル様の声に返事をしようとしたが、果たせなかった。

「痛い、首が……」

冗談抜きでマジで首が痛い。

「なんだ、これ……」

その時、あちこちに感じていた柔らかなもふもふが次々に離れていき、追いかけようとしてまた走った激痛に呻き声を上げた。どうやら従魔達にくっつかれて寝ている間に寝違えたみたいだ。

結局、二日続けて美味しい水のお世話になり、水筒の水をほぼ全部飲み干してようやく痛みが消えた。

洗面所で顔を洗ってきた俺は、サクラにいつものように綺麗にしてもらって大急ぎで身支度を整えた。


「おはよう、すっかり寝過ごしてごめんよ……って誰もいないし！」

眠そうにそう言いながら居間へ出て行ったのだが、部屋には誰もいなかったよ。

「ええと、ハスフェル達は？」

当然のように右肩に座っているシャムエル様に尋ねる。

「全員、死んだんじゃあないかと思うくらいに熟睡しているよ」

「あはは、じゃあ、もしかしてランドル達も？」

笑って頷くシャムエル様を見て、俺は遠慮なく吹き出して大笑いしたのだった。

三者三様の言い訳と感想を言いつつ、すっかり身支度を整えて出てきた三人を笑って出迎えた。

そのすぐ後にランドルさんとバッカスさんも来たので、これで全員集合だ。

「おはよう、俺もさっき起きたところだよ。また朝昼兼用だな」

笑ってそう言い、いつもの朝食メニューと一緒に、ここへ来る前に作った巨大唐揚げも並べておいた。

「ねえ、それ食べたい！」

全員が嬉々として巨大唐揚げを取る。もちろん俺も取ったよ。

目を輝かせたシャムエル様が、皿にのった巨大唐揚げを見て大興奮している。

「ええと……まさかとは思うけど一枚丸ごと？」

「もちろん！　それは丸ごと齧るから美味しいんでしょう？」

何故かドヤ顔でそう言われてしまい、笑った俺は出来るだけ大きな唐揚げをシャムエル様用にもう一枚取った。


「おはよう。いやあ、気持ちよく二度寝したよ」

「おはようさん、酒はもう残ってない筈なんだけどなあ」

「おはよう。休日の二度寝は最高だなあ」

一応、いつものタマゴサンドと野菜サンドも一切れずつ取り、それから温野菜をたっぷり小皿に取り分けてマヨネーズを添えておく。

飲み物は豆乳オーレにして、グラスにはいつもの激うまジュースをなみなみと入れて席についた。

「あ、じ、み！　あ、じ、み！　あ〰〰〰〰〰〰〰〰っじみ！　ジャジャン！」

今日もシャムエル様のダンスはキレッキレだ。

「はいはい、今日も格好良いぞ」

決めのポーズで片足立ちになったシャムエル様に、笑って拍手してやる。

「うん、今日も絶好調だね」

満面の笑みなシャムエル様のお皿に、巨大唐揚げを丸ごと一枚のせてやる。

「あとはタマゴサンドをお願い！　あ、野菜サンドは半分でいいからね」

まさかの両方ご希望で、しかもタマゴサンドは丸ごと。

苦笑いした俺は野菜サンドを半分に切り、タマゴサンドの横に並べた。

飲み物も入れてやってから、改めて自分の分を取りに行ったよ。

第88話　トレーニングと内緒の話

「ちょっと体が鈍っている気がする。トレーニングルームがあれば使いたいんだけどなあ」

「ああ、それはいいな。じゃあ行くか」

食後のお茶を飲んでいた俺の呟きにハスフェルも頷き、揃って身軽な服に着替えてからスタッフさんにトレーニングルームを使いたいとお願いした。

「へえ、広くていい感じだな」

案内されたトレーニングルームはかなり広い部屋で、壁際にはトレーニング用の機械が幾つもある。意外に本格的なそれらを見て、俺達のテンションは爆上がりだ。

スタッフさんに一通りの機械の説明をしてもらい、軽い準備運動で体を解[ほぐ]した俺達は、好きな機械を選んでそれぞれ運動を始めた。

しかし実戦で鍛えていた身としては、室内での単調な運動はやはり退屈だ。

どうやらハスフェル達も同じ思いだったらしく、何となくやる気の無い雰囲気になる。

「ああ、やめだ。全然面白くないぞ」

「よし、格闘訓練にしよう」

突然ハスフェルとギイがそう言って立ち上がり、大きなマットが敷かれた場所に移動して素手の格闘訓練を始めた。

「おお、筋肉対決だぞ」

俺の嬉しそうな呟きに、ランドルさん達が揃って吹き出していた。

睨み合ったまま動かなかった二人だったが、ハスフェルが横からギイの腕を取りにいきギイが即座に避ける。直後にハスフェルが上から押さえ込むも、ブリッジからの反動で上半身を跳ね上げて、逆にハスフェルを捕まえにいくギイ。

即座にハスフェルが転がって距離を取った後、同時に飛び掛かってガッチリと互いの両手を握り合う。しかし力は完全に拮抗していて全く動かない。

聞こえるのは互いの歯軋りの音と唸るような声。そしてわずかに震える二人の上半身。

「おお、すげえ。ハスフェルとギイの本気の力比べだ」

「いやあ、これは凄い」

俺の隣でバッカスさんもうんうんと頷いている。

「力だけなら負けぬ自信があるが、あの背の高さで押さえ込まれたら逃げようがない」

「俺なんて、勝てる要素が一つも見当たらないなあ。正面から向き合ったら、怖くてちびっちゃいそうだよ」

バッカスさんの呟きを聞いて思わず俺がそう呟くと、笑ったランドルさんが何度も頷いていた。

俺達だけでなく、控えていたスタッフさん達も目を輝かせて二人の戦いを見学している。

遊びとはいえ神様同士の戦いなんだから、そりゃあ見応えあるよな。

ちなみにオンハルトの爺さんは、俺達から少し離れたところで腕を組み、楽しそうに二人の戦いを見ていた。

しばしの沈黙の後、先に仕掛けたのはハスフェルだった。

不意に力を抜いて握っていた手を離させ、空いたギイの手首を一瞬で摑んで一本背負いを決めた。

ギイが立ち上がって、二人は同時に破顔した。

「いやあ、相変わらずお前は速いなあ」

「そっちこそ、隙がなくて攻めるのに苦労したよ」

互いの腕や肩をバンバンと力一杯叩き合いながら、笑顔で感想を述べ合っている。

これ、二人が笑顔じゃなかったら本気で逃げるレベルの音だぞ。

そして手を止めた二人が、揃って満面の笑みで俺達を振り返った。

「次は誰が相手をしてくれるんだ？」

その瞬間、俺達三人は同時に立ち上がって逃げ出した。

しかし必死に逃げ回るも俺が最初にハスフェルに押さえ込まれ、ランドルさんはギイに、バッカスさんはオンハルトの爺さんに同じく押さえ込まれてしまい、三人揃って情けない悲鳴を上げる羽目になったのだった。

「何だよ。少しくらい相手をしてくれても良いだろうに」
「そういうのは自分と同レベルの奴を相手にしてくれ。そこで俺に相手を求めるな～！」

何とかハスフェルの超太い腕から逃れた俺は、必死になって転がって距離を取りながらそう叫んだ。

「そうです！　そこはお二人でどうぞ！」

「では、俺の相手はどうなる」

泣き真似をするオンハルトの爺さんの言葉に、俺とランドルさんとバッカスさんは顔を見合わせた。

「ハスフェルとギイは一対一でやってくれ。俺達は一対三なら受ける」

情けないが、実力差を考えると割と本気の提案だ。

「三対一とは俺がずいぶんと不利な気がするが、まあいい。では得物はこれでいくか」

オンハルトの爺さんは、そう言って2メートル程の棒を手にした。

「ロッドですか。確かに全ての武術の基礎ですからね」

頷くランドルさんの言葉に、俺は初めて見るロッドと呼ばれたその棒を壁のフックから外して持った。

「へえ、それほど重くないし重心が安定していてバランスも悪くないぞ」

小さく呟き、手にしたロッドをバトントワリングのようにクルクルと回してみる。

2メートル程の棒は、真ん中辺りを持てば上下ともにほぼ剣と同じ長さになる。意識を真ん中に持っていけば上下に刃がある剣として、棒の先に意識を集中させれば槍と同じ扱いも出来る。

確かにこれは全ての武術の基礎だ。そして俺の体はこの武器の扱い方を知っている。

「ああ、成る程。これならいけそうだ」

何度か振ってそう呟いた瞬間、いきなりオンハルトの爺さんがロッドで打ち掛かってきた。

「どわあ！　いきなり始めるなって！」

叫びつつ、棒を横にして打ち込みを正面から受ける。

次の瞬間、ランドルさんとバッカスさんが俺の左右から同時にオンハルトの爺さんに打ち掛かった。

甲高い音がして、爺さんが二人同時の打ち込みを軽々と弾き返す。

「う、嘘だろう……」

どうやらこれで決めるつもりだったらしいバッカスさんが、驚いたようにそう呟く。

「どうした、もう終わりか？　ならばこちらから行くぞ」

その直後、もの凄い速さで俺に打ち掛かってきた。

「だからちょっと待てってて〜〜！」

そう叫びながら、何度か受けた後に下から力一杯打ち返す。

「打ち合い中に、待てと言われて待つ馬鹿はおらんぞ！」

笑いながら爺さんがそう叫んで、今度は中段から横に払いに来る。

「俺は待つって！」

ロッドを立ててそれを受ける。

「痛って〜！」

受けた瞬間肩まで走ったもの凄い衝撃に、ロッドを取り落としそうになって慌てて下がる。

ランドルさん達が前に出てくれたので、一旦下がって手首を振って痺れを逃す。

「オンハルトの爺さん、強過ぎだって。ちょっとは加減してくれよ」

そう叫びつつ、二対一で打ち合う横から遠慮なく打ち込みに行く。

しかし、二人の攻撃を受けている真っ最中に、ロッドの反対側の先で俺の渾身の打ち込みを軽々と受けられた。

「三人がかりでこの程度か！」

ビリビリと響く大声と共に思いっきり弾き返されて、俺とランドルさんが吹っ飛ばされて転がる。

バッカスさんは何とか堪えたが、もう一撃受けた直後にロッドを落とされてしまう。

「助けるぞ！」

叫んだ俺は、バッカスさんの真後ろから思いきり飛び上がって上段から力一杯打ち込みにいった。

「悪くない！」

笑ったようなオンハルトの爺さんの声と同時に、空中にいた俺は呆気なく打ち返されてまたしても思い切り後ろ向きに吹っ飛ばされた。

本気で身の危険を感じて焦った時、誰かに軽々と受け止められて止まる。

「オンハルト相手に正面から行くとは、なかなかの命知らずだな」

呆れたようにそう言われて、ギイの腕の中で乾いた笑いを零す俺。

「選手交代だ」

降ろされた直後、ロッドを手にしていたギイは嬉々としてオンハルトの爺さんに打ち込みに行った。その背後からハスフェルも同時に打ち込みに行く。

マッチョ二人がかりの同時攻撃を笑顔で受けたオンハルトの爺さんは、そのまま嬉しそうに二人相手に目にも留まらぬ速さで打ち合い始めた。

「あの二人相手に互角って、マジかよ」

「うわあ、凄すぎる」

完全に息の上がったランドルさんとバッカスさんが、感心したような呆れたような、何とも言えない顔でそう言っている。

「闘神とタメ張るレベルかよ。そりゃあ、俺達三人がかりでも相手にならないって」

小さく呟いた俺は、いつの間にか右肩に座っていたシャムエル様を振り返った。

「もしかして一番腕が立つのって……？」

「実戦なら間違いなくハスフェルが一番強いけどね。訓練だけで言えば、オンハルトの方が腕は上かなあ」

簡単に言われたその言葉に、ちょっと気が遠くなった俺だったよ。

「さすがに疲れてきた、ちょっと休もう」
延々と楽しそうに打ち合い続けていた三人だったが、オンハルトの爺さんの言葉に笑った二人もロッドを下ろした。
「お疲れさん。いやあ、見事だったよ」
座って観客状態だった俺達が、揃って拍手をする。

「おう、教えてやるから立て」

「よろしく。でも本気の打ち合いは無理だぞ」

「しないって。ほら、三人とも立った」

笑ったギイにそう言われて素直に立ち上がる。俺にはハスフェルが、ランドルさんにはギイが、バッカスさんにはオンハルトの爺さんがそれぞれ向き合って、互いのロッドを交差させる。

「お願いします！」

大きな声でそう叫んで、正面から打ち込みに行った。

「いいぞ、どんどん来い！」

予想通りに受けてくれて激しい打ち合いになる。手加減されているのは明らかだが、ここは見習い気分で遠慮なく攻めていく。

「ええい、一撃ぐらい当てたいぞ〜！」

打ち込みながらそう叫ぶと、ハスフェルがロッド越しに目を輝かせて俺を見た。

「当てていいのか？」

「だ、駄目！」

慌ててそう叫び、一旦下がる。

「何だ、遠慮しなくていいのに」

「謹んで遠慮させていただきます〜〜！」

そう言って打ち込むも、横からの一撃に堪えきれずに吹っ飛ばされて三回転してやっと止まった。

「すまん、そんなに見事に決まるとは思わなかったぞ」

「素人相手に無茶するなって！」

腹筋だけで起き上がって笑いながら文句を言う。

「誰が素人だよ。寝言は寝てから言え」

「いやいや、人相手ならほぼ素人だって」

「確かに。人相手ならお前は素人だな」

俺の言葉に何か言いかけたハスフェルは、苦笑いして小さく頷いた。


トレーニングを終了して部屋に戻る廊下を歩きながら、俺は隣を歩くオンハルトの爺さんを見た。

「さっきの、ハスフェルとギイの二人を相手に互角に打ち合っていたの、すっげえ格好良かったよ」

「嬉しい事を言ってくれるなあ。だがそれも当然だ。あいつらがまだ小さなガキの頃に、一から武術の手解きをしてやったのは俺だからな。毎回叩きのめされて、二人揃ってピーピー泣いていたんだぞ」

満面の笑みで、突然の爆弾発言いただきました！

予想外の言葉に俺が吹き出すのと、前を歩いていたハスフェルとギイが揃って振り返るのは同時だった。

「ちょっと待て！」

「いつの話だ！」

慌てる二人の叫びに、ランドルさんとバッカスさんが吹き出す。

「小さくて可愛らしかったお前らの事は、まるで昨日の事のように思い出せるぞ」

にんまりと笑ったオンハルトの爺さんの言葉に、俺達三人はまた揃って吹き出し、顔を覆ったハスフェルとギイは、揃って膝から崩れ落ちた。

「さっきの話の続きを希望します！」

「二人の幼少の頃の話を聞きたいです！」

「お願いします！」

部屋に戻った途端に、俺達三人がそう言ってオンハルトの爺さんの腕を掴む。

「駄目だったら駄目だ！」

しかし、オンハルトの爺さんが何か言う前に慌てたマッチョ二人がそう叫んで邪魔をする。

「それより腹が減ったが、夕食はどうする？」

ギイの言葉に、ハスフェルが大きく頷く。

「そうだな。じゃあケンも疲れているだろうから夕食は何か頼むか」

「おう、また任せるから程々に頼むよ」

思いっきり話を逸らした感ありありだが、まあここは誤魔化されておこう。

「じゃあ、任されてやるよ」

笑ったハスフェル達が、テーブルに置かれていたメニューボードを見ながら相談を始める。

俺は壁際に置かれたソファーに座り、留守番していた従魔達を順番に撫でてやる。

さり気なくオンハルトの爺さんが、俺の隣に座ってスライムを撫で始める。

オンハルトの爺さんを挟んだ反対側にランドルさんとバッカスさんが座り、こちらもさり気なく従魔を撫で始める。

「で、二人の子供の頃ってどんな風だったんですか？」

小さな声で俺がそう尋ねると、オンハルトの爺さんは満面の笑みになった。

「そりゃあ可愛かったぞ。揃って周りのご婦人方を虜にしておったからなあ」

「あ、やっぱりそうなんだ」

小さく吹き出した俺の言葉に、オンハルトの爺さんも笑っている。

「彼らの子供時代なら、そりゃあさぞかし可愛らしかったでしょうね」

ランドルさんとバッカスさんも、納得したように頷き合っている。

「強くならねばならなかったハスフェルは、特に厳しく育てられておったから、大変だったぞ」

「そこまで強さに拘るというのは、何か理由でも？」

不思議そうなランドルさんの言葉に、苦笑いしたオンハルトの爺さんは首を振った。

「まあ、色々あるからそこは聞かんでやってくれ。特にあの二人は、俺の教え子達の中でも一番の年少だった。ギイは泣き虫だったし、ハスフェルは痩せっぽちだったからなあ」

またしても爆弾発言いただきました！

目を見張る俺達に、オンハルトの爺さんは満面の笑みになる。

「先輩達に苛められて、いつも揃ってピーピー泣いておったのが、昨日の事のように思い出せるな。

いや懐かしい」

「あの二人が泣き虫と痩せっぽちで！」

「しかも負け続きで先輩に苛められて！」

「揃ってピーピー泣いていたなんて！」

改めて口に出した俺達三人は、揃って吹き出し大爆笑になった。

「何やら楽しそうだなあ」

「俺達も仲間に入れてくれよ」

耳元で笑ったハスフェルとギイの声が聞こえて、その瞬間に俺達の笑いが消滅する。

「いや、あの……えっとぉ……」

ダラダラと冷や汗が流れる額を拭う事も出来ない。

さり気なく立とうとしたが、グローブみたいな大きな手が背後からがっしりと俺の両肩を掴む。

ランドルさんとバッカスさんも、ギイに背後からがっしりと肩を組んで確保されている。

俺は黙って足元を見た。ミニテーブルとの間はかなりの隙間がある。

それを確認してから誤魔化すように咳払いをして、それから頭を軽く後ろに振った。

予想通り、ハスフェルの顎にクリーンヒットする。

「痛っ！」

右手が離れた瞬間、俺は膝を曲げてソファーから滑り降りるみたいにしてミニテーブルとの隙間に転がって逃げた。

慌てたハスフェルがソファーを乗り越えて追いかけてくる。

「捕まってたまるか！」

叫びながら飛び出して、部屋中を逃げ回った。

それを見たランドルさんとバッカスさんも同じようにしてギイの確保から逃げ出した。

「こっち来るな～！」

声を上げて追いかけてくる二人にクッションを投げつけ、ソファーを飛び越し、扉前の衝立越しに右に左に必死になって逃げ回る。

夕食の用意をしたスタッフさん達が来るまでの間、俺達は無駄に広い部屋の中を走り回って遊んでいたのだった。

「若い奴らは元気でいいのう。面白き仲間達に乾杯だな」

一人だけ知らん顔でソファーに座っていたオンハルトの爺さんは、大騒ぎしている俺達を楽しそうに眺めながら、シャムエル様と一緒にのんびりと一杯飲み始めていたのだった。

　

「あの……」

「ああ、すみません。おい、お前らも手伝え。夕食を置く場所がないだろうが」

部屋の惨状と、転がって大爆笑している俺達を見て困っているスタッフさんに気付いたハスフェルにドヤ顔でそう言われて、俺達も何とか笑いを収めて立ち上がった。

そして大急ぎで散らかった部屋を片付ける。苦笑いしたスタッフさん達も手伝ってくれた。

「大変お待たせいたしました。ではごゆっくりどうぞ」

「いやいや、待たせたのは俺達のせいですって」

笑って謝り、スタッフさん達を見送る。

「で、やっぱりこうなる訳か。どれだけ食う気だよ」

呆れたように振り返った目の前にあるのは、豪華料理の数々で埋め尽くされたテーブルと簡易机だった。

「ヤミー。ちょっと薄味だけど、ここのホテルの鶏ハムだよ」

山盛りの料理が半分ほど各自の腹に収まった頃、俺は分厚く切った鶏ハムを一切れお皿に取ってヤミーの前に置いた。

猫サイズのヤミーは、嬉しそうに声の無いニャーをしてから鶏ハムに齧り付いた。

「どうだ？」

「確かにちょっと薄味だけど、美味しい！」

一口齧ったヤミーは満足気にそう言うと、残りの鶏ハムをせっせと食べ始めた。

それを見た肉食チームが目を輝かせてヤミーの横に並んだので、俺は鞄に入ってくれたサクラから従魔達用のお皿を出して、ハイランドチキンの胸肉を切り分けてやった。

嬉しそうに並んで仲良く食べる従魔達を見て、ベリー、草食の子達用に果物の入った箱も出してから席に戻った。

料理がほぼ駆逐された頃には、ハスフェルお勧めの酒の瓶が机の上に乱立していた。

各自の体験談では、俺が樹海で食われかけたタートルツリーの話で大笑いになったよ。

だけどさすがにそこは上位冒険者達。ひとしきり笑った後は、樹海にいるジェムモンスターについて詳しく聞きたがったので、ハスフェルとギイが二人に詳しい話を始めた。

何となく俺はちょっと距離を置いて座り、机の上でショットグラスに入ったウイスキーを飲んでいるシャムエル様に向き直った。

「なあ、ちょっと聞いていいか？」

「改まってどうしたの？」

不思議そうにそう言って、グラスを置いて振り返った。

「さっきの話だけどさ。ハスフェル達に子供時代なんて本当にあったのか？」

小さな声でそう尋ねると、シャムエル様は呆れたように俺を見上げた。

「それはあんまりな質問だねえ。じゃあ逆に聞くけど、もしも子供時代が無かったら彼らはどうやって生まれて来たって言うのさ」

「だって、調停の神様と、闘神の神様なんだろう？」

「そうだよ」

しばし無言で顔を見合わせる。

「ええと、神様も赤ちゃんで生まれて成長する訳？　じゃあ、いつかは彼らも年老いていくのか？」

「ああ、質問はそういう意味ね」

納得したシャムエル様は、またショットグラスを持ち上げてグイッといった。

「当然、私達も両親がいて母親から生まれてくるよ。そして成人するまでは人と同じように、年長者達に様々な事を教わって大きくなるんだ。成人した後は好きな姿で安定する。私達は、普段は人のような血肉のある体を持っている訳ではないから自然に老いる事はないよ。オンハルトはもうずっとあの姿だし、ハスフェルとギイは、ここに来た当初に比べたら少し歳を取った姿になっているね」

「ハスフェル達は、この世界にいる時は人としての事しか出来ないって聞いたけど、あの肉体は言ってみれば不死な訳？」

「不死ではないけど、まあ普通の人の体に比べたら遥かに頑丈で長持ちするよ。だけど切られたら血が出るし、最悪の場合命を失う事だって有り得るよ」

目を見開く俺に、シャムエル様は笑って頷いた。

「以前シルヴァ達が来た時にも説明したように、肉体が死んでも彼らの魂そのものが消えて無くなる訳じゃない。しばらくしたら、また新しい体を作って戻って来るよ。人間達は、ハスフェルの血を引く子供が来た。くらいに思っているみたいだね」

「ああ、そういう事か」

納得して、俺も飲みかけていたウイスキーの水割りをゆっくりと飲み干した。

「まあ、ケンも私が念入りに作ったから、心配しなくても相当長持ちするからね」

「え？　ごめん。聞いていなかった。何て言ったんだ？」

「なんでもないです」

目を細めて笑ったシャムエル様は、残りのウイスキーを一気に飲み干し俺にグラスを差し出した。

「おかわりお願いします！　ついでにあの干し肉とナッツもお願い！」

「へいへい、ウイスキーのおかわりとつまみの追加だな」

誤魔化すように言われた言葉に首を傾げつつ、俺は自分とシャムエル様のおかわりを用意する為に立ち上がった。

第89話　お祭りまでのあれやこれや

「うう……頭、痛い……」

一昨日と同じくらいの酷い頭痛に、俺は呻き声を上げて頭を抱えた。目の前には見覚えのある絨毯が見える。

「もしかして……また、床で寝た……？」

ガンガンと痛む頭を押さえて呟くと、耳元でサクラの声が聞こえた。

「ご主人大丈夫？　これ飲む？」

美味しい水の入った水筒の蓋を開けて差し出されて、俺は呻くような声でお礼を言って受け取る。

だけど、横になったままでは水を飲めない。

起き上がれなくてもがいていると、セーブルが前脚を使って起き上がらせて支えてくれた。

更に俺の頭をセルパンが背後から支えてくれ、巨大化したソレイユとフォールが俺の左右から倒れないように支えてくれた。一昨日と同じでもふもふパラダイス……。

「ありがとうな」

お礼を言って水筒の水を口に含んだ。

「くうう～！　染み渡るよ」

軽い体の痺れと共に体中に水が染みていく感じを味わう。美味しい水の効用を実感する瞬間だ。

「本当に、毎回飽きもせずにそんなに酔っ払えるねえ」

膝の上に現れたシャムエル様に呆れたようにそう言われて、俺は笑って肩を竦めた。

「何故酒を飲むかって？　それは目の前に美味い酒があるからだよ」

「馬鹿じゃないの？」

更に呆れたように冷たくそう言われて、俺は声もなく撃沈した。

「で、やっぱりこうなっているわけだな」

落ち着いて見回した部屋は相変わらずの惨状で、またしても全員揃って上半身、裸。

「うん、見なかった事にしよう」

見たもの全部まとめて明後日の方向にぶん投げた俺は、ため息を吐いて立ち上がった。

顔を洗って身支度を整え、床に転がって爆睡している仲間達を起こして回り、一昨日同様に彼らを洗面所へ追い込んだ。

「さてと、今朝もお粥だな」

師匠作の中華粥があったので、鍋に取りコンロに火を入れて温める。

「いかんなあ。ここにいると気が緩んでいるみたいだ。あれしきの酒で酔い潰れるなんて情けない」

「全くだ。そろそろ気を引き締めないと、祭り当日に二日酔いでは目も当てられんぞ」

ハスフェルとギイが、そんな事を言いながら洗面所から出てくる。

「そっか、よく考えたらもうすぐ祭りだな」

指を折って数えながら苦笑いする。祭りが終わるまで酒は封印だな。

「お粥でいいよな?」

小海老と岩海苔の入った中華粥を見せると、嬉しそうな返事が全員から返ってきた。

「今日もだらだら……と言いたいところだけど、こんな豪華なキッチンがあるんだから俺は料理をするぞ」

食後に緑茶でのんびりと寛いでいた俺は、そう言って立ち上がった。

皆笑顔で、何か手伝おうかと言ってくれる。

「じゃあ俺はキッチンを使うから、皆はこっちで手分けしてカレーを作ってもらえるか」

俺の言葉にハスフェル達は笑顔になり、ランドルさんとバッカスさんは首を傾げている。

大きい方の机に、コンロや鍋などのいつもの調理道具と材料を一通り取り出して並べて、興味津々のランドルさんとバッカスさんにカレー作りの手順を説明してから、俺は自分の料理をするために豪華なキッチンへ向かった。

ギイと並んで、ランドルさんが小麦粉をオリーブオイルで炒めてカレールウ作りをしている横では、サクラが切った玉ねぎをハスフェルがフライパンで炒めてくれている。

オンハルトの爺さんは、グラスランドブラウンブルのぶつ切り肉を焼いてくれている。

バッカスさんは、俺が書き出したレシピを見ながらニンジンとジャガイモをアクアと一緒に下準備中だ。

「今炒めているそれと一緒にこれを全部まとめて大鍋に入れ、この干し肉から取ったスープで香草の束と一緒に煮込む。仕上げに、そのカレールウでとろみを付ける。成る程、これはかなり濃厚なシチューになりそうだな」

真剣にレシピを読み込んでいたバッカスさんが、そう呟いて感心するように頷いている。

「出来上がったら、それをご飯にかけて皿の中で混ぜながら食べるんだ。トンカツやチキンカツと一緒に食べると美味しかったぞ」

ギイの説明に、二人が目を輝かせる。

「おお、それは美味そうですね。では夕食を楽しみにしています」

「だけど残念ながら、今日は食べないんだ」

「ええ、どうしてですか？」

悲しい顔になる二人に、ハスフェル達が一晩置いた方が美味しくなるのだと一生懸命説明している。そしてそれを聞いて、笑顔で目を輝かせるランドルさんとバッカスさん。

何だろう、この林間学校の子供達みたいな展開は。

この世界の守護神達が、普通の人間のランドルさんやドワーフのバッカスさんと仲良く異世界料理のカレーを作っている。

しかもその守護神達にも、先輩に苛められて泣いていたような幼い頃があったなんて。

あまりにも不思議で、この世界の平和そのものみたいなその光景がどうにもおかしくて、俺はさっきから笑いが止まらない。

「それは、何に対する笑いだ？」

苦笑いしつつ俺を振り返ったハスフェルの質問に、俺は肩を竦めて首を振った。

「何でもない。平和だなって思っただけだよ」

多分、俺が言いたい事は分かっていたのだろう。笑ったハスフェルは素知らぬ顔で、また玉ねぎを炒めているフライパンをせっせとかき回し始めた。

楽しそうに作業をする皆を眺めつつ、俺はスライム達に手伝ってもらってハイランドチキンとグラスランドチキンのもも肉で、ハーブを効かせたオーブン焼きを大量に仕込み、焼いている間に照り焼きチキンもせっせと量産した。うん、広いキッチンだと作業が楽でいいね。

外がすっかり暗くなった頃に、大量の料理が出来上がった。

丁度その時、軽いノックの音がして扉からクーヘンが顔を出した。

「おやおや、何やらとっても良い香りですね」

部屋を見回して笑顔でそう言ったクーヘンは、キッチンに立つ俺を見て手を上げた。

「店は兄達に任せて、私も今夜からはここに泊まります」

「そうなんだ。じゃあ久し振りに一緒に食事にしよう。今夜はハイランドチキンのオーブン焼きだよ」

俺の言葉に、クーヘンが嬉しそうな顔になる。

「久し振りにケンの作った料理が食べられるなんて、最高ですね」

「おう、遠慮なく食ってくれよな。じゃあデザートも付けよう！」

焼き菓子の残りを思い出しつつそう言って、笑ってサムズアップした。

新作ハイランドチキンとグラスランドチキンのオーブン焼きは、大好評過ぎて作った分が全部駆逐されてしまった。マジか。

シャムエル様も気に入ってくれたみたいだから、作り置きメニュー定番化決定だな。

🐾

まずはリンゴを人数分ウサギにカットして、他の果物と一緒に残りは皮ごとサイコロ状に切っておく。イチゴは薄切りにして扇状だ。

「まだ食べられるならデザートを用意するけど、どうする？」

「食べます！」

俺はクーヘンに聞いたつもりだったんだけど、全員から元気な返事をもらってしまった。

残りのパウンドケーキとブラウニーをありったけサイコロ状に切り分けて、それぞれ温めたブランデーの中にどっぷりと浸す。

レアチーズケーキは切り分けてお皿に並べ、赤ワインソースを回しかける。

生クリームはスプーンですくって、レアチーズケーキの横にたっぷりと落とす。

アイスクリームもスプーンですくってその横に並べ、生クリームの周りにはさっきのブランデーしみしみケーキ達を豪快に積み上げていく。最後にちょっとだけ生クリームを落とし、切った果物を飾れば完成だ。

仕上げに、アイスの上にもたっぷりブランデーを回しかける。

目を輝かせる全員に、出来上がったデザートのお皿を手渡してやる。

ドリンクも一通り出して、自分用にはマイカップにコーヒーを、それからグラスにいつもの激うまジュースを入れて、俺の分のケーキを飲み物と一緒に簡易祭壇に並べて手を合わせる。

だってこれを作っている時から、もうずっと髪の毛を引っ張られていたんだよ。ちょっと落ち着けって。

「前回よりもちょっと量は少ないけど、ケンカせずに食べてくださいい」

これ以上無いくらいに嬉しそうな収めの手が俺を何度も撫でてから、ケーキとドリンクをしっかり撫で回して消えていった。

「さて、いただくとするか」

そう呟いて席に座り、自分用に少しだけ別皿に貰って、あとは全部シャムエル様にまとめて進呈した。

「ふおお〜！　やっぱりこれは美味しい！　美味しいよ〜〜！」

興奮のあまり三倍サイズになった尻尾を、俺はこっそり手を伸ばして気が済むまでもふりまくったのだった。

食べている間は尻尾を触られても全くの無反応。いつもながら、デザート作戦はグッジョブだね。

🐾

翌朝、いつもの従魔達総出のモーニングコールに起こされた俺は、眠い目をこすりつつ何とか顔を洗って身支度を整えた。

昨夜クーヘンから聞いた話では、問題の弟子二人はすでに捕まっているんだけど、その罪状ってのが酷かった。

捕まえた直接の理由はクーヘンの店へ盗みに入った現行犯なんだが、追加の詐欺罪が、最悪であるジェムの粗悪品の販売。

つまり彼らは、前回の早駆け祭りの後に解体された悪徳商社が持っていた闇ルートを丸ごと内密に引き継ぎ、そこで持ち逃げしていたジェムの粗悪品を売りさばいていたらしい。

ギルドマスター達の本命はこっちだったらしく、クーヘンがギルドからの依頼で処分予定の粗悪品の一部を地下の倉庫で保管するという偽の情報を鵜呑みにした奴らが、それ目当てに盗みに入ったところを取り押さえたんだって。

当然、クーヘンは全部知ってギルドマスター達に協力していたわけ。あれだけの従魔達が守る倉庫に、素人が盗みに入って出てこられるわけないよな。

それと、奴らが俺を毛嫌いしてさんざん悪口を言っていたのも事実らしい。

今回俺達をこの街から逃したのは、街の問題に俺達を巻き込むのをよしとしなかったギルドマスター達の判断なんだって。

それを聞いて、流れの冒険者の寂しさを感じたのは内緒だ。

「あれ？　じゃあ、あの襲って来た男達が言っていた、俺を殺すように依頼されたってのはどうなるんだ？」

昨夜は気がつかなかったけど、この話だけがちょっと違う気がして俺は思わず身震いした。

「ううん、これは何だか嫌な予感がするぞ」

そう呟いた俺は、気を取り直すように大きく深呼吸をしてから居間へ向かった。

居間へ行くと、もう全員揃っていた。

慌てていつもの定番朝食メニューを適当に取り出し、コーヒーと一緒に激うまジュースも取り出しておく。

「昨日も思ったんですが、このジュースは本当に美味しいですね。何を入れたらこんなに美味しくなるんですか？」

それを聞いた俺は、笑ってカットした激うまリンゴとブドウを並べたお皿をクーヘンに渡した。

不思議そうにしつつ、受け取ったそれを食べたクーヘンが無言になる。

「ええ！　これは何処産のリンゴとブドウですか！」

目を見開いたクーヘンの当然の疑問に、俺達が揃って肩を竦める。

「カルーシュの街から山側に行ったところにある、飛び地の中で発見したんだ」

「と、飛び地ですって！」

クーヘンの叫びに、俺達は笑って頷く。

「ちなみに、ランドル達とはそこで知り合ったんだよ」

「その際に、ハンプールの英雄であるケンさんから、テイムの仕方について教わったんです」

ハスフェルの説明に続いて嬉しそうなランドルさんがそう言い、クーヘンも笑顔で頷く。

「確かに飛び地で出会ったって仰っていましたね。それで貴方の紋章にも、あのマークが入っているんですね」

「ええ。ここのホテルで魔獣使いの紋章を授けていただく際に、ケンさんにお願いして、あの紋章のマークを使わせてもらったんです」

「そうだったんですね。では私の後輩ですね」

嬉しそうなクーヘンの言葉に、ランドルさんも笑顔になる。

「よろしくお願いします、兄弟子殿。ですが早駆け祭りでは手加減はいたしませんよ」

「もちろんです。正々堂々と勝負しましょう」

二人が笑顔で互いの拳を突き合わせるのを、俺達も笑顔で見つめていた。


朝食を終えてデザートの果物を食べていると、軽いノックの音が聞こえた。

「おはようございます。もう起きていますか?」

「おう、おはようさん。今、飯が終わったところだよ」

エルさんの声に、立ち上がったハスフェルがそう言って扉を開けてくれる。

「いよいよ、明日から秋の早駆け祭りだね。今回も期待しているよ。ああ、いただきます」

座ったエルさんに俺が激うまリンゴとブドウを出してやる。

笑顔でそれを食べたエルさんは、さっきのクーヘンと全く同じやりとりをハスフェル達と繰り広げていた。

「ああ！　今回の賭け券、まだ買っていないぞ！」

後片付け中に不意に気が付いて慌てた俺は、そう言ってハスフェル達と顔を見合わせる。

「それなら後で、希望の内容で各自の部屋まで届けてあげるよ」

聞こえていたらしいエルさんが笑顔でそう言い、改めて俺達に向き直った。

「改めて、今回の騒動に君達を巻き込んでしまった事をお詫びするよ。君達が無事で本当に良かった」

ため息と共にそう言い、俺を見る。

「彼らは、あの馬鹿の弟子二人から君を殺すように依頼されたと証言している。だけど肝心の馬鹿の弟子二人は、ジェムの粗悪品の転売については案外素直に認めたんだが、何故か殺害依頼の件だけは完全否定している。それで取り調べの軍部も困っているみたいだ」

そう言って顔を見合わせるエルさんとハスフェル。俺はもうため息を吐くぐらいしか出来ない。

「俺は楽しく走りたいだけなんだけどなあ」

そう言ってもう一回大きくため息を吐いた時、またしてもノックの音がした。

ギイが開けてくれた扉から、一礼したアルバンさんが入って来る。

「ああ、ここに来ていたのか。丁度良い、エルも一緒に聞いてくれるか」

ため息を吐いて椅子に座ったアルバンさんの様子が、何やらもの凄く疲れているみたいに見えてしまい、俺は黙って果物を出してあげた。

「ああ、ありがとう。それで報告だ。殺害依頼の件、謎が判明したぞ」

嫌そうなその口調に聞く気が失せたけど、当事者である以上聞かないわけにもいかない。

座り直す俺に向き直り、アルバンさんはもう一度これ以上ないくらいの大きなため息を吐いた。

「今回、ケン達が郊外であの二人組に襲われたところを返り討ちにして確保してくれた。おかげで我々も問題にしていた凶悪犯を逮捕出来た。取り調べの際、彼らは確かに証言した。あの馬鹿の弟子二人から君を殺すように依頼を受けた。とね」

黙って聞いている俺達だけでなく、真顔のエルさんも頷く。

「それに対して、あの馬鹿の弟子二人はこう証言している。確かにジェムの横流しについてはその通りだが、自分達は彼を殺せとは言っていない。とね」

そう言って首を振る。

「明らかにどちらかが嘘をついている。軍部は、馬鹿の弟子二人が嘘をついていると考えた。襲撃犯の二人には君との接点は一切無く、殺す理由が無い。しかし、馬鹿の弟子二人は頑としてそれだけは認めようとしない。その結果、担当者を変更して改めて取り調べが行われた」

真剣なアルバンさんの説明を聞いて、俺はホテルに缶詰で暇だったとは言え、毎日酔っ払って遊んでいた自分がちょっと恥ずかしくなったよ。

「新たな取り調べにより判明した事実だ。襲撃犯達は知り合いを通じて馬鹿の弟子二人を紹介され、一度だけ会っている。その際に書面は無く口頭で、前金と一緒にこう言われたそうだ。前回の早駆け祭りの勝者である魔獣使いのケンが標的だ。と」

真剣なアルバンさんの説明に、改めてこの件は自分の事だと実感した途端、あらぬところが今更ながらにヒュンって縮こまったよ。

「その際にこう言われたそうだ。彼に全てを台無しにされ、大事な兄貴達は強制労働送りになった。

だから自分達には彼に復讐する権利がある。となァ。逆恨みでも、金さえ出してくれるのなら自分達には関係ない、とも思ったそうだ」

「逆恨みだって分かっているんなら、せめて依頼を断ってくれよ」

「金さえ出せば客なんだろうさ」

　俺の嫌そうな呟きに、笑ったハスフェルがそう突っ込む。

「それにしても、その弟子達だって金に苦労していたんだろうに……ああ、そうか。それで金を工面する為に盗みに入ったわけか！」

「そうみたいだね」

　嫌そうなエルさんの言葉に、全員が呆れたようなため息を漏らす。

「そこで馬鹿の弟子二人からこう言われたそうだ。祭り当日、ケンを自分達の目の前から消してくれ。と」

「ええ？」

　俺の呟きに、アルバンさんは嫌そうに頷く。

「それを聞いた二人はこう理解した。それは、殺せの隠語だとね」

「そりゃあ、消せって言われたら犯罪者はそう思うぞ！」

　思わず力一杯叫んで机をバンバンと叩く。ハスフェル達も苦笑いしている。

「改めて馬鹿の弟子二人からも聞き取りを行った結果、確かにそう言ったとの証言も得られた。彼らはそのままの意味で、祭り当日、君がレースに出られなければそれでいいと思っていたらしい」

「それで、元殺人者に向かって消してくれって……馬鹿すぎる」

「成る程。馬鹿の弟子は馬鹿ではなく大馬鹿だったわけだな」

腕を組んだオンハルトの爺さんの言葉に、全員揃って吹き出し大爆笑になった。

もう、ここまで登場人物が全員揃って馬鹿ばっかりだと、本気で腹を立てるのも怖がるのも馬鹿馬鹿しくなってきたよ。いやマジで。

「それにしても今回の一件、君には本当に迷惑をかけた。楽しむ為に祭りに参加してくれているのに、こんな形で出迎えてしまって本当に申し訳なかった」

「安全を考えて街の外にやったのに、逆に危険に晒してしまった。各ギルドを代表してせめて謝らせてくれ」

笑いを収めて立ち上がった二人が改めて俺に向かって頭を下げるのを見て、俺も慌てて立ち上がった。

「やめてください。水臭いですよ。それを言い出したら騒ぎの発端は、前回の祭りの前に俺達とあの二人で揉めたことなんですから」

俺の言葉に顔を上げた二人は揃って苦笑いしている。

「そう言ってくれたら少しは気が楽になるよ。それじゃあこう言わせてもらうよ。これでもう一件落着だ。後は思いきり祭りを楽しんでくれたまえ」

「二連覇、期待しているぞ」

「あはは、もちろん全力で勝負させていただきますよ」

誤魔化すようにそう言って笑うと、いつの間にか立ち上がっていたクーヘンが俺の背中を叩いた。

「負けませんよ」

短くも強気なクーヘンの言葉に続き、ハスフェルもにんまりと笑って拳を突き出して来た。クーヘンも笑顔でそれに倣う。

「俺達を忘れるなよ」

「そうだぞ。一位と二位は金銀コンビが独占させてもらうからな」

「俺も忘れてもらっちゃあ困るなあ。エラフィの足の速さを忘れたか？」

ギイとオンハルトの爺さんも、そう言いながら俺の横へ来て肩を叩く。

「そうですよ。ビスケットの加速も忘れないでください」

笑ったランドルさんまでが、そう言って拳を突き出す。

「もちろん正々堂々と受けて立つよ。二連覇、阻んでみせてくれよな」

俺もそう言って笑うと、円陣を組む全員の拳に俺の拳も突き出した。

「思い切り楽しむとしようぜ！」

「おう！」

ハスフェルの号令に、全員の声が揃う。

拳をぶつけ合った俺達は、もう一度顔を見合わせて笑い合ったのだった。

エルさんとアルバンさんが帰った後、何となく全員揃って俺の部屋でダラダラとして過ごしていたんだが、どうにも落ち着かない。

「ちょっと、厩舎のマックスとニニの様子を見に行ってくる」

そう言って、従魔達はそのまま部屋に残して一人で厩舎へ向かった。

装備は整えて剣帯も装着してあるから何があっても大丈夫だ……多分。

スタッフさんに厩舎にいる従魔に会いたいと声をかけると、なんと裏の廊下を通って厩舎まで案内してくれた。

祭り期間中は勝手に一般人が厩舎に来ないようにしてくれているんだって。

珍しいホテルの裏側を見られて、ちょっと面白かったよ。


「マックス！　ニニも元気か！」

前回同様、綺麗な厩舎の広い小部屋になったところに一緒にいたマックスとニニが、俺の姿を見た途端に大興奮になる。

厩舎のスタッフさんが、手早く鍵を開けてくれた扉から中に入る。

「ご主人！　ご主人！」

大興奮したマックスが飛びかかって来る。

「うわあ、待て！　ステイだ、ステイ！」

俺の叫ぶようなステイの声に我に返ったマックスが即座に良い子座りするのを見て、厩舎のスタッフさん達が大きくどよめく。

「よし、いよいよ祭りが始まるぞ。明日は選手紹介があって、明後日はレース本番だ。今回も絶対に勝つからな。よろしく頼むぞ！」

良い子座りしているマックスに抱きつき、そう言いながら力一杯撫で回してやる。

「任せてください！　完璧な走りをお見せしますよ」

大興奮する尻尾のせいで、辺り一面に干し草がばら撒かれてスタッフさんが慌てている。

すみませんねえ。マックスの尻尾は興奮すると扇風機になるんですよ。

内心でスタッフさん達に謝って、俺はマックスとニニを交互に何度も撫でて抱きしめて、最近不足していたもふもふとむくむくをしっかりと充電してから顔を上げた。

それから姿を隠しているフランマの揺らぎがすぐ近くにいるのを見て、こっそり激うまリンゴを渡しておいたよ。マックスとニニの守り、ありがとうな。


「何だ、ハスフェルも来たのか。ああ！　ウッディさん、フェルトさんも！」

聞き覚えのある声に振り返ると、ハスフェルと一緒に現役大学教授のウッディさんとフェルトさんが笑顔で手を振っていた。

「お久し振りです。今回も表彰台に上がるつもり満々だったんですが、新たな魔獣使いの参加者達の話を聞いて本気で泣きたくなりましたよ」

「我らの、あの努力と訓練の日々を返してください」

二人して泣く振りをしながらそう言っているが、顔は完全に笑っている。

「勝負はやってみないと分かりませんよ。ここまで来たら、あとはもう力一杯走るだけですって」

そう言いながら、笑顔で差し出された二人の手を順番に握り返す。

「それにしても、改めて見るとやはりマックスやシリウスは大きいですね。ううん、私が言うのも

「何ですが、やはり馬と従魔では力の差は歴然としていますね」

マックスを見て苦笑いするウッディさんの言葉に俺も頷く。

前回九連勝していた馬達でさえ、従魔達の本気の走りに全くついて来られなかった。

そもそも最初の二周半、俺達は完全に流して走っていた。もしあそこも本気で走っていたら、多分彼らとの差は周回遅れどころじゃあなかっただろう。

「もう少し魔獣使いが増えたら、馬とそれ以外の騎獣で分けてもいいんじゃないですかね。賭けるレースが増えてお客は喜ぶと思いますよ」

何となく言った言葉だったが、それは案外面白そうな気がした。三周全力で走ったらどれくらいの速さになるんだろう。ちょっとマックスの本気な走りを見てみたい。

「それは良いですね。今すぐは無理でも、将来的には本気で考えてみようかな」

「確かに面白そうだ。個人的には良いと思うぞ」

突然聞こえた声に驚いて振り返ると、エルさんとアルバンさんの二人が笑顔で立っていたのだ。

「あの後、ホテルの支配人と打ち合わせをしていてね。今から帰るところなんだけど、丁度ハスフェル達と鉢合わせしたので、ご一緒させてもらったんだ」

「ああ、それはご苦労様です」

そりゃあここには、早駆け祭り参加者が馬達と一緒に泊まっているんだから、主催するギルドとホテルとの打ち合わせは必須だろう。

ちなみにハスフェルは、マックス達の隣の場所にいるシリウスのところへ行って、さっきの俺のように抱きついて仲良く話をしている。

シリウスも可愛がってもらっているみたいで、何よりだよ。

「そうだ。さっきの話ですが三周戦は今まで通りにして、その上にもう一段、倍くらいの周回で魔獣使い専用のレースを増やせば良いと思いますよ」

「そんなに走れるか？」

真顔のアルバンさんの言葉に俺とハスフェルが顔を見合わせ、同時に自分の従魔を振り返った。

「どうだ？　あの倍くらいなら走れるよな？」

「当然です。必要なら最初から最後まで全力疾走出来ますよ！」

マックスだけでなく、シリウスまでが大興奮状態で声を揃えてそう答えてくれた。

またしても飛び散る干し草の山。スタッフさん、ごめんなさい。

「倍でも大丈夫みたいですね。まあ、レースに出る従魔の種類はある程度限られるでしょうが、もう少し参加者が増えれば絶対に盛り上がると思いますよ」

実際にやるとしたら、そう簡単な事ではないだろう。でも従魔達だけでレースとか、絶対に楽しいと思う。

俺はマックスのむくむくな毛を撫でてやりながら、いつか沢山の魔獣使いやその従魔達と一緒に、大騒ぎしながら走る日を夢見てもう一度その太い首に抱きついたのだった。

「これからもよろしくな」

何となく改まってそう言い、マックスを押しのけるようにして甘えてくるニニも両手で抱きしめてやった。

「寝るのはやっぱりニニの腹の上がいいよ。手足を伸ばしてベッドで寝ているのに、なんだか落ち着かないんだよな」

手を放してそう言うと、嬉しそうに目を細めたニニが声の無いニャーをくれた。

「ああ、可愛すぎる！　お前は俺を萌え殺す気か！」

悶絶した俺はそう言いながら、思いっきりニニを撫でまくってやった。

「それじゃあ部屋に戻るよ。良い子にしているんだぞ」

ニニとマックスに手を振り、お世話をしてくれるスタッフさん達に改めてお礼を言ってから、ギルドマスター達とは厩舎で別れて、皆一緒にスタッフさんの案内で部屋に戻った。

廊下でウッディさん達と別れた俺とハスフェルが部屋に戻ると、残っていた五人は前回もやっていたボードゲームで大盛り上がりの真っ最中だった。

一段落したところで作り置きで昼食を食べて、そのまま夜まで楽しくゲームをして遊んだ。

夕食は、昨日皆で作ったカレーに色んなカツをトッピングした。それから、母さんがよく作ってくれた、小さくちぎった生野菜に刻んだハムとゆで卵を混ぜてドレッシングで和えた、若干見かけが残念なごちゃまぜサラダも用意した。これ、野菜嫌いだった子供の俺でも食べられたんだよ。

カツカレーがランドルさん達にも大好評だったのは、言うまでもない。

スライム達が空になった鍋まで綺麗に片付けてくれた後は、何となくダラダラして過ごした。

途中、俺達が頼んだ賭け券をギルドのスタッフさんが持ってきてくれたので、それぞれ頼んだ分を確認して会計を済ませてから受け取った。

「明日は、早駆け祭りの参加者紹介がありますので一緒に走る従魔達と共に全員参加していただきます。ホテルから会場までは、ギルドのスタッフがご案内しますので、部屋で準備してお待ちくださいい」

「了解です。うう、またあの小っ恥ずかしい選手紹介を聞かされるのかよ」

顔を覆ってそう呟くと、ハスフェル達が大笑いしていた。

「オンハルトの爺さんとランドルさんは初参加だもんな。どんな風に紹介されるのか楽しみにしておこう」

俺がにんまり笑ってそう言うと、二人が揃って情けない悲鳴を上げ、それを見てまた大爆笑になった。

笑顔で戻るスタッフさんを見送り、俺達も解散した。


それぞれの部屋に戻るランドルさん達とクーヘンを見送ると、俺はもう眠くなってきたので早めに休ませてもらう事にして寝室へ向かった。

当然、従魔達がゾロゾロとついてくる。

いつものようにサクラに綺麗にしてもらって、ここでずっと俺の枕役を務めてくれているセーブルにもたれかかり、胸元に飛び込んできたタロンを抱き枕にする。いつものように背中側にはラパンとコニーが、そして足元にはティグとマロンとヤミーが大きくなって並んで寝転がった。

他の子達は床に集まって眠ったみたいだ。

スライム達が引き上げてくれた毛布を被って目を閉じると、いつの間にか眠りの国へ墜落していたよ。ううん、我ながら見事な寝つきの良さだね。

第90話　祭り一日目と参加者紹介！

ぺしぺしぺし……。

「おう、今日は起きるぞ」

少し前から何となく目を覚ましていた俺は、シャムエル様が額を叩くと同時にそう言って目を開いた。

「ええ、どうしたの？　そんなに早く起きるなんてお腹でも痛い？」

「失礼だな。俺だってたまには早く起きるよ」

目を真ん丸にして俺を覗き込むシャムエル様に笑いながら文句を言って、腹筋だけで起き上がり大きく伸びをする。

「前回の早駆け祭り当日も、確か早起きして笑った覚えがあるなあ。イベントのある日だけ早起きするって、俺も小学男子決定だな」

そう呟いて思わず吹き出す。

「朝から楽しそうだね」

「そうだな。ちょっと懐かしい事を思い出したよ」

笑ってシャムエル様のもふもふ尻尾を突っついてから、顔を洗いに洗面所へ向かった。

今日は、しっかり装備を身につけておく。

剣帯を締めながら居間に出て行ったら、まだ誰もいなかった。ううん、ちょっと早起きしすぎたかね。

「そう言えば、これが終わったらいよいよバイゼンだけど、冬服がいるよな？」

ソファーに座りながら今着ている服を引っ張ってみる。

「真冬の郊外へ狩りに出るなら別だけど、街の中なら今の装備に冬用のマントを羽織れば充分だね」

肩に座ったシャムエル様が、尻尾の手入れをしながら教えてくれる。

「冬用のマントか。ここで買えるかな？　それともバイゼンで買った方が良いかな？」

「バイゼンは、装飾品や武器防具なんかは相当良いのがあるんだけど、服は見た目がイマイチなんだよね。マントは一番目につく服だから、王都に近いここで買って行くのがお勧めです！」

何やら力説されたけど、通勤時のスーツ以外はファストファッションオンリーだった俺には未知の世界だよ。

「それなら、後で商人ギルドのアルバンさんに相談してみよう」

うん、餅は餅屋だ。きっとお勧めの店を教えてくれるだろう。

そんな話をしているとハスフェル達が起きて来て、めっちゃ驚かれた。

「何だよ失礼だな。たまには俺だって早起きするよ」

よく考えたら、俺が一番に起きるのって初めてな事実に気付いて、朝から皆で大笑いしたよ。

いつもの朝食の後は、特に何もする事がないので従魔達を順番に撫でたり揉んだりしながらのんびり過ごした。

開いた窓から、さわやかな風と一緒に街の大騒ぎの声が聞こえてくる。

「楽しそうだな。ううん、一度くらいは観客としてこの街のお祭りを見たかったなあ」

「おや、ケンさんはハンプールの早駆け祭りを見た事が無いんですか？」

ランドルさんとバッカスさんの驚く声に、俺は苦笑いして頷いた。

「俺は少し前まで樹海にいましたからね。レスタムの街で初めて冒険者登録をして、それからあちこち見て回っているんです。だから常識だって言われるような事を、実はあまり知らなかったりするんですよ」

一応、俺の出身は樹海って事になっているので、こう言えば大抵が驚いて黙ってくれる。

でもまあ、実際にあそこに住めるかって言われたら……。うん、無理だね。絶対三日も持たずに逃げ出す未来しか見えないよ。

「しかし冷静になって考えたら、この世界に来てからまだ半年くらいしか経っていないんだよな。来た時が春の初めで今が秋。ううん、もう十年くらいはこの世界にいる気がするぞ」

ここでの濃密すぎる今までを思い出して、遠い目になる俺だったよ。

「何、一人百面相しているの？」

いつの間にか俺の膝の上に座っていたシャムエル様が、呆れたようにそんな事を言う。

「うん、ちょっと色々思い出していたんだよ」

誤魔化すようにそう言うと、座ったソファーの背に体重を預けて目を閉じ、開いた窓から入ってくる秋の風と街の遠いざわめきを楽しんだのだった。

時間になり、ギルドマスター直々のお迎えと案内で、それぞれの騎獣に乗りホテルの外に出た俺達は、周囲の道を埋め尽くしていた人達からの大歓声と拍手大喝采に迎えられた。

「すげえ。エルクだ。あの角を見ろよ」

「うわあ、あれってオーストリッチだよな」

「今回も乱戦になりそうだな。ううん、これは難しいぞ」

「やっぱり、マックスは格好良いよ。俺、絶対彼に賭けるぞ」

「恐竜だよ！　凄い！　格好良い！」

「絶対、二連覇してくれよな～！」

あちこちから聞こえる好き勝手な感想と称賛の声。

これも興行のうち！　と考えて、笑顔で軽く手を振ったらもっと凄い大歓声とどよめきと黄色い歓声が聞こえて、本気でビビって泣きそうになったのは内緒だ。

俺のメンタルとＨＰをゴリゴリと削りながら、大勢の人に囲まれて祭りの会場へ向かう。

街を出て旧市街へと続く幅の広い道路は、両端を屋台が埋め尽くしていてあちこちに行列が出来ている。

「香りだけとか苛めだぞ、これ。俺も屋台で買い食いしたい！」

前回と同じ感想を抱きつつ静々と進み、やっとの思いで旧市街の外環にある広い公園に到着した。

ここが祭りの本部だ。

見覚えのある大きなガレージタイプのテントへ案内されると、ようやく一息つく事が出来た。

俺達のテント同士は、二列四棟全部を連結してくれてあるので中はとても広い。

そして前回同様に奥には水場も用意されているので、従魔達には好きに水を飲ませてあげられる。

好きに寛ぐ従魔達を見て和んでいると、エルさんがスタッフさん達と共に戻って来た。

「お待たせ、じゃあ行こうか。警備の者がいるから、他の従魔達は留守番で構わないからね」

「分かりました。じゃあ、ここで留守番していてくれよな」

そう言いながらニニを撫でていると、耳元でベリーの声が聞こえた。

『前回と同じく、ここには私とフランマが残りますのでご心配なく。どうぞ楽しんできてくださいね』

完全に面白がっているベリーの声に、小さく吹き出した俺は肩を竦めた。

『じゃあお願いするよ。まあ今回はもう騒動は無いと思うけどさ』

『ええ、そうですね。いってらっしゃい』

フランマの笑う声も聞こえて、従魔達の横に見える揺らぎに手を振った俺は、マックスの手綱を持ってもう一度その太い首に抱きついた。

「祭りの開始だ。よろしくな、相棒」

「ええ、絶対に二連覇しましょう！」

元気良くそう言って一声吠えたマックスの首筋を叩いてやり、もう一度手綱を握りしめて深呼吸をした俺は、胸を張ってテントの外に出た。

「うおお～～～～！」

物凄いどよめきと大歓声に、俺は本気で飛び上がった。

「うわあ、何これ。怖すぎる」

咄嗟にマックスにしがみつきながらそう叫ぶと、慰めるようにマックスが頬擦りしてくれた。

「大丈夫ですよ、ご主人。何があろうと私がついていますからね」

「お、おう、頼りにしてるよ」

笑ってそう言い、一つ深呼吸をしてからマックスから離れて顔を上げる。

スタッフさんの案内で、俺達はそのまま本部前にある一段高くなった舞台の横に連れて来られた。

もう、舞台の前は見渡す限り、隙間なくぎっしりと人で埋まっていた。

「おお、前回の覇者のご登場だぞ」

そう言って笑ったウッディさんとフェルトさんが、綺麗な栗毛の馬と一緒に手を振っている。

「いよいよですね」

「ええ、よろしく」

笑って拳をぶつけ合っていると、それを見た観客達から何故か黄色い歓声と拍手が起こった。今の黄色い歓声の意味は何？

他の参加者の人達とも挨拶を交わしていると、見覚えのある司会者が出て来て舞台の真ん中に立った。

「それでは皆様！　お待たせいたしました！　ただいまより早駆け祭りを開催いたします！　まずは今回の祭りの主催者である、商人ギルドのギルドマスターからご挨拶をいただきましょう。ギルドマスターアルバン！　お願いします！」

拍手の中、豪華な服に身を包んだアルバンさんが進み出て来た。

「おお、格好良い。着飾ってもイケメンだと嫌味にならないんだなあ」

案外イケメンなアルバンさんを見て若干失礼な感想を抱いていると、司会者からマイクを渡されたアルバンさんは、胸を張って観客に向き直った。

「皆様お待ちかねの早駆け祭りの始まりです。二日間、大いに楽しみ、そして大いに散財してください」

大爆笑になる会場を見渡して、アルバンさんは満足そうに大きく頷いた。

「私からは以上です！　皆様の幸運を祈る！」

爆発したような大歓声の中、アルバンさんは握った拳を頭上に突き上げた。

「うおお〜〜〜〜〜！」

もの凄い大声を上げたアルバンさんに会場中が続く。もう皆大喜びだ。

「あれが、商人ギルドのギルドマスターが毎回やる祭りの名物みたいなものでね。あの挨拶の内容から最後の雄叫びまでがお約束の展開なんだよ」

「彼は、実は照れ屋でね。堅苦しい挨拶なんて絶対嫌だって言って、ギルドマスターになって初めての時、照れ隠しであれをやったんだ。そうしたらもう大受けでさ。以来、毎回同じ挨拶で通しているんだ」

笑いながらウッディさん達が説明してくれる。アルバンさんの意外な一面を知って俺達も笑いながら拍手したよ。

「それでは、早駆けレースの参加者を順番に紹介させていただきます！」

満面の笑みの司会者の声に、会場が一気に静かになる。

まずは未成年達の紹介が始まり、猫を連れた女の子の姿を見つけて俺は笑顔になる。未来のテイマー候補生は健在みたいだ。

時折笑い声が交じる中、参加者達がどんどん紹介されていく。

そしていよいよ三周戦の参加者紹介を残すだけになった。

「それでは皆様お待ちかね！　早駆けレースの花形、三周戦の参加者紹介に移らせていただきます！」

またもの凄い大歓声が沸き起こって、よそ見していた俺は飛び上がった。

「最初は、走る火の玉デュクロ！　さあ、前回の雪辱を果たす事が出来るか！　今回はどんな走りを見せてくれるか期待しましょう！」

最初に舞台に上がったのは大型の馬を引いたやや年配の男性で、あの馬には見覚えがある。

「あれって、前回のゴール前で俺達の前で転んだ人じゃないか？」

思わずそう呟くと、クーヘンが教えてくれた。

相棒の加速の王子レンベックって人と二人で、前回、最後まであの馬鹿達と先頭集団で競り合っていた常連参加者達らしい。

しかし例の馬鹿が矢笛と呼ばれる特殊な音が出る笛を彼らに向かって吹いたせいで馬が転んでしまい、結局レースは棄権したんだって。完全なる被害者。

矢笛は、文字通り矢のような鋭い音が一瞬だけ出る特殊な笛で、馬や牛など音に敏感な動物が嫌がる音が出る。だけど人の耳には聞こえないらしく、もちろんレースでは使うなんて絶対に駄目。禁止されている道具だ。

「あの馬鹿。本当に無茶苦茶だったんだな」

呆れた俺の言葉に、一緒に聞いていたウッディさん達も嫌そうな顔をしている。

どうやらこの話は他の参加者達も聞き及んでいたらしく、クーヘンの説明に皆も怒ったような顔をしている。

「だから、今回は正々堂々と戦おうって、参加者達の間ではいつも言っているんだ。もちろんケンさん達だって正々堂々勝負してくれるだろう？」

「当たり前だよ。ズルして勝ったって嬉しくも何ともないって」

俺の言葉に嬉しそうに笑ったウッディさんと、もう一回笑って拳をぶつけ合った。

すると、また観客達から黄色い歓声が上がる。

ええと、あれってマジで何に対しての黄色い歓声なんだ？

どんどん進む、聞くのも恥ずかしい参加者紹介の数々に、俺はもう途中からマックスに抱きついて現実逃避していた。

ああ、このむくむくはやっぱり癒されるなあ……。

「次は、人情派の鬼教授フェルト～！　騎乗するのは馬のナーデル～！　チーム名は、チームマエストロ～！　さあ学生諸君。頑張って応援するのだ！　今期の君達の単位がかかっているぞ～！」

最後の司会者の台詞と共に、会場はどっと笑いに包まれる。

そして、待ち構えていたかのように最前列に陣取っていた一団が、横断幕のようなものを頭上に掲げて左右に振り回し始める。

そこにはこう書かれていた。

ご祝儀テストをもう一度！　と。

おお、表彰式の時に言っていたご祝儀テスト、本当にやったんだ。

感心して見ていると、司会者からマイクをふんだくったフェルトさんが学生達に向かって満面の笑みでこう言ったのだ。

「ご祝儀は、滅多に無いからご祝儀なんだよ。二度も続けてやると思うな！　世の中そんなに甘くねえぞ。しっかり勉強しろ～！」

学生達の悲鳴が響き渡り、大爆笑になる会場。

そうだよな。学生の本分は勉強だ！　と、自分の学生時代を棚に放り上げて偉そうな事を言ってみる……うん、柄にもない事するのはやめよう。背中が痒くなって来たよ。

まだ笑いの残る会場に手を振り、フェルトさんが司会者にマイクを返してから馬のナーデルの手綱を引いて後ろに下がる。

それを見た司会者が、笑いながら額の汗を拭う振りをしてから会場に向き直る。

「学生諸君の健闘を祈る」

選手紹介している時のテンション高い声とは全く違う、低めの超良い声でぼそっと呟いたその言葉に、また大爆笑になる会場。

「へえ、あの司会者やるなあ。今の一言で会場の空気を一気に自分に引き寄せたよ」

密かに感心して司会者を見る。俺は知らないけど、実は有名な人なんだろうか？

「さあ、どんどん参りますよ。次は走る知性派、現役の大学教授のプロフェッサーウッディ〜！騎乗するのは、馬のレーラー！　チーム名は、チームマエストロだ〜！」

さっきの低い声とは別人のような会場中に響く元気な司会者の紹介に、片手を挙げたウッディさんが笑顔で舞台へ上がる。

またあちこちから学生らしき若者達が、大喜びで拍手をしたり笛を吹いたりしている。そして、当然のように最前席に陣取っていた一団が、彼が舞台に上がった途端に大きな旗を取り出して振り回し始めた。

「出た、前回も振り回していたアレだな。なになに……頑張れ教授！　負けるな教授！　応援してます！　単位ください！」

相変わらずの学生達に、堪えきれずに吹き出した俺だったよ。

「応援ありがとう！　だけど単位は自力で取れ！　馬鹿もんが！」

またしても司会者からマイクを引ったくったウッディさんがそう叫び、学生達の悲鳴と沸き起こる笑い声。ううん、確かにお約束の笑いって安心するなあ。

そんな事を考えて和んでいた俺はその時、学生達と並んで最前席に陣取っているやや年配の女性の団体と目が合った。

他意はない。何となく学生達の方を見ていたら偶然目が合っただけだ。

しかし、その女性達は互いの肩や背中を叩き合いつつ、いきなり黄色い歓声を上げてもの凄い勢いで俺に向かって手を振り始めたのだ。

中には、真っ赤になって飛び跳ねながら投げキスをしている人までいる。

ええ、これって俺に向かって……だよな？　そう思って、小さく手を振り返してみる。

すると、さっき以上のもの凄い歓声……と言うか悲鳴が上がる。しかも女性達は、真っ赤になりつつも目を輝かせてずっと俺の事をガン見している。

何これ？　もしかして、人生初のモテ期到来？　初めての体験に、どうしていいか分からない。

すると、俺の後ろで吹き出したハスフェルとギイが、いきなり俺の左右から肩を組んできた。

完全に両腕をホールドされて慌てていると、ハスフェルとギイが笑顔で彼女達に手を振る。

さっき以上の黄色い歓声と悲鳴が上がって納得した。

ああそうか。彼女達は、俺ではなく背後のハスフェル達に手を振っていたのか。勘違いに気付いて凹む俺。ちょっと向こうへ行って泣いてもいいですか。

「さあ、ここから今年も番狂わせの予感をさせる面々を紹介していきます。順番にいきましょう！　まずは上位冒険者にして最近魔獣使いとなった、遅咲きの努力家ランドル！　騎乗するのはカメレオンオーストリッチのビスケット。これは希少種です。私も初めて見ました。その長い脚は走る為にあるかのようです。チーム名は、チーム脚線美！」

大歓声と共に拍手が沸き起こり、ランドルさんがビスケットと共に堂々と舞台に上がる。

「次も初参加です。いぶし銀の魅力満載オンハルト～！　騎乗するのは、これまた希少種のグレイエルクの亜種のエラフィだ～！　チーム名はチーム脚線美～！」

また沸き起こる大歓声と拍手の嵐。

その時、ランドルさんとオンハルトの爺さんが二人並んで前に進み出た。

二人は揃って背筋を伸ばして後頭部に手をやり、客席側になる右足を大きく前に出して伸ばし、爪先立って見せたのだ。セクシーポーズみたいな状態だ。

見よ。おっさんの脚線美！　二人揃ってムチムチマッチョな足だけどさ。

それを見た会場中が大爆笑になる。

俺の左右にいるハスフェルとギイも、大喜びで大爆笑だ。

「いやあ、良いものを見せていただきましたね。チームの名にふさわしい脚線美の持ち主です。いやあ羨ましい」

手を振りながら下がったランドルさんとオンハルトの爺さんを見た司会者の言葉に、また会場中が大爆笑になったよ。

「さて、次は前回第二位の戦神の化身ハスフェル！　相変わらずの素晴らしき肉体美を見よ！　まさしく銀髪の戦神の化身そのものだ～！　騎乗するのはグレイハウンドの亜種のシリウス！　チーム名は金銀コンビ～！」

軽く咳払いをした司会者の言葉に、苦笑いしたハスフェルが俺の肩を解放してからシリウスの手綱を引いて舞台に上がる。

あちこちから黄色い歓声が上がり、さっきの最前列の女性達も大喜びで拍手をしている。そして男性陣からの歓声も凄い。まあ、あの肉体美は純粋に憧れるよな。

うんうんと一人で納得していると、もうギイの名が呼ばれていた。

「次はもう一人の戦神の化身。前回第三位の金髪の美丈夫ギイ～！　こちらもハスフェルに負けず劣らずの素晴らしい肉体美だ～！　二人並ぶと壮観です！　騎乗するのはブラックラプトルの亜種、デネブ！　チーム名は金銀コンビ。これ以上ない最高のチーム名だ～！」

また大歓声と図太い歓声があちこちから聞こえる。

笑って顔を見合わせたハスフェルとギイの二人は、これまた揃って前に進み出ると少し離れ、両腕を左右に大きく広げて上げ拳を握って肘を曲げる。一層盛り上がる腕と上半身の筋肉。二人は少し腰を捻って面を切るように観客に向かってポーズを決めた。元祖マッチョポーズだ。

もう、これ以上ないくらいの大歓声と大喜びの観客達。

ポーズを決めた二人が笑って手を振り下がる時にも、大歓声と共に図太い歓声と黄色い歓声が上がった。

「おいおい、揃って何してくれるんだよ。俺達のハードル爆上がりじゃないか」

思わずそう呟くと、同じく困ったように眉を寄せたクーヘンが俺を見上げている。

「ええと、何かアイデアってあるか？」

無言で首を振るクーヘンを見て、俺もため息を吐く。

そんなの今すぐ思いつくわけ……。

その時、不意に閃いたそのアイデアに俺は手を打った。

「なあ、ドロップはいる？」

「ええ、ここにいます」

クーヘンの胸元には、いつものようにオレンジ色のドロップが小さくなって収まっている。

そして俺の剣帯に付けてある小物入れの中には、同じく小さくなったアクアゴールドが入っている。つまりスライム全員集合だ。

「なあ、それならこれで良いんじゃないか？」

クーヘンに俺の思いつきを耳打ちすると、満面の笑みになったクーヘンが大きく頷き親指を立てて拳を突き出した。

「それは素晴らしいですね。是非やりましょう」


「さあ、どんどん参りますよ〜！」

相変わらずテンションの高い声の司会者が俺達を振り返る。

「次はクライン族の小さな戦士クーヘン。彼はこのハンプールで、絆と光という店を経営する商人と、魔獣使いとして冒険者を兼業する優秀な人物です！　彼の店のジェムや装飾品のお世話になった方、多いんじゃありませんか～？　ちなみに私も何度もお世話になっております！　そしてチーム名は、愉快な仲間達～！」

チョコの手綱を引いたクーヘンが舞台に上がると、あちこちから歓声が上がり拍手が沸き起こった。笑顔で彼の名を呼ぶ人達も多い。この街にすっかり受け入れられているクーヘンを見て、俺まで嬉しくなったよ。

「さて、最後の一人になりました。金銀コンビやオンハルトが乗る騎獣は、全て彼がテイムした従魔です。またクーヘンやランドルの魔獣使いとしての師匠でもある、前回の早駆け祭りの覇者にして超一流の魔獣使い、ケン！　騎乗するのはヘルハウンドの亜種、マックス！　そしてチーム名は愉快な仲間達だ～！」

大歓声が沸き起こり、あちこちから黄色い歓声が上がる。ええ、あの女性達、俺に向かって手を振っているぞ？

地響きのような大歓声にビビりつつ、マックスの手綱を引いて舞台に上がる。

うわあ、全員が俺を見ているよ。そのまま回れ右をして帰りたくなる気持ちを抑えて、引き攣った笑顔で観客席に手を振る。

クーヘンが進み出て来たので、頷き合って少し離れる。

「よし、出てこい！」

小さな声でそう言うと、テニスボールサイズになったスライム達が、ベルトの小物入れから次々に飛び出してきた。

まるで手品のようなその光景に、会場中から驚きの声が上がる。

クーヘンもテニスボールサイズになったドロップを出して手の上に乗せる。

向かい合った俺とクーヘンは、合計十匹のスライム達を交互に投げ合った。

綺麗な二つの弧を描いて、スライム達が投げられては地面に落ち手の中に戻ってまた投げられる。

いわば、スライムジャグリングだ。

投げられるスライム達が、自ら俺達の手の中に戻ってきてくれるので、俺達はただ手を動かしているだけ。

もちろん、アクアゴールド絶対禁止令発動中だ。

大喜びの観客から手拍子まで貰い、大盛況の中スライムジャグリングは終了した。

ドロップはクーヘンの胸元へ、そしてアクア達は順番に俺の小物入れの中に飛び込み、中でアクアゴールドに合体して、小さくなって巾着に張り付いた。

多分観客達は、また俺が手品でスライム達をどこかへやったと思っているのだろう。

俺とクーヘンが揃って深々と一礼すると、一瞬静まり返った会場から大歓声が沸き起こった。笑顔で手を振り、もう一度歓声に応えて下がる。

しかし、舞台から下りる際にもあの女性達が俺に向かって何度も投げキスをして手を振っているのに気が付き驚いて振り返る。まさかの本当にモテ期到来?

しかし、彼女達は声を揃えてこう叫んだのだ。

「マックス～～！　お願いだから抱きつかせて～～！」と。

KEN
KEN
KEN
KEN
KEN

その叫びにどっと会場が沸き、あちこちから同意する声と笑いが起こる。

何だよ。彼女達が手を振っていたのは、俺じゃなくてマックスか。

脱力した俺は、彼女達に向かって手を振ってから見せつけるようにマックスに抱きついてやった。

笑いながら悲鳴を上げる女性達。それだけじゃなく会場のあちこちからも笑いと黄色い悲鳴が上がる。

隣でクーヘンが吹き出す音が聞こえて、俺も抱きついたまま声を上げて笑った。

さらば、俺のモテ期。べ……別に、泣いてなんかないやい！

第91話　初日はのんびりレース観戦だ!

拍手に送られて戻って来たテントの机の上には、いつの間にか様々な料理が山盛りに並べられていて驚く。

「マーサさんと兄さんが、先ほど屋台で買って持って来てくれたそうですよ」

クーヘンの説明に笑顔になる。そうそう、こういう屋台飯が食べたかったんだ。

大喜びでお礼を言って、皆で有難くいただいたよ。

「昼はどうするんだい……って、もう食べているのかい?」

食事中に外からエルさんの声がして、テントの垂れ幕が上がる。

「はい、マーサさんと兄さんが差し入れてくれましたよ」

笑顔のクーヘンの言葉に、苦笑いしたエルさんが手にしていた料理をまとめて渡してくれた。

「残念、出遅れたか。でも、よければこれもどうぞ。それと午後からはどうする?」

「ありがとうございます。今回も特別観覧席をお願いしても良いですか?」

「了解だ。じゃあ時間になったら声をかけるよ」

そう言って足早に出て行ってしまう。

またしても山盛りに置かれた料理やお菓子の数々に、大喜びな俺達だったよ。

食事の後、また従魔達をベリーに任せてエルさん直々の案内で揃って特別観覧席に向かった。

特等席から賑やかな会場を眺めて、レースの開始を待つ。

特別観覧席正面の、外環と街へと続く広い道と交差点にあたる広場が、祭りのメイン会場だ。

ウッディさん達もやって来たので、笑顔で手を叩き合った。

改めて観客席を見渡した俺は、思わず声を上げそうになった。

だって、人混みの中にシルヴァとグレイを見つけたんだよ。二人の手には、クリーム山盛りパンケーキのお皿付きだ。一瞬だけレオとエリゴールもその隣に見えた気がする。

手を伸ばして、クーヘンの隣に座るハスフェルの腕を叩く。

『なあ、あそこにシルヴァとグレイがいるぞ。俺の見間違いじゃないよな？』

念話でそう伝えると、ハスフェルとギイが驚いたように俺が指差す方角を見る。

それからしばらくして揃って吹き出した。その隣でオンハルトの爺さんも笑っている。

『あいつら、揃って祭りに浮かれて出て来たみたいだな』

笑いながら念話でそう言われて、ちょっと遠い目になる。

だけどまあ、確かにお祭りに神様がお忍びで出てくるってのは、いかにもありそうだ。

『だがここへ来るには厳しい制約があって、買い食い程度なら許されるが、あまり直接人と関わる事は許されない』

『それってつまり、俺達の所には来ないって事？』

『ああ。だが賭け券は買っていると思うから、期待に応えてやらないとな』

『そっか。それなら頑張らないとな』

　納得して、改めてシルヴァ達を捜す。

「うわあ、もうパンケーキを食べ終わってる！」

　遠目に見えるシルヴァ達は、とても楽しそうだ。そして手にしていたパンケーキのお皿は何処にも無い。食うの早えな、おい。

　今日の二人の服装は、ふんわり可愛いお揃いのワンピース。はっきり言って、無防備すぎるくらいのラフな格好だ。おいちょっと横の冒険者野郎。胸を覗くな、胸を！

　遠くから勝手にヤキモキしていたが、そんなの関係ないとばかりに周り中の視線を集めた二人は、嬉々として屋台を回っている。

　次に手にしたのは、前回も食べていたソフトクリームみたいなやつの超大盛り。あれ、マジでどうして倒れないんだ？

　そしてそんなシルヴァとグレイの二人の両横には、疲れ切った風情のレオとエリゴールの姿を今度はしっかりと確認出来た。女神の護衛役ご苦労様。二人の健闘を祈るよ。

　遠目にシルヴァ達を眺めて和んでいると、いつの間にかレース開始の時間になったらしく、最初の子供達が、それぞれの動物達と一緒にスタート地点に集まっている。

　すると、あの司会者がマイクを手に舞台に上がって来た。

「それでは皆様。お待たせいたしました～！　早駆け祭り、最初のレースが間もなくスタートいたします。最初は十歳以下の子供達による早駆けです。さて、今回の子供達はどんな活躍を見せてくれるのでしょうか～！　どうか皆様、参加する子達に温かい拍手とご声援をお願いいたします！」

司会者の大声が会場中に響き渡り、拍手と歓声がそれに続く。

スタートラインに並ぶ子供達は、皆真剣そのものだ。

ロバや仔馬に乗っている子。犬に乗っている子。そしてあの猫に跨がった女の子。

それを見て、あちこちから笑いが起こるのも前回と同じだ。

大きな銅鑼の音が響き渡った直後、子供達がトコトコと走り出した。

「さあ、最初の早駆けが始まりました！　今回もニャンコと一緒に参加しているチサ選手は大丈夫なんでしょうか？　さあ、どんどん行け！　どの子も頑張れ～！」

相変わらず暑苦しい解説の中、真剣な顔で子供達は走っている。

「ああ～あの子が転んだ！　大丈夫か！」

ニャンコに跨って走っていたチサ選手が、豪快に顔面からすっ転んだのを見て思わず立ち上がったのは俺だけじゃない。クーヘンやウッディさん、ハスフェル達まで立ち上がって慌てている。

しかし、そこで意外な助けが入った。

転んで鼻を押さえていた彼女の下に潜り込み、よっこいしょ！　って感じに、彼女の脇から首を出した猫が、そのまま平然と進み始めたのだ。

「チサ選手豪快に転倒。大丈夫か？　しかしニャンコのミーシャが、そのままチサ選手を乗せて進んでいる！　頑張れミーシャ！　負けるなミーシャ！」

またしても暑苦しい解説に笑いが起こる。

しかし意外と重かったらしく、途中でミーシャが止まってしまう。あちこちから応援する声が上がり、手拍子が始まる。

すると鼻を右手で押さえたチサ選手が、起き上がって手を振って走り出したのだ。当然、ミーシャが嬉しそうにその後に続く。

彼女達の前方では、今回も落馬して自分の馬を呼ぶ子や、半泣きになりながら犬やロバを追いかけて走る子などなど、相変わらずカオス状態だ。

空の馬が一頭、既にゴールしているが、動物と騎手の両方が一緒にゴールしないと完走にならないから、あれは駄目だ。

前回と同じく、ずっとマイペースでトコトコ走り続けていた仔馬が騎手と一緒に一位でゴールして拍手が起こった。

そして一直線に進み、目の前の障害物は全て乗り越えていく猫のミーシャの様子に、また笑いが起こる。

「ミーシャが容赦なく踏んでいきます。グラシュ選手は、前々回、前回に続きなんと三回連続で踏まれています。もしかしてこれはわざとか？　ご褒美なのか？」

司会者の解説にまた笑いが起こる。

俺達も声を上げて笑いながら、ようやくゴールしたチサ選手とミーシャに惜しみない拍手を送ったのだった。

「いやあ、あの猫、本当に最高だったな」

笑い過ぎた息を整えながらそう言うと、同じく笑い過ぎて出た涙を拭っていたハスフェル達が何度も頷いている。

「彼女にはテイマーの才能があるみたいだ。将来、テイマーになってくれたらいいのにな」

笑った俺がそう言うと、クーヘンとウッディさん達が驚いたように俺を振り返った。

「ケン、今の話は本当ですか？」

シャムエル様が言っていたから間違いないよ。とはさすがに言えないので、笑って誤魔化しつつ頷いてみせる。

「みたいだな、将来が楽しみだ」

すると、クーヘンとウッディさんは揃って満面の笑みになった。

「それは良い事を聞いたな。彼女に教えてやらないと」

「そうですね、きっと彼女も喜ぶでしょう」

その言葉に、今度は俺が驚く。

「彼女の父親は俺の教え子でね。彼女が初めてレースに参加した時にその事を知ったんだ。そして実を言うと、彼女は君に憧れているんだ。前回の早駆け祭りの時の君の様子を何度彼女にせがまれて話した事か」

ウッディさんの嬉しそうなその説明を聞いて、驚きつつ俺も嬉しくなって来た。

マジで俺が憧れの人だって?

もしかして、未来の嫁候補二人目?

おお、これはもしかしてハーレムのフラグですか?

邪な方向に脱線しそうな思考を無理矢理引き戻してクーヘンを見る。

「クーヘンも、彼女を知っているのか?」

すると、クーヘンも笑いながら頷いた。

「ええ。彼女のご両親は、いつもうちの店のジェムを買ってくださる常連さんです。実は来年十歳になる彼女の誕生日祝いにと、彼女がデザインした猫のペンダントをご注文頂いているんです。兄さんが制作に取りかかっていますよ」

「へえ、世間って案外狭いんだな」

感心した俺はそう言って、二組目が走り始めた会場を眺めた。

「十一歳からは、半周の混合戦に別の飼い犬と一緒に出る気満々らしいですよ」

「へえ、そりゃあ凄い。じゃあ、将来はテイマーになって冒険者かな?」

「だと良いですね。テイマー仲間が増えるのは大歓迎ですよ」

「彼女がもしも魔獣使いになったら、紋章には俺の肉球マークを入れてもらいたいもんだな」

冗談で言ったのだが、クーヘンとウッディさんは目を輝かせた。

「良いんですか?」

身を乗り出すポーズどころか、言葉までが綺麗にハモる。何その見事なシンクロ率。

「あの子なら構わないよ。それならテイマーとしての心得はクーヘンが教えてやれよ。そうすれば、俺にとっては孫弟子って事になるから、あの紋章を使ってもおかしくないだろう？　まあ、未来の仮定の話だけどな」

軽い気持ちでそう言って会場に目をやり、またしてもカオス状態な子供達のレースを見て笑った。

単なる思いつきで描いた肉球マークの紋章が、いつか俺が死んだ後、遠い未来に定着すれば、俺がいた証を残した気になってちょっと嬉しいな。

それはmaybe someday.　いつの日か、もしかしたら、ってやつだね。

その次は年長組のレースが全部で四レース。こちらはそれなりにしっかりしたレースが展開されて、どれも大いに盛り上がった。

「それで次が混合戦だな。これも楽しみにしていたんだよ」

「確かに混合戦は面白い。賭け券の的中率を楽しむのも良いけど、一般参加の人達のレースを見て、何も考えずに笑うってのも良いよな。これも早駆け祭りの楽しみ方の一つだよ」

エルさんが差し入れてくれた生搾りジュースを飲みながら、俺達は好き勝手な事を言いつつのんびりとレースを観戦していた。

時折見つかるシルヴァ達はとても楽しそうだ。しかも、見る度に違うものを食べているんだけど腹具合は大丈夫なのか？

そして、レオとエリゴールのやつれ具合がどんどん酷くなっている。

『気にするな、疲れていても、ちゃんとあいつらも楽しんでいるよ』

俺が彼らの事を心配していたのが分かったみたいで、ハスフェルの笑った念話が届く。

どうやら二組のカップルだと思われているみたいで、レオとエリゴールが、男性陣からからかわれたり小突かれたりしている。

成る程、あんな美人の女神をゲットしたからって見せびらかすんじゃねえよ！　って事か。

それなら仕方がないなって納得しかけて、思わず吹き出す。

あいつらも神様なのに……何その扱い、可哀想すぎる。

舞台の上では子供達の表彰式が始まっていて、盾と一緒に賞品の高級菓子店の大きな箱を貰って、三位までに入った子達は揃って満面の笑みになっている。

他の子達も小さな花束と参加賞のお菓子の包みを貰って嬉しそうにしていた。

「前々回は完走、前回一位で今回も一位だったあのリックって男の子は、賞品のお菓子を寄付して神殿の孤児院の子供達に食べさせたんだ。それを聞きつけた菓子店の店主が大感激して、今回から賞品にしたのと同じ量を神殿の孤児院にも寄付する事にしたんだ」

ウッディさんの話に、俺達は揃って目を見開く。

「そのリックって子は、何て良い子なんだよ！」

思わずそう叫ぶと、笑顔のウッディさんも頷いている。

「その噂を聞きつけた街の人々も、当然そう言って彼を褒めた。そうしたら彼は何て言ったと思う？」

「ありがとう、とか？」

　俺の言葉に、ウッディさんは笑って表彰台を見た。

「友達に街一番のお菓子を食べさせてあげたかっただけだ。そう言ったんだよ。街の子供達は貴族の子とは違い、神殿や大学、ギルドが無料で運営する学び舎塾へ行く。そこで簡単な読み書きや算術を教えてもらえるんだ。あの子は、神殿が運営している学び舎塾に通っているんだが、そこで孤児院の子と友達になった。お菓子なんて全く無縁なほどのあまりに貧しい孤児院での生活を聞いて、彼はこう考えた。早駆け祭りで勝てば高級菓子店のお菓子が貰えるってね。あの乗っている仔馬は、神殿を援助している商会からの借り物らしい。健気じゃないか。友達の為に走るなんてさ」

　俺達全員揃って、感心しながら頷く。

「それで前々回、頑張って完走して貰った参加賞の高級菓子をその友達と一緒に食べたらしい。だがそれを知った孤児院の他の子達が、彼だけ食べてずるいと文句を言い、その友達が苛められる騒ぎになったそうだ」

「ええ、一人だけお菓子を食べたからって事？　どうして友達思いのその子がした事で、当の友達が苛められなきゃならないんだよ」

　俺の言葉に、またハスフェル達が揃って頷く。

「それを知って孤児院に乗り込んでいったリック少年は、いじめっ子達との壮絶な殴り合いの末にこう啖呵を切ったらしい。次は孤児院の全員に食べさせてやるから大人しく待っていろ、とね。それで前回見事に優勝して豪華お菓子の詰め合わせを貰ったリック少年は、孤児院へ行って彼らの目の前でお菓子の箱を開けて、全員に一つずつだが本当に食べさせたらしい」

「それでその話を聞きつけた菓子店が、早駆け祭りの景品と同じ量を今後孤児院に定期的に寄付する旨を発表して大騒ぎになったんだ。おかげで神殿やギルドに寄付を申し出てくれる人が続出してね。ボロボロだった孤児院の建物は、建て替え工事が始まるらしいぞ」

もう、拍手するしかない。

一人の少年が起こした行動が、孤児院の建て替えにまで発展したなんて。

稼いだ金貨を無駄に塩漬けにしている自分が恥ずかしくなってきたよ。うん、後で俺も孤児院に寄付だな。いや、この場合は神殿に寄付すべきか？

内心でどうするのが良いか悩んでいると、クーヘンがそっと俺の腕を叩いた。

「もしかしてご自分にも何が出来るかって、そう考えてくださっていますか？」

「そりゃあ、こんな話を聞いたら知らない振りは出来ないだろう？」

「ありがとうございます。それなら、件の孤児院はおかげでたくさんの方にご寄付いただいているそうですので、ギルドに寄付をお願い出来ませんでしょうか。冒険者ギルドのエルさんに寄付の意思を伝えていただければ、事務手続きをやってくださいます。寄付金は、各ギルドが運営する療養所や学び舎塾の運営資金として使用されますから」

「俺達が、クーヘンの店の開店前にジェムを贈った時にギイが言っていた、あれ？」

「ええ、そうです。秋から私の店も協賛させていただいています」

「了解。じゃあ祭りが終わったらエルさんに相談して手続きしてもらうよ」

おかえりなさいと言ってくれたこの街は、俺にとっても大事な街になっている。喜んで協賛させてもらうよ。出来れば、一時的じゃなくて継続支援って方向で！

俺達がそんな話をしている間に子供達の表彰式は終わって、半周の混合戦が始まっていた。

「さあ、最初にゴールに駆け込んで来たのは誰だ～」

司会者の言葉とほぼ同時に馬に乗った団体が駆け込んできて一気に会場が沸き、ゴールした一団に拍手が送られる。

その後に、犬を連れた駆けっこ組が雪崩れ込んで来た。こちらはかなり本気で走っている人達だ。

それからまたしばらくして、最後尾の完全に走る気皆無な一団がゴールした。

犬を連れて手を振って歩く人や、犬を抱き上げて周りに見せながら歩いている人など様々だ。

「これこれ、この犬の飼い主全員集合みたいなのが良い感じなんだよなあ」

俺が笑いながらそう言うと、周りからも同意するような笑い声と拍手が起こった。

良いねえ、これこそ本当の平和な早駆け祭りって気がするよ。

「はあい、最後の方がゴールしましたので、これにて半周戦は終了です。では、このまま表彰式に移らせていただきます。舞台の上で表彰するのは、最初にゴールした方だけですからね」

完全に面白がっている口調の司会者の言葉に、会場のあちこちから笑いと拍手が起こる。

舞台の上では、司会者の言葉通りに半周戦の勝者の表彰式が始まっていた。

そしてその舞台から一段下がった舞台の前では、いつもの勝手に表彰式が行われた。

つまり駆けっこ組の一位から三位までと、その後の好き勝手に歩いてゴールしていた人達の一位から三位までだ。楽しそうなその様子に、また会場からは笑いと拍手が起こっていた。

本日最後のレースである一周戦では、以前俺達のテントの修理をお願いしたマシューさんが見事一位を獲得した。胸元に緑の線の入ったマシューさんは最高に良い笑顔だったよ。

表彰式が終われば、もう今日のイベントは全て終了だ。

まだ興奮と騒めきの残る会場を後に一旦控えのテントに戻った。

明日の三周戦の開始は午後の二時からなので、明日は早めの昼食を食べて、時間までにここへ来れば良いんだって。

「じゃあ、ホテルへ戻るか。ええと、スタッフさんに帰るって言えばいいんだよな?」

そう言ってマックスの手綱を引いてテントの外に出ると、またしても沸き起こるどよめきと大歓声。そして大注目の俺達。

うああ、頼むからこれ以上俺のメンタルを削らないでくれって。

駆け寄ってきてくれたスタッフさんの案内でホテルへ帰ろうとしたのだが、集まった人達は一向に減らない。

開き直って周りの人達に手を振り、マックスの背に飛び乗る。

苦笑いしたハスフェル達もそれぞれの従魔に飛び乗り、結局、俺達は大観衆に取り囲まれたまま静々と宿泊しているホテルハンプールまで帰る羽目になった。

一応、ギルドのスタッフさん達が周りを取り囲んで守ってくれたので、マックス達の毛を毟られるような事態にはならずに済んだけどね。

「うああ……すぐそこにあるホテルハンプールがもの凄く遠いよ」

「諦めろ。これも人気の表れだ」

小さな声で泣き言を言う俺に、同じく虚無の目になったハスフェルがそう言って、俺達は顔を見合わせてこれ以上ないため息を吐いたのだった。

「はあ、ようやくの到着だよ」

俺のメンタルが一桁になる頃、やっとホテルハンプールに到着した。

ホテルの入り口でマックスとニニを厩舎のスタッフさんに預ける。

またフランマが一緒に行ってくれたので、シャムエル様に後でフランマに果物を出してもらうようにお願いしておいた。

「では、明日のレース頑張ってください！」

笑顔のスタッフさん達に送られて、ようやくホテルの部屋に戻る。そしてやっぱり全員が俺達の部屋に集まる。いつの間にかバッカスさんも合流していた。

「なんだかもう疲れたから、早めに何か食って休むよ。何が良いかな？」

「はい！　肉が食いたいです！」

ハスフェルの言葉に、全員揃って手を上げる。

「良いねえ、じゃあガッツリ厚切り肉のステーキで行くとしよう」

取り出したのは、ステーキにするとめっちゃ美味しいグラスランドブラウンブルの熟成肉。

人数分を分厚くカットして、叩いて筋切りしてからステーキ用のスパイスと岩塩をしっかりと振り、豪華キッチンで一気に焼いていく。

その間に、用意したサラダやフライドポテトにワカメと豆腐の味噌汁、それから温野菜なんかを各自好きなだけ取ってもらう。ご飯とパンも並べておく。

「ほら、ケンの分はこれくらいで良いか？」

ギイが野菜多めに色々取ってくれた俺の分のお皿を受け取り、順番にステーキを渡していく。

フライパンに残った油は、後日、肉だけチャーハンにするから集めておくよ。

俺の分のお皿とご飯と味噌汁をいつもの簡易祭壇に捧げようとして、手を止める。

「なあ、シルヴァ達がこっちに来ているなら、これって意味無くね？」

しかし、右肩に座ったシャムエル様は笑って首を振った。

「彼女達が何処にいても届くよ。これは言ってみればケンの気持ちだからね」

「あ、そうなんだ。じゃあ気にしなくていいな」

笑ってそう呟くと、手を合わせて目を閉じた。

「グラスランドブラウンブルの熟成肉のステーキ定食だよ。少しだけどどうぞ。それから、祭りを楽しむのはいいけど、お腹と相談して食べてくれよな。見ているこっちの腹まで一杯になったぞ」

小さくそう呟いて、思わず吹き出す。

「神様に説教してどうするんだってな。あ、明日の三周戦、頑張るから応援よろしくです！」

収めの手が、いつも以上にゆっくりと俺の頭を撫でてから、料理を順番に撫でて消えていった。

「ああ、ありがとうな」

急いでお皿を持って席に戻り、待っていてくれた彼らにお礼を言って、改めて手を合わせてから食べ始めた。

もう俺に出来るのは、万全の状態で明日のレースに参加するだけだ。

ハスフェル達はワインを飲んでいたけど、俺は明日に備えてアルコールは無しだ。

寂しく麦茶で喉を潤しつつ食事を終え、その後はのんびり休憩して早めの解散となった。

それぞれの部屋に戻るクーヘンとランドルさん達を見送り、俺達も早々に寝室へ入る。

「それじゃあおやすみ。明日はいよいよ三周戦だぞ。目指せ二連覇！　だけどなあ……」

抱き枕役のタロンを抱きしめながらそう呟いたが、その後の記憶は俺には無い。

ううん、相変わらずの墜落睡眠だねえ。

第92話　激闘の三周戦！

今朝も起こされる前に目を覚ました俺は、シャムエル様に驚かれつつ笑ってベッドから起き上がった。

洗面所で顔を洗ってサクラに綺麗にしてもらい飛び跳ねてくるスライム達を水槽に放り込んでやり、水浴び大好きな子達に水をかけてやるのは、もはや朝のルーティーンだ。

部屋に戻り、手早く身支度を整える。

「窮屈な留守番も今日までだな。終わったら思いっきり郊外で走らせてやるから、もうちょっとだけ我慢してくれよな」

そう言って、順番に撫でたり揉んだりしてから居間へ出て行く。

「よし、今日も俺が一番だ」

その直後に、隣の扉からハスフェルが出て来て驚いたように俺を見る。

「ええ！　ケンが二日続けて一番に起きるなんて、今日は嵐か大雨か？　祭りなのに駄目じゃないか！」

その場で吹き出した俺は、悪くないと思う。

「おはようございます。今日の朝食と昼食は、三周戦の参加者専用の別室で用意してくれているそうですよ」

ノックの音の後に入って来たクーヘンの言葉に顔を上げると、後ろにはランドルさん達の姿も見える。

ホテルハンプールの食事はマジで美味いので、断る理由なんて無い。

俺達は従魔達を部屋に残して、スタッフさんの案内で朝食の用意された部屋に向かった。

案内された広い会議室っぽい部屋には、朝食とは思えないほどの豪華な料理の数々が並べられていて、俺達は大喜びで料理へ突進して行った。

ちなみにシャムエル様は、ホテル特製タマゴサンドを嬉々として齧っていたよ。

食事を終えた後は一旦部屋に戻り、午前中はのんびりダラダラして過ごした。

少し早めの昼食は内容がさらに豪華になっていて、小食な俺は、まだそれ程腹が減っていなくて悲しかったよ。

「それじゃあ行こうか」

迎えに来てくれたエルさんを先頭に、今日もこれ以上ないくらいにピカピカにお手入れされたマックスに乗って会場へ向かう。

参加者全員の会場入りパレードは、観客達からの大歓迎を受けた。

当然先頭を歩かされた俺のメンタルがまたしても限りなくゼロに近くなったのは……もうお約束だな。

「はああ、もう倒れてもいい？」

ようやく本部に到着して、用意されたテントの中に逃げ込むと同時に全員の口から安堵のため息が漏れる。

「ご苦労様。レースまでまだ少し時間があるから休んでくれていいよ。それじゃあ」

エルさんは、そう言うと忙しそうに出て行ってしまった。

「お茶でも飲むか。ホテルからここまで来ただけで、どっと疲れたよ」

苦笑いした俺は、テーブルの上にコンロを取り出して湯を沸かし、高級緑茶を人数分淹れてやった。

「はあ、久々の緑茶、美味～」

一口飲んで、大きなため息と共にそう呟く。

「いよいよだね」

蕎麦ちょこに入れてやった緑茶を飲みながら、シャムエル様がそう言って笑う。

「勝負は時の運だから、どうなるかはやってみないと分からないけどな」

「そりゃあそうだ。まあ頑張ってね」

俺より早く緑茶を飲み終えたシャムエル様は、そのまませっせと尻尾のお手入れを始めた。

「なあ。勝ったらその尻尾、またもふらせてくれるか？」

「ええ、どうしようかなあ?」

思わせぶりに、もふもふになった尻尾を俺の腕にぺしぺしと叩きつける。

「お願いします。それならもっと頑張れると思うんだけどなあ」

手を合わせてそう言うと、笑ったシャムエル様はドヤ顔で胸を張った。

「分かった。じゃあ二連覇出来たら、好きなだけもふらせてあげるよ」

そう言ってくるっと回って、またドヤ顔になる。

「おお、ありがとうございます。これでもっとやる気が出たよ」

笑ってちっこい手とハイタッチをした。


「三周戦参加の皆様、そろそろご準備をお願いします」

テントの外から職員さんの声が聞こえて、俺達は一斉に立ち上がる。

「いよいよだな。お互い全力で勝負しようぜ」

拳を突き出してそう言うと、テントにいた全員が笑顔で振り返った。

「もちろんだ。二連覇は絶対に阻ませてもらうぞ」

「負けても泣くなよ」

ハスフェルとギイが笑いながらそう言って拳を突き出す。

「もちろん私だって負けませんよ」

「エラフィの走りをとくと見よ。ってな」

「ビスケットだって、負けませんよ。初優勝はいただきます」

クーヘンとオンハルトの爺さん、そしてランドルさんも自信たっぷりにそう言って拳を突き出す。

円陣を組んで真ん中で拳をぶつけ合った俺達は、お互いの顔を見て笑顔で頷き合った。

「さあ、勝っても負けても恨みっこなしの一発勝負の始まりだ」

「おお～！」

俺の掛け声に、全員の声が重なった。

直後に、何故かテントの外から大歓声と拍手が聞こえたんだけど……単なる偶然だよな？

「皆様お待たせいたしました！　早駆け祭りの最後を飾る三周戦が間もなく始まりますよ～！　賭け券の購入はお済みですか？　三周戦の勝者は果たして誰になるのか？　おお、選手が出てきました！　皆様、スタートラインにご注目ください！」

相変わらずテンションの高い司会者の声が、会場中に響き渡っている。

テントから出た俺達はそれぞれの従魔や馬に乗り、係の人の案内でスタート地点へ向かった。

もう会場の興奮度合いは最高潮だ。あちこちから俺達の名前を呼ぶ声が聞こえて、笑顔で軽く手を振っただけでもの凄いどよめきと拍手が沸き起こる。

ううん、こうして聞いていると俺とマックスを呼んでくれている人も相当いるみたいだ。頑張って期待に応えないとな。

全員がスタートラインに並ぶ。

『頑張ってね〜！』

『賭け券買っているんだから絶対勝ってね！』

『そうだよ。絶対勝ってね！』

『応援してるぞ！』

突然、聞き慣れた懐かしい声が頭の中に届いて、俺は慌てて周りを見回した。だけど人混みの中に彼らの姿を見つける事は出来なかった。

「ちゃんと見てくれているんだから、恥ずかしくないレースをしないとな」

笑って小さく呟いた俺は、マックスの手綱をしっかりと握り直した。

「頼むぞマックス。目指せ二連覇だ！」

「ええ、もちろんです。絶対に負けませんからね。ご主人はしっかり掴まっていてください！」

相変わらず、尻尾を扇風機にしたマックスが力強く応えてくれる。

「おう、よろしくな相棒」

銅鑼の前に係の人が立つのが見えてグッと前のめりに構え、呼吸を整えてその時に備える。

大きく息を吸った直後に銅鑼の音が大きく響き渡り、俺達は弾かれたように一斉にスタートした。

「各選手、綺麗にスタートしていきました。先頭集団は、予想通りに上位人気を独占している従魔達だ。しかしプロフェッサーウッディと人情派の鬼教授フェルトのチームマエストロが遅れずに続く。そして後続達もほぼ全員が遅れずについて来ている。さあ皆様。贔屓の選手の応援よろしくお願いします！　貴方のその歓声が選手の力になりますよ〜！」

相変わらずのハイテンションなアナウンスが街中に響き渡る。これって本当に、どういう仕組みなんだろうな？

今回も最初の二周半までは、周りの速度に合わせて走る予定だったんだけど、スタート直後からかなりの速度が出ている。

俺達が先頭集団にいるって事は、もっと速くなる可能性が大。下手をすると周回遅れが出るかもしれない。ううん、それって興行的には大丈夫か？

『なあ、ちょっと速過ぎじゃないか？　前半は抑えて走る予定だぞ？』

特に、マックスとシリウスがそれはもう張り切っていて、今も二匹が先頭集団から体半分飛び出しているような状態だ。

『俺もそう思うが、シリウスが走りたいって言っているんだよ』

念話で相談すると、ハスフェルの答えに力が抜ける。

『そりゃあマックスだってそうだよ。だけど周回遅れが出ると、さすがにまずくないか？』

チラッと後ろを振り返ると、馬に乗った参加者達も、今はまだほぼ遅れずについて来ている。

『とりあえずはこの速度を維持だな。ついて来られない奴には諦めてもらおう。これは実力勝負だ』

獰猛に笑ったハスフェルの言葉に、俺は肩を竦めて手綱を力一杯握った。

「マックス、まだ加速するんじゃないぞ。現状維持だからな」

「ええ、もっと走りたいです！」

嬉しそうにそんな事を言われて、俺は笑って首を叩いた。

「最後まで全速で走ったら、見ている人には何が何だか分からないぞ。お前のファンの人達に、走っているお前の勇姿を見せてやらないとな」

「ああ、分かりました。それなら現状維持で走りましょう！」

そう言ってチラッと隣を走るシリウスを見る。シリウスも何やら言いたげにこっちを見る。

従魔同士のアイコンタクトは一瞬だったけど、どうやら現状維持で話はついたみたいだ。


そのまま順位は膠着状態で二周目に突入する。

「おおっと、ここで動きが出たようです。集団から遅れる選手が出始めました。さすがに未だかってないこの速さについていけないか〜」

司会者の声を聞いて更に速度が上がったところで、食らいついていた残りの馬達も遅れ始める。

「ああ、もう少し頑張ってくれ！」

ウッディさんの悔しそうな叫び声を聞きつつ、俺達は更に加速した。ごめんよ。

「よし、一気に行くぞ！」

視界の先に赤煉瓦で造られた大きな橋が見えたところで、俺達は弾かれたように一気に加速して走り抜けた。

大歓声がそれを後押しする。

一瞬、赤橋の横にシルヴァ達の姿が見えた気がしたんだけど、確認する間なんてない。

「見ていてくれよな。絶対二連覇してみせるからさ」

小さく笑ってそう呟くと更に体を低くして、とんでもない速さのマックスにしがみついた。

大歓声と拍手。そして俺達の名前を呼ぶ声。分かるのはもうそれだけだ。

ほぼ横並びのまま、ゴールライン目指して全員揃って更に加速していった。

「行け～～！　マックス！」

俺の掛け声に応えるように、更に加速するマックス。風が顔を叩いてもう目も開けていられない。

「おお。ここで順位に更に変動があった模様です。もの凄い加速を見せた従魔達が、一気に先頭集団から抜け出てデッドヒートを繰り広げております。誰も先頭を譲らない。ほぼ横並びのままでここまで来る模様。さあトップを取るのは誰だ！　二連覇か！　それとも連覇は夢と消えるのか！　さあ来い！　一位は誰だ～！」

司会者の絶叫が響き渡る中、俺達は文字通り全員横一直線でゴールに雪崩れ込んだ。

地響きのような大歓声が聞こえたけど、それを聞いている余裕は全く無い。

最後の加速は本当にとんでもなくて、俺はもう振り落とされまいと必死になってマックスの背中にしがみついているような状態だった。

「おお、これは驚きの順位となりました！　皆様、お手持ちの賭け券は、絶対に手放さずに持っていてください！」
戸惑うような司会者の声に、俺はしがみついていた体を起こして振り返った。
「おう、お疲れさん。最後の加速は凄かったな」

笑顔で手を振るハスフェルの胸元に緑のラインが入っているのが見えて、俺はちょっと泣きそうになった。

ああ、二連覇は夢と消え……あれ？　周りの人達は、何故か俺とハスフェルを見て、おめでとうと言って笑っている。

慌てて自分の胸元を見たが、何も色がついていない。

「うああ、順位外かよ。期待して俺の賭け券を買ってくれた方、ごめんなさい！」

思わずそう呟いて天を仰いだが、それにしては歓声がおかしい。ハスフェルとシリウスを呼ぶ声だけでなく、俺とマックスの名前を呼ぶ声も負けないくらいにあるのだ。

首を傾げつつマックスの鼻先を見ると、何とそこには前回と同じ緑色の印がくっきりと刻まれていた。しかしシリウスの鼻先も緑色の印が入っている。ドユコト？

大混乱な俺に、満面の笑みのスタッフさんが駆け寄ってくる。

手にしているのは、見覚えのある金の縁取りのついた真っ赤なマントだ。

「おめでとうございます。ハスフェルさんとの同着一位です。同着の場合、確認が必要となりますので、申し訳ありませんがこのままお待ちください」

見ると、ハスフェルにも金の縁取りの真っ赤なマントがかけられている。かなり窮屈そうなのは、あの体格なら致し方あるまい。

スタッフさんは、マックスとシリウスの首にも第一位と書かれた大きな布を被せていった。

「おめでとう。まさかの同着だったとはね。いやあ、最後の追い込みは凄かったね。振り落とされるかと思ってドキドキしたよ」

マックスの頭に乗ったシャムエル様が、そう言いながら何故だか今にも笑い出しそうな顔で俺を見て、堪えきれずに吹き出した。

「なあ、それは何に対する笑いなんだ？　俺の顔に何か付いているか？」

もふもふ尻尾を突っついてそう尋ねると、尻尾を俺の手に叩きつけてからまた吹き出したシャムエル様が、小さな手鏡を取り出してこっちに向けてくれた。

戸惑いつつ手鏡を覗き込んだ俺は、自分の顔を見て堪える間もなく吹き出したよ。

なんと俺の顔面を水平にぶった切るようにして、鼻筋と垂直に緑色のラインが刻まれていたのだ。

これはあれだ。ゴールの瞬間、振り落とされまいと必死になってマックスの体に全身でしがみついていたから、唯一見えていた顔面に印が付いたんだろう。

別に良いけど……別に良いけど、これはあまりにもみっともない！

思わず左手で顔を覆った俺は、小さく笑って首を振った。

でも緑の印は勝者の印なんだから気にしないぞ！　と、開き直ったところで他の皆の順位が気になって周りを見回した。

ギイのデネブとオンハルトの爺さんのエラフィには、どちらも第二位の文字が、クーヘンに第三位、ランドルさんには第四位の文字が、そしてウッディさんとフェルトさんには第五位、リベンジ組には第六位の文字がそれぞれ書かれていたのだ。

つまり俺とハスフェルが同着一位。ギイとオンハルトの爺さんも同着二位。クーヘンが三位でランドルさんが四位。ウッディさんとフェルトさんが同着五位で、リベンジ組の二人が同着六位って事？

「いやあ、前回を超えるゴール前のもの凄い追い込みと激闘。私、もう何がなんだか分からずに、途中から実況を忘れていました」

照れたように司会者がそう言い、あちこちから笑いと拍手が起こる。

「現在、正式な着順の確認作業を進めておりますが、おそらくこのままの順位で確定する模様です。賭け券の払い戻しの詳細につきましては、後ほど本部より正式な発表がなされるとの事ですので、皆様、それまで絶対にお手持ちの賭け券、捨てないでくださいね。失くしたら再発行なんてありませんからね～」

あちこちから笑いと悲鳴が上がるのを見て、俺達もようやく顔を見合わせて笑い合った。

どうやら、何とか無事に早駆け祭りの三周戦は終わったみたいだな。

第93話　シルヴァの呟き

私の名前はシルヴァスワイヤー。風の神です。

幾つにも重なるこの並行世界で私が見守り育てている世界は多く、それぞれに新鮮な空気と風を送り、常にマナを循環させて維持している。

普段の私には、人の子のような血肉を持った体は無い。

だけど時の狭間には、少し前に作った私の体が眠っている。これは古い友であるシャムエルの作った世界にいる複数の友達から、手を貸して欲しいと言われた時にその世界へ行く為に作った大事な体。

気に入っているので、しばらく使うつもり。

その世界で私は、いえ私達は人の子の友を得た。

彼は異世界からその世界を修復するために来てくれた、本当にただの人間だった。

だけどそのただの人間はとても魅力的な人で、最高に美味しい料理を気安く作ってくれた。一緒にいても不思議なくらいに全く苦にならず、シャムエルやハスフェル、それからギイまでもがずっと一緒にいる意味が分かった気がしたわ。

気がつけば、私達もずっと一緒にいたいと思うくらいに、彼の事を気に入ってしまった。

だけど私達は、ハスフェル達とは違っていつまでも一つの世界だけにいるわけにはいかない。

ギリギリまで粘り泣く泣く別れて、後はもう見守るだけだと思っていたのに……。

まさか彼が、作った料理を自作の祭壇に供えてくれるなんて。もう涙が出るくらいに嬉しかった。

彼は私達の事もちゃんと仲間だと思って、今でも大事にしてくれているのが分かったから。

だから彼の世界に、私達が出来る唯一の手段である恵みと収めの手を遣わした。

お供えをしてくれる度に、恵みと収めの手を通じて彼に私達の守護を贈っている。

実際には気休め程度の効果かもしれないけれども、同じく彼の事を気に入っている皆が揃って幾つも重ねて掛ける事で、少なくとも彼を危険から守る程度の事は出来ているはずよ。


「ふふん。そろそろかなあ」

私は、鼻歌交じりに祭壇の前に向かった。

四角い机に布を敷いただけの、ごく簡単な小さな祭壇。

燭台も無ければ光る飾りの一つも無い。だけど、とてもとても大切な祭壇。

ここに彼が料理を供えてくれる。もちろん私がいただくのは、この料理に含まれる想いとマナ。

彼の料理は、食べるのと変わらないくらいに美味しい。

これがどれだけ稀有な事であるのか、知らないのは当の彼だけだろう。

この祭壇は私のところだけでなく、一緒にあの世界に渡ったグレイとレオとエリゴールのところにもあって、いつも全員に同じものが届いている。

その日もなかなかに素敵な料理が届いて私は目を輝かせた。まあ、実際には開く目は無いけどね。

「へえ、トンカツとチキンカツのトッピング付きカレーライスなのね。ええ、サラダは彼のお母様直伝のレシピなのね！　それは心していただかないとね」

収めの手が届けてくれたそれらを、私は嬉々としていただく。

「ああ、なんて美味しいのかしら。やっぱりもう一回行きたいけど駄目よね。用も無いのに勝手に何度も界渡りをすると、どこに揺り戻しがくるか分からないもの。それだけは駄目。ああ、せめて向こうへ渡れる大義名分があれば……」

美味しい料理はあっという間にいただいてしまい、切ない思いを込めて水盤の向こうに広がる彼のいる世界を眺めた。

その時、彼の周りに不自然な揺らぎが見えて私は慌てて水盤を凝視した。

間違いない。また誰かが彼の命を狙っている。使いの精霊達を彼の周りに送り、とりあえず監視を続ける事にする。

もちろん、その間も他の世界の様子を見たり、あちこちに風を送ったりしているわよ。

何か動きがないか、心配しつつ見ていると突然水盤を通じてグレイが現れた。

この水盤は彼女が作ってくれたもので、これは彼女の為の扉でもあり、一方通行だけれど彼のいる世界の様子をいつでも眺める事が出来る優れた一品なの。

「はあいシルヴァ。お出掛けのお誘いに来たんだけど、忙しいかしら？」

「ええ、どこへ出掛けるの？　あまり遠出は駄目よ」

「彼のいる世界よ。どうやら私の滴（しずく）が、彼の周りに不穏な気配があるのを察知したの。ほら、今なら大義名分があるわ。彼の前には行けないけど、向こうで彼を守れるわよ」

その時、棚に飾ってあった花からレオが、蠟燭の炎からエリゴールが現れた。

「シルヴァ。ケンを守りに行くぞ！」

「もちろん行くわ！」

二人同時の声に、私とグレイは同じく同時に頷く。

そしてあの体に収まった私は、仲間と共にハンプールの街へ到着した。

今の彼は、ホテルに滞在しているらしく安全は確保されている。そうなると、レースの時が一番危険ね。

相談の結果、レース当日は精霊達の数を増やして常に彼を守る事にした。

「じゃあこれでひとまず私達がする事は終わりね。だったらレースまでは、せっかくの祭りを楽しまないとね！」

グレイとの意見の一致を見た私は、レオとエリゴールを引き連れて久々の屋台巡りを大いに楽しんだわ。それくらい楽しんでもいいわよね？


そしていよいよ二日目の三周戦が始まった。

どうやら無事にスタートしたらしく、あの司会者さんがご機嫌で実況してくれている。

「いた。あいつらだ」

エリゴールの言葉に、私は即座に精霊を放つ。

赤い橋の横に立つその男が、隠すように手に持っているのは一本の矢笛。

本来なら森で害獣除けとして使ったり、牧場で牛や山羊を集める時に使われるそれは、絶対にここで使ってはいけない物の代表だろう。

もしも走っている横からいきなりあれを放たれたら、マックスちゃんやシリウスちゃんであっても驚いて転んでしまうだろう。特に耳が良い魔獣達は、ジェムモンスターよりも大きな被害にあう可能性が高い。

あの速さで走っている時にそんな事になれば、ハスフェルはまだしもケンは絶対に無事では済まない。人の子は、騎獣の背から落ちただけで簡単に死んでしまうんだからね。絶対にそんな事はさせない。

こみ上げる怒りを鎮めるために小さく深呼吸をしてから、風を紡いで飛ばし矢笛の中を埃だらけにしてやる。ついでにグレイが水滴を飛ばしたので、笛の中は泥だらけになった。

よし。もうこれで矢笛の音は出ない。

あとは、矢笛を吹こうとした瞬間を現行犯で押さえて、警備の軍人に突き出せば終わりね。


その男が動いたのは、最後の三周目の事だった。

今いるここは、前回のレースで彼らが更なる加速を見せた目印の場所。

そこで本当に、男は矢笛を口に咥えた。

その瞬間、エリゴールが持っていた槍の石突きが男の背中を突き体勢が崩れた所に、私とグレイが持っていた激辛スープが男の頭上に降り注いだ。

「あら、ごめんなさい」

「つまずいちゃったわ、ごめんね」

わざとらしく私とグレイが謝る。

しかし、激辛スープが目に入った男はそれどころではない。痛みのあまりその場にしゃがみ込んで顔を覆って悶絶している。

口には矢笛を咥えたままで。

「ええ、何を咥えているのよ！」

「それ矢笛！」

またわざとらしい私達の叫びに、周りが一斉にどよめく。

「そいつをとっ捕まえて警備兵に突き出せ！　レースを妨害するつもりだ」

レオの大声に、周りにいた人ほぼ全員が男を捕まえ、即座に警備兵を連れてきた誰かの声に人垣が割れる。

街の人達のそれは見事な連携により、妨害犯はあっという間に逮捕されたのでした。めでたしめでたし。

そして驚きのレースの結果に、街中が拍手と大歓声に包まれたのでした。

何とか無事に彼を守る事が出来たわね。

大満足して手を叩き合った私達は、人混みを抜け出してもう一度改めて屋台へ突撃していったわ。

頑張った自分へのご褒美だもの。これくらい当然よね？

第94話　表彰式とお疲れ様な翌日

「では、ただいまより早駆け祭り三周戦、勝者全員によるウイニングランの開始です！」

司会者の声が響き、騒めいていた街中が一斉に大歓声と拍手に包まれる。

「ほら、二連覇の勝者に先頭を譲るよ」

笑顔のハスフェルにそう言われて、先頭に進み出る。

去年よりも人数の多い、総勢十人によるウイニングランだ。

俺の乗るマックスを先頭に、ハスフェルの乗るシリウス、ギイの乗るデネブと確定した順位通りに列になってゆっくりと、ついさっき死ぬほどの思いで全力疾走した道を進む。

街中の人達が笑顔で俺を見ている。時折、俺やマックスの名前が聞こえたら笑顔で手を振るくらいには、俺も余裕が出てきた。

赤橋の辺りへ来た時には、必死になってシルヴァ達の姿を捜した。

そりゃあ念話で懐かしい声は聞こえたし、屋台のお菓子や料理を嬉々として食べている姿を遠くから見る事は出来たよ。

だけど、この一位の真っ赤なマントを羽織った俺を見て欲しかった。

笑顔でよくやったって言ってもらって、拳を突き合わせたり手を叩いたりしたかったんだよ。

だけどそんな俺の願いも虚しく、人混みの中に目指す四人の姿を見つける事は出来ずにそのまま進み続け、とうとう本部前まで戻ってきてしまった。

「結局会えずじまいか。何だか寂しい気もするけど、案外これでいいのかもな」

小さなため息を吐いて吹っ切るようにそう呟いた時、舞台正面、つまり表彰台の真正面に陣取る一団が目に飛び込んできて、俺は堪える間も無く豪快に吹き出した。

そこにいたのは、満面の笑みで手を振るシルヴァとグレイの二人だった。

彼女達が揃って右手で鷲摑んでいるのは超巨大などら焼きで、同じく左手には、まるで武器かと見紛うばかりに長くて大きな串団子が握りしめられている。

そしてその後ろでは、レオとエリゴールが白ビールの大ジョッキと大きな肉の串焼きを持って、こちらも満面の笑みで手を振っていたのだ。

「おいおい。そんな勢いで手を振ったら貴重なお菓子や肉が落ちるぞ」

思わずそう呟くと、聞こえたらしいハスフェルとギイが同時に吹き出して咳き込んでいた。

「お帰りなさい。勝者達よ。では表彰式に移らせていただきます。さあ、従魔や騎馬と共に舞台前へどうぞ！」

笑顔の司会者の言葉に俺達は従魔から飛び降り、手綱を引いて舞台前に作られた広い空間に並んだ。

舞台の上には一段高く作られた台があって、これがいわば表彰台になっている。

「確か前回もここから舞台へ一気に飛び上がったんだったよな。今回も上手く出来るかなあ」

苦笑いしながら舞台を見上げてそんな事を思う。

緊張に強ばる足を軽く振って飛び跳ねる。うん、今回は無理はしないでおこう。

「では個人戦の表彰式から行いたいと思います。ですがその前に本部より重要なお知らせがございます。どうぞお静かに」

改まった口調で司会者がそう言うと、その場は一瞬で静まり返る。

「今回は本当に、大、大、大激戦となりました。同着一位に始まり二位も二人、そして五位と六位も二人ずつで合計十人の選手が表彰台に上がるという、早駆け祭り史上初めての結果となりました。しかしご安心ください。ギルド連合は頑張りましたよ～！」

得意気なその言葉に観客達がどよめく。

「では今回の主催、商人ギルドのギルドマスターから詳しい説明をさせていただきます」

司会者の言葉に軽く一礼して進み出たアルバンさんが、マイクを受け取って観客に向き直る。

アルバンさんは、スタッフさんが用意した大きなホワイトボードを指差しながら、賭け券の払い戻しがどうなるかの詳しい説明を始めた。

どうやら同着の場合も全て的中扱いにすると決まったらしく、会場は拍手大喝采となった。

「では、表彰式を始めます！　まずは個人戦第六位のお二人！　走る火の玉デュクロと馬のサックス！　そして加速の王子レンベックと馬のミレイです。いやあ、二人揃って前回の雪辱を見事に果たしましたね。さすがは三周戦常連参加チーム。二人揃って実力は折り紙付きだ〜！」

リベンジ組の二人が、笑顔で相棒の馬の手綱を引きながら堂々と胸を張って舞台へ上がる。

「第六位の副賞は、ホテルハンプールが誇る豪華料理が好きなだけ食べられるレストランチケットが十枚です。ちなみに今回、ホテルハンプールのご厚意により入賞した全ての方に、それぞれの順位に応じた副賞が贈られます。さすがは一流ホテル。太っ腹です！」

副賞の入った二通の封筒を見せながらの司会者の声に、会場からは大きなどよめきと拍手が起こった。

そして最前列で表彰式を見ていたシルヴァとグレイの手にあった巨大串団子が、半分になっている。

ちょっと待て。それ、いつの間に食ったんだ？

「次は個人戦第五位のお二人です！　人情派の鬼教授フェルトと馬のナーデル！　前回に続き二度目の個人戦表彰台だ。今回は、学生達への還元は無いのでしょうか？　私は気になって夜も眠れなくなりそうです。学生諸君。私の安眠の為にも結果を報告してください。待っていますよ！」

大真面目な司会者の言葉に、シルヴァ達の少し後ろ辺りからは学生達の悲鳴と笑い声が起こり、あちこちから勉強しろとの野次が飛んで、皆で大爆笑になっていたよ。

「そしてもう一人の個人戦第五位は、走る知性派プロフェッサーウッディと馬のレーラー！　こちらも個人戦二度目の表彰台だ！」

司会者の声に、フェルトさんとウッディさんが、揃って馬の手綱を引いて舞台へ上がっていった。

「第五位の副賞は同じくホテルハンプールのレストランチケットが三十枚だ！　さあ、学生諸君、今回も副賞は二つあるぞ。果たしてチケット争奪戦の結果や如何に！　こちらもお願いだから結果を報告してくださ い。何なら前回同様に興行にしてもいいですよ〜！」

二通の封筒を掲げて見せる司会者の言葉にドッと会場が沸き、是非やってくれとの声が聞こえる。

花束と封筒を受け取った二人も、大笑いして頷いている。

「ウッディさんとフェルトさんが前回の副賞を提供して、大学公認で、学祭にて仮装大会と障害物競走でレストランチケット争奪戦をやったんです。もう大爆笑の連続だったんですよ」

笑って拍手しながらクーヘンが教えてくれる。

「へえ、そりゃあ楽しそうだ」

同じく拍手をしながら笑った俺だったよ。

「第四位は、初出場での表彰台となりました。上位冒険者にして遅咲きの努力家ランドルとカメレオンオーストリッチのビスケット！　いやあ、本当に見事な走りを見せてくれました！」

大きな拍手に、笑顔のランドルさんがビスケットと共に舞台へ上がる。

シルヴァ達から少し離れたところで、バッカスさんが笑顔で手を振っている。

「第四位の副賞は、同じくホテルハンプールの宿泊券と、ホテルハンプールのレストランチケットが三十枚だ！」

大きな拍手の中、花束と共にランドルさんにも分厚い封筒が渡される。

「第三位は、クライン族の小さな戦士クーヘンとイグアノドンのチョコレート！　前回から一つ順位を上げての第三位です！」

拍手の中をチョコと共に舞台に上がったクーヘンにも、花束と分厚い封筒が渡される。

マーサさん達も嬉しそうな笑顔で揃って拍手を送っていた。

「さあ、ここからまたしても同着ですよ。個人戦第二位の一人目は、初出場なのに第二位の快挙を成し遂げた、いぶし銀の魅力満載オンハルト！　年齢を感じさせない力強い走りは男達の希望です！　こんな風に歳を重ねたいものです。いやあ本当に格好良かった！」

若干本音がチラ見えする司会者の言葉に、会場からは同意の声と拍手が起こっていた。

確かに、見かけだけならかなりの爺さんだからな。中身は本物の神様だけど。

そんな事をのんびりと考えていたら、オンハルトの爺さんがいきなりエラフィの角を摑んだ。しかしエラフィは嬉しそうに嘶（いなな）くと、大きく首を振った。

勢いよく吹っ飛び、当然のように空中でクルッと一回転して見事に舞台に着地するオンハルトの爺さん。さすがの運動神経！　そして進み出たランドルさんと共に、揃ってあの美脚のセクシーポーズ。

それを見た会場は大爆笑になる。歓声と拍手の中、オンハルトの爺さんの名を呼ぶ声があちこちから聞こえた。

最前列で見ているシルヴァ達は、それを見て大喜びしている。

あの、聞いていい？　さっきまで二人が右手に持っていた巨大などら焼き……何処に行ったの？

「そしてもう一人の第二位は、金髪の戦神ギイとブラックラプトルのデネブ！　こちらも前回から一つ順位を上げての第二位です！」

司会者の言葉と拍手に笑顔で手を上げたギイは、軽々とデネブの尻尾の先に飛び乗った。

恐竜の尻尾はしなやかな鞭と同じで、もの凄い強さを誇る。

心得たデネブが尻尾を振ってギイを舞台まで吹っ飛ばし、これまたクルッと一回転して見事に着地する。またしても会場は大喜びで拍手喝采。

そしてこっちを見てにんまりと笑うハスフェル……。

ちょっと待て、お前ら。一体俺に何をさせる気なんだよ。

「第二位の副賞は、ホテルハンプールのスイートルームの宿泊券と、ホテルハンプールのレストランチケットが五十枚だ！」

ギイとオンハルトの爺さんに、花束と分厚い封筒が渡される。笑顔でそれを受け取った二人はもう一度観客に手を振ってから後ろに下がった。


「さあ皆様！　お待たせいたしました！　いよいよ残るは第一位の表彰のみ！」

呆然とする俺を置いて、超テンションの高い司会者の声が響き渡る。

大歓声の中、わざとらしい仕草で司会者がハスフェルとグレイハウンドのシリウスを見て手を振る。

「第一位！　一人目は、銀髪の戦神ハスフェルとグレイハウンドのシリウス！　まさに戦神の名に恥じないゴール前の激闘を制しての第一位です！」

シャムエル様がハスフェルの右肩に現れて、頬に勝者への祝福のキスを贈って消えるのが見えた。

笑顔でシリウスの手綱を離したハスフェルは、なんと、軽く頭を下げたシリウスの頭の上に軽々と飛び乗ったのだ。今、予備動作なしで何メートル飛んだんだよ。

そして、これまた心得たシリウスが大きく頭を振ってハスフェルを舞台まで一気に弾き飛ばす。

もう、会場は拍手大喝采の大喜び。

そしてくるっと一回転して舞台に颯爽と降り立ったハスフェルの横にギイが進み出て並び、元祖マッチョポーズをダブルで決める。大歓声と二人の名前を呼ぶ声が響き渡る。

お前ら揃って、俺の登場難易度を爆上げしてくれたな。どうするんだよこれ。

遠い目になった俺は、必死になって逆に考える。

もう、マックスの尻尾は高速回転扇風機状態。今すぐにでも俺を吹っ飛ばしてくれそうだ。

だけど、どう考えても俺の運動神経で舞台まで吹っ飛ばされたら、顔面から舞台に激突して血塗れになる未来しか見えない。

その時、小物入れの隙間から細い触手がニュルンと伸びて俺の腕を突っついた。

「ご主人、アクア達に何かお手伝い出来ないかな？」

アクア達の存在を思い出した俺は、一つアイデアを思いついて早口で説明した。

「任せて～！　そんなの簡単だよ～！」

自信満々で得意気なその答えに、俺はもう座り込みそうなくらいに安堵していた。

「そしてもう一人の第一位をお呼びしましょう。まさに史上最強の魔獣使いのケンとヘルハウンドのマックス～！　前回同様に、ゴール前での激闘を制しての見事な二連覇です！　いやあ、これぞ早駆け祭りの醍醐味と言わんばかりの大激戦でした。本当に素晴らしかったです！」

司会者の声が聞こえて、顔を上げた俺は小物入れの蓋を開いた。スライム達が次々に飛び出してくる。そして地面に落ちた瞬間、一気に大きくなる。

シルヴァ達の歓声も聞こえて俺は嬉しくなってきた。

「よし、いくぞ！　スライムトランポリンだ！」

俺の合図でレインボースライム達が直径5メートルくらいの輪になって止まる。その際に一気に縦に伸びる。これで直径5メートル高さ3メートル程のレインボー煙突の出来上がりだ。

突然の事に会場が大きくどよめく。

サクラが煙突の上まで飛び跳ね、ビヨンと伸びて煙突の上部に膜を張る。これでスライムトランポリンの完成だ。

その時、シャムエル様が俺の肩に現れてそっと頬にキスをくれた。

「勝者に祝福を」

笑って振り返り、マックスに向かって右手を差し出す。

一声吠えたマックスが俺の腕を軽く咥えて、スライムトランポリンの上まで吹っ飛ばしてくれた。

悲鳴と歓声の中クルっと一回転した俺は、足からトランポリンの真ん中に飛び込んだ。

ポヨ～ンと若干間抜けな音を立てて、2メートルほど跳んで落ちる。

大歓声の中を飛び上がるたびに、土台のスライム達が少しずつ小さくなっていく。

1メートルくらいの高さまで戻ったところで、俺はそのまま勢いをつけて舞台まで一息に跳んだ。

まあこれくらいなら俺でも出来る。

大歓声と拍手の中、舞台に着地して振り返って手を振る。よし、完璧だ。

舞台にいた面々は、全員揃ってぽかんと口を開けて俺を見ている。それを見てドヤ顔で胸を張る俺。次の瞬間ハスフェル達が揃って吹き出し拍手をしてくれた。

もう一度観客を振り返った俺は、胸を張ってドヤ顔で手を振ったよ。同着とは言え一位で、しかも二連覇なんだから、これくらいしてもいいよな。

会場中の拍手と歓声を独り占めした俺は満足して一つ大きく深呼吸をすると、まだ目を見開いたまま呆然と固まっている司会者を笑顔で振り返った。

「い、いやあ……さすがは超一流の魔獣使い。まさかスライムにあんな使い方があったとは！　いやあ。気持ちよさそうでしたねえ」

俺の視線にようやく我に返った司会者は、子供みたいに目を輝かせてそう叫んだ。

そして満面の笑みの司会者の顔には、間違いなくこう書いてあるのが俺には見えたよ。

自分もやってみたい！　ってね。

「もしかしてこれって……興行として成り立ったりします？」

思った以上の司会者さんの食いつきっぷりにドン引きつつ、いつの間にか俺の近くに来ていたアルバンさんにそう尋ねる。すると、アルバンさんは満面の笑みで大きく頷き、いきなり俺の手をがっしりと握った。

「是非、是非お願いします！　これは間違いなく街の名物になるくらいの素晴らしい仕掛けです！」

「あはは、思い付きでやっただけですけど、意外と受けたみたいですね。了解です。じゃあ、後でクーヘンにやり方を教えておきます」

「是非ともお願いします！」

これ以上無い笑顔で力いっぱい握られて、俺も笑顔で思いっきり握り返してやった。おお、アルバンさんもなかなかの握力だね。


「さて、今回の賞金なんですが、今からそれぞれ一通ずつしかない貴重な目録をお渡ししますので、同着のお二人は一緒に受け取ってくださ〜い！　念の為、次からは二通ずつ用意しておきます」

少しおどけたその司会者の説明に、会場からドッと笑いが起こる。

「第三位の小さな戦士クーヘン！　賞金は、金貨三十枚！」

アルバンさんから封書が渡され、笑顔でそれを受け取ったクーヘンがそれを頭上に高々と掲げてから一礼して下がった。

「第二位は、いぶし銀の魅力のオンハルトと、金髪の戦神ギイ！　賞金はそれぞれに金貨五十枚！」

アルバンさんから渡された一通の封筒を二人が一緒に受け取り、そのまま客席に見えるように高々と掲げてから手を振って下がる。

「そして第一位は、銀髪の戦神ハスフェルと、超一流の魔獣使いのケン！　賞金は、それぞれに金貨百枚！」

ハスフェルと一緒に進み出て、アルバンさんから一通の封書を貰う。

そのまま頭上に……こら、ハスフェル！　お前の身長でそのまま思い切り上げるんじゃねえよ。

俺が届かないだろうが！

ハスフェルの横で必死に垂直跳びをしていると、アクアがスルッと小物入れから出てきて俺を乗せて一気に大きくなった。

そのままハスフェルの手から封書を奪い取って、もっと上まで上げてやる。

吹き出したハスフェルの足元にもスライムが飛び出し、これまた一気に大きくなる。

会場がドッと笑いに包まれ、俺とハスフェルは飛び跳ねるスライムの上に乗ったまま、舞台の上で右に左に逃げ回って追いかけっこを楽しんだのだった。

最後は、俺がハスフェルに捕まり二人揃ってスライムからわざと落っこちて笑いを取り、追いかけっこは無事に終了したのだった。


「ではこのままチーム戦の表彰に参りたいと思います。まずチーム戦の第三位は、チーム脚線美！個人戦二位と四位を確保しての初出場での受賞です。いやあこれは素晴らしい！　そして第三位の副賞は船舶ギルド提供、豪華客船エスメラルダで行く王都インブルグとハンプールのペア往復乗船券！　しかも一等客室！」

大歓声の中、ランドルさんとオンハルトの爺さんが進み出て、笑顔で盾と目録の封書を受け取る。

これはまとめてランドルさんに進呈だな。俺達と一緒にいたら、オンハルトの爺さんも一等船室だし。

「チーム戦第二位は、愉快な仲間達～！　そして第二位の副賞は、豪華客船エスメラルダで行く王都インブルグとハンプールのペア往復乗船券！　しかも一等船室に船内レストランのお食事券付きだ～！」

クーヘンと顔を見合わせて手を叩き合い、一緒に進み出て俺が盾を、クーヘンが目録を貰った。

「そしてチーム戦第一位は、戦神の美丈夫金銀コンビ～！　前回一位の愉快な仲間達を制しての見事な一位受賞となりました！　そして第一位の副賞は、豪華客船エスメラルダで行く王都インブルグとハンプールのペア往復乗船券がなんと十枚！　一等船室に船内レストランのお食事券付き！」

苦笑いしたハスフェルとギイが進み出て、大きな盾と封書を受け取る。

前回の盾は全部クーヘンの店に飾ってもらっている。なので今回もこのまま、副賞ごとまとめてクーヘンに進呈だな。

観客達に手を振り、俺達は舞台を後にしたのだった。

いやあ疲れた。だけど今回は本当に楽しかったよ。やっぱ祭りはこうでなくちゃな。

「あのスライムトランポリン、シルヴァ達が、向こうへ戻ったら絶対やるんだって言って大騒ぎしていたよ」

シャムエル様の言葉に解散しかけた観客達を見渡したが、舞台正面の最前列にいたはずのシルヴァ達の姿はもうどこにも見当たらなかった。

「もしかして……もう帰っちゃったのか？」

「三周戦が終わったら、早駆け祭りは終わりだからね」

せめてさよならぐらい言いたかった。だけど、一位になったところは見てもらえたんだし、楽しそうに屋台のお菓子を食べているところも見られたんだから、もうそれで良いと思う事にしよう。

「そっか、楽しんでくれたんなら良かったよ」

しみじみそう呟くと、頭の上に現れたシャムエル様がよしよしと俺の頭を何度も撫でてくれた。

べ……別に、泣いてなんかないやい！

「お疲れさん。なかなかに楽しい時間だったな」

テントに戻ったハスフェルの言葉に俺達も揃って笑顔で頷き、それぞれ互いの健闘を称えて握手を交わした。

「あの、教えていただきたいのですが、よろしいでしょうか？」

握手の後、ランドルさんが何やら真剣な顔で俺の側に来る。何か困り事か？

「さっきのスライムトランポリンや、以前テントの中で見たスライムベッド……あれって、俺でも出来ますか？」

「ランドルさんは、従魔達ともう言葉を交わせるよな？」

「ええ、まだ少しぎこちないところもありますが、頑張って言葉を交わすようにしていますよ」

「じゃあ後は、肝心のスライムを複数集めるところからだな。従魔達は慣れればそれだけどんどん賢くなってくれるから、主人のやりたい事を詳しく説明すれば理解してくれるようになるよ」

……で、良いんだよな？　俺の従魔達だけチートで賢いとかってのは……ないよな？

若干不安になって右肩に戻っていたシャムエル様を見ると、笑顔でうんうんと頷いてくれた。

「では、もっと従魔達と仲良くなれるように頑張ります。バッカスの店が開くまでは、とりあえずこの街にいる予定なので、近場でスライムを探してみる事にします。あ、スライムは色違いで集めた方がいいんですか？」

どうやらランドルさんは、何事にも真剣に取り組むタイプの人みたいだ。

「数さえ集まれば、色は関係ないよ。ただし、以前も一度言ったけど、スライムの色をこれくらい集めると良い事があるから、お楽しみに」

横で一緒になって真剣に聞いていたクーヘンとランドルさんが、揃って不思議そうに顔を見合わせる。

「そう言えば以前、一日にテイム出来る数には上限があるって話の時にもそんな事を言っていましたね。ええ！　気になります。何があるって言うんですか？」

「そうですよ、勿体ぶらずに教えてください！」

「じゃあそんな二人に大ヒントだ。今ここにいる二匹。クリアーとクリアーピンク。これは世界中どこにでもいるノーマルカラーと呼ばれるスライムだよ。こっちの七色の子達は生息地域が限られているので、この近隣だけでは集まらない。俺はまとめてレインボーカラーって呼んでいる。まずはこれを集めるのをお勧めするな」

アクアとサクラを見せながらそう言って、その後にレインボースライム達を並べて見せる。

あえて七色でレインボーって言ったんだけど、その意味に気がついたかな？

「色の種類はまだまだあるみたいだから、あとは好きにどうぞ。だけど一日にテイム出来る上限数には、絶対に気を付けて集める事。無理のない範囲で楽しくテイムしてください。以上！」

最後はちょっと改まって言ってやると、嬉しそうに笑った二人が揃って直立した。

「ご教授ありがとうございます！」

それから三人で顔を見合わせて笑い合った。さて、自力で隠しキャラを見つけられるかな？

のんびりとテントで寛いでいた俺達は、そのままスタッフさんの案内で従魔達全員と一緒に、祝勝会兼慰労会に参加する為にホテルハンプールへ移動した。

当然、優勝パレード状態。またしても俺達のＨＰは一桁です！

到着したホテルで、クロッシェを守る意味もあってアクアだけは俺の小物入れに入ってもらい、他の子達は全員厩舎に預けて会場へ向かった。

通された大広間は、前回と同じく絢爛豪華な食べ放題の料理と、関係者の人達であふれていた。

もう俺の本日の愛想笑いのストックは完売です。入荷予定は未定です！　せめてそこの豪華料理を食べさせてください！

内心で半泣きどころかマジ泣きレベルの涙を流しつつも、悲しいかな元営業マンの性(さが)……期待されたら出ない筈の愛想笑いも出るんだよな。

そして本気で倒れそうになりかけた頃にようやく挨拶の嵐から解放されて、追加で山盛りになった料理を食べる事が出来た。

俺だけでなくハスフェル達も挨拶の嵐から解放されたらしく、揃って黙々と白ビールを片手に生ハムと燻製肉の間を往復した。

食欲に負けて愛想笑いを放棄した俺達と違い、クーヘンはまだ笑顔で話をしている。

そしてランドルさんとバッカスさんは、クーヘンや商人ギルドのアルバンさんと一緒にまだ挨拶回りをしている。バッカスさんの隣に一緒にいるドワーフは、恐らくドワーフギルドの関係者なのだろう。

「そっか。この街で商売をするバッカスさんは、ランドルさんの相棒って立場を生かして、ここで顔を売って街の人達に繋がりを作っておく作戦か。さすがに抜け目がないなあ」

時折シャムエル様にも燻製肉を齧らせてやりながら、俺はもう後半は完全に野次馬状態で会場の人達を眺めていた。

「主役が、こんなところで一人飯かい？」

からかうようなエルさんの笑い声に、俺は食べていた生ハムを飲み込んだ。

「次の祭りまで、レース勝利者が本来するはずの宣伝活動もやらない流れの冒険者なら、扱いはこんなものですよ。ってか、俺はもう疲れてヘロヘロなので、放置されている方が気が楽ですよ」

冷たくした吟醸酒をちびちび飲みながら笑って首を振る。

エルさんは、俺の言葉に笑って肩を竦めただけでそれ以上何も言わなかった。せっかくなので、ギルドに継続的な寄付をしたいとエルさんに伝えておいた。とても喜んでくれたよ。

大盛況の祝勝会兼慰労会が終わった後、俺達はそのまま従魔達を引き取ってホテルの部屋に戻り、クーヘンとランドルさんとバッカスさんは、そのまま商人ギルド主催の二次会に揃って向かった。

ホテルの部屋に戻った俺達は、もう何をする気力もなく即解散となった。

とりあえず、まだ明日はここにいていいみたいだから、ゆっくり休ませてもらおう。

疲れはもふもふ達に埋もれて寝て癒すに限る。

装備を全部脱いだ俺は、いつものようにサクラに綺麗にしてもらってからベッドで待ち構えているセーブルの上に倒れ込んだ。

タロンが俺の腕の中に突撃して並んで収まる。そして背中側にはラパンとコニーが巨大化して収まり、足元にはティグとマロンとヤミーが大型犬サイズになってマックスの代わりに収まる。

うん、足元のもふもふ度合いが最高ランクだ。

「毛布を掛けま〜す」

スライム達が、大判の毛布を広げて掛けてくれる。

狼達とソレイユとフォールは、ベリーのところへ行ったみたいだ。

「では消しますね。今日は本当にお疲れ様でした。おやすみなさい、良い夢を」

優しいベリーの声が聞こえて部屋の明かりが一斉に消える。

「うん、確かに疲れたよ……おやすみ」

セーブルのやや硬めの毛に顔を埋めながら、襲いかかってくる眠気と戦いつつ何とか返事をする。

セーブルの枕も良いけど、やっぱりニニとマックスのもふもふとむくむくが恋しいよ……。

「ニニ、マックス……」

他の子達ももちろん大好きだ。だけどやっぱり俺にとってはあの二匹は特別な存在だ。

大切な二匹の名前を呼んで、目を閉じた俺は眠りの国へ気持ちよく墜落していった。

俺の呟きに顔を上げたセーブルが、まるで慰めるみたいに優しく投げ出した俺の腕をそっと舐めてくれた事に、そしてそんな俺達をベリーが優しい目で見つめていた事にも、もう眠ってしまった俺が気付く事はなかった。

翌朝、目が覚めたのはお昼をとうに過ぎた時間だった。いくら何でも寝過ぎだ。

「ああ、やっと起きたね。おはよう」

セーブルの頭の上に座って尻尾の手入れをしていたシャムエル様が、目を開いた俺に気付いて顔を覗き込んできた。

「おはよう。腹減ったし起きるよ」

そう言って起き上がって、ベッドに座ったまま大きく伸びをする。

「ええと、ハスフェル達は？」

強張った体を伸ばしながらそう尋ねると、シャムエル様が俺の膝の上に現れる。

「ついさっき起きて、居間でゴロゴロしているよ。クーヘン達三人は、相当お疲れみたいでまだ寝ているね」

うああ。そのぷっくらな頬を俺に突かせてくれ〜！

脳内で叫びつつ、笑ってシャムエル様をセーブルの頭に戻して立ち上がった俺は、まずは顔を洗うためにサクラと一緒に洗面所へ向かった。

「おはよう。すっかり寝過ごしたよ」

身支度を整えて居間へ出ていくと、確かにハスフェル達がゴロゴロしていた。

ハスフェルとギイは、それぞれレッドクロージャガーのスピカとベガを抱いてソファーに転がっているし、オンハルトの爺さんは一人用の椅子に座って、のんびりと剣を磨いていた。

「おう、おはようさん。俺達もさっき起きたところだよ」

「おはよう。ってか、もう昼過ぎだってな」

笑ってそう言い、急いで机の上にサンドイッチやコーヒーを取り出す。

「ランドルさん達とクーヘンは、まだ起きてないみたいだな」

「ああ、昨夜はかなり遅かったみたいだから、まだしばらく起きてこないんじゃないか？」

笑ったハスフェルの言葉に俺も笑って頷き、とりあえず腹が減ったので、まずは自分の分を確保する事にした。

コーヒーをマイカップに注ぎ、師匠特製のオムレツサンドを二切れと、野菜サンドを取り、少し考えて鶏ハムサンドも二切れ取る。

いつもの簡易祭壇に、サンドイッチのお皿とコーヒーの入ったマイカップを並べる。

「お祭り参加お疲れ様でした。俺の最後はちょっと締まらなかったけど、勝ったところを見てもらえて嬉しかったよ」

いつものように手を合わせて目を閉じる。しばらくして目を開くと、何故か収めの手が俺の目の前にいた。

「うぉ、何だ？」

驚く俺に構わず、収めの手はそっと俺の顔の鼻の辺りを右から左にゆっくりと撫でてから、いつものように頭を撫でて、手を振って消えていった。

「そっか。ちゃんと俺の二連覇の証、緑のラインも見てくれたってか」

右手で鼻の上を撫でて苦笑いした俺は、もう一度祭壇に手を合わせてからサンドイッチの並んだお皿とマイカップを持って席に戻った。


食べ終わってまったりしていたところで、クーヘンが起きてきた。

「おはようございます。すっかり寝過ごしてしまいました」

照れたようにそう言いながらクーヘンが入って来たそのすぐ後に、明らかに二日酔いなランドルさんと、いつも通りのバッカスさんの姿があった。

「おはようございます。俺達もさっき起きて食べ終わったところですよ。まだまだありますからどうぞ好きなのを取ってくださいい」

コーヒーのピッチャーを追加で出してやり、俺ももう一杯コーヒーを入れる。

嬉しそうにサンドイッチを選ぶクーヘンとバッカスさんと違い、ランドルさんは座ったきり動かない。

熱々の玉子粥を手早く一人前用意して、麦茶と一緒にそっとランドルさんの目の前に差し出してやった。

「おお……ありがとうございます。いただきます」

嬉しそうにそう言ったランドルさんは、手を合わせてから玉子粥を食べ始めた。

「はあ、美味しいです。飲んだ日の翌朝に、当たり前にこれを出してくださるケンさんの優しさが染み渡ります」

妙にしみじみとそんな事を言われて、照れ臭くなって笑った俺だったよ。


「さて、もう今日はゆっくりで良いよな。明日以降はどうする？」

ホテル暮らしも悪くはないんだが、マックスとニニが身近にいないのは寂しい。

「それならうちへ来てくださいよ。部屋は掃除してありますから泊まれますよ」

クーヘンが笑ってそう言ってくれるんだけど、それでも二匹は外の厩舎だからなあ。

でもクーヘンの店の様子も見ておきたいし、バッカスさんのお店も気になる。

「それなら今日はここでゆっくり休みにして、明日は従魔達を連れて郊外へ出るか。ちょっと外で思い切り走りたい気分だ」

「いいなそれ。じゃあ俺はサンドイッチを作るから、ハスフェル達は好きに休んでいてくれよ。クーヘンとランドルさん達はどうしますか？」

ハスフェルの提案に俺も頷き、ランドルさんとバッカスさんは顔を見合わせて頷き合う。

「それなら我々はマーサさんのお店へ行かせてもらいます。青銀貨を発行していただいているので、正式な契約をして家の鍵を貰ってきます。話を聞く限り大きな傷みなどは無いようなので、店はほぼそのまま使えそうなんです。最低限ですが備え付けの家具があるし、炉の状態を見てからになりますが、ここまで来たら出来るだけ早く開けたいですからね」

バッカスさんの言葉に俺達も笑顔で頷く。

「店を開けるって本当に人生の一大事だもんなあ。でもせっかくだから、俺達にも何か手伝わせてくださいよ」

「ありがとうございます。手がいる際にはお願いします」

笑顔のバッカスさんと手を叩き合い、揃ってマーサさんのところへ出かける彼らを見送った。

🐾

備え付けのキッチンでスライム達に手伝ってもらって、俺は定番タマゴサンドに始まり、手持ちのサンドイッチ用食パンとコッペパンが全部無くなるまで、がっつりサンドイッチ各種を量産した。

その後のんびり休憩していると、大量の料理が部屋に届いた。

「食べ残しになる前に、先に収納してくれるか」

笑ったハスフェルの言葉に納得した俺は、がっつり収納させてもらった。

料理と一緒に、スタッフさんがクーヘンからの伝言を伝えてくれた。

それによると、バッカスさんの契約は無事に完了して、今夜はマーサさんの家に三人揃って泊まる事にしたらしく、彼らはもうホテルを引き払ったんだって。

「じゃあ、俺達もとりあえず明日で一旦ここを引き払うか」

俺の言葉に三人が揃って頷く。

「良いんじゃないか。それなら朝一にクーヘンの店を覗いて、それから郊外へ出かけようか」

「おお、じゃあその予定でいこう」

笑顔のスタッフさんを見送った後、少し早めの夕食をいただいたよ。

その後はもうダラダラと飲んで過ごし、俺はちょっと早めに休ませてもらった。

ベッドで待ち構えているセーブルにもたれかかりながら、そっと手を伸ばしてマックスよりもやや硬めの毛皮を撫でてやる。

「枕役ご苦労だったな。なかなかの寝心地だったよ」

「それなら良かったです。またいつでも言ってくださいね」

嬉しそうにそう言って小さな目を細めたセーブルは、そっと遠慮がちに俺の頬を舐めた。

大型犬並みの大きな舌が出て来て、先の方だけでちょろっと舐めるのを見て思わず笑ったよ。

「何だよ、遠慮しないでもっと甘えていいんだぞ」

両手で大きな顔を摑んでぐしゃぐしゃにしてやる。

「私は力が強いですから、無茶を言わないでください。でもだからこそ、ご主人がそうやって私を信頼して体重を預けてくれるのが、最高に嬉しいです」

鼻先を擦り付けるようにしてそんな事を言われたら、もう堪らなくなった。

「大好きだよ。ずっと一緒だからな」

鼻先にキスをしてやってから、大きく伸びをしてもたれかかる。

ラパンとコニーを始め、他の子達もあっという間に定位置につき、最後にタロンが俺の腕の中に飛び込んできた。

「じゃあ消しますね。おやすみなさい」

優しいベリーの声が聞こえた後、部屋が一気に暗くなる。

「ベリーもいつもありがとうな。おやすみ……」

そう言った俺は、柔らかなタロンの後頭部に顔を埋めてそのまま目を閉じた。

「良かったですね、セーブル。また大切な人が見つかって」

「はい、本当に夢のようです。何があっても絶対に今度は守ります。そして……いつの日かご主人が旅立たれる時、今度は私も必ず一緒にいきます。今の私の願いは、もうそれだけですよ」

「おやおや。欲の無い事ですね。でもそれはかなり遠い先の事になりそうですよ」

「そうなんですか？」

「まあ、これ以上は言わずにおきましょう。セーブルは気が済むまでご主人に甘えてください」

ぼんやりと聞こえるベリーとセーブルの会話を聞き分ける間もなく、俺は眠りの国へ旅立っていったのだった。

第95話　郊外への出発とお菓子作り！

翌朝、いつもの従魔達総出のモーニングコールに起こされた俺は、眠い目をこすりつつ顔を洗って、しっかり身支度を整えてから居間へ出ていった。

居間では、ハスフェル達がもう全員起きていて、大急ぎでいつものサンドイッチとドリンクやコーヒーを取り出したよ。

今日は郊外へ出るので、しっかり食べておくよ。

タマゴサンドを齧るシャムエル様を見て不意にあの約束を思い出した俺は、野菜サンドの残りを口に放り込んでにんまりと笑った。

「なあシャムエル様。食事の後でいいから、ちょっと時間を貰えるかな」

俺の言葉に顔を上げたシャムエル様が、不思議そうに首を傾げる。

「分かった。後でいいんだね」

「おう、よろしく」

残りのタマゴサンドを齧るシャムエル様の尻尾を見て、今すぐもふりたくなって我慢するのに苦労したよ。

「で、改まって何なの？」

食事が終わったシャムエル様が、そう言って俺を見上げる。

「いや、例の約束を思い出してさ」

「例の約束って？」

可愛く首を傾げるシャムエル様を見て、俺はもうこれ以上ないくらいの笑顔になった。

「忘れたとは言わせないぞ。二連覇出来たら、好きなだけもふらせてくれるって言ったよな？」

「ええと、ナンノコトダカワカリマセン」

前回と同じく棒読みで目を逸らすシャムエル様を、俺はゆっくりと両手で捕まえた。もちろんそっとだ。

「神様に二言はないよな？」

目の高さにまで持ち上げてそう聞いてやると、頭を抱えたシャムエル様はうんうんと頷いた。

「うう、確かに言ったよ。仕方がない。同着とは言え二連覇には違いない。さあどうぞ、好きなだけもふもふしたまえ！」

そう言ってくるっと後ろを向いて、尻尾を見せた。

「では、遠慮なくもふらせていただきま～す！」

笑った俺は、そのもふもふな尻尾に思いっきり頬擦りし、両手で揉んでから更に頬に押し付ける。

それから両手で交互に握って撫でさすり、俺の知る限り最高クラスの毛並みを心ゆくまで満喫する。

いやあ、さすがは神様。やっぱりシャムエル様の尻尾は一味違うぜ。

「うああ……待って。そこは、そこは……駄目だってば……」

握った尻尾の先をくすぐってやると、シャムエル様は俺の手の中で完全に脱力したまま足をピクピクさせて悶えている。

「約束だからな。俺の好きなようにさせてもらうぞ」

確か前回もこんな悪役みたいな台詞を言ったなあ。なんて頭の中で思い出しつつ、すっかり毛が立ち上がっていつも以上にボリュームが増した立派なもふもふ尻尾を、心ゆくまで堪能させていただきました。


「まあ、これくらいで勘弁してやろう」

こっそりと出た涎を拭きながらそう言ってやると、前回と同じくシャムエル様はパッタリと机の上に倒れた。

「ああ、癖になりそう……ケンったら、相変わらずテクニシャンなんだから」

転がったまま振り返ったシャムエル様の台詞に俺だけじゃなく、ずっと笑って見ていたハスフェル達までが同時に吹き出し大爆笑になったのだった。

いいねえ、このご褒美の為に次回も絶対に頑張ろうって思えるよ。マジで。

「はあ、笑った笑った。さて、それじゃあまずはクーヘンの店へ行くか」

ようやく笑いの収まった俺達は、顔を見合わせてからそれぞれ手早く荷物をまとめた。

来てくれたスタッフさんと一緒に厩舎へ向かう。

「マックス！　ニニ！　お待たせ。留守番は今日で終わりだぞ」

俺を見て大喜びする二匹に順番に抱きつき、久し振りのもふもふとむくむくを堪能した。

ああ、やっぱりマックスとニニは俺の癒しだよ。

「これで護衛の任務完了ですね」

「ああ、ご苦労様でした」

笑ったフランマの声に、俺は小さな声でお礼を言った。うん、後でお礼の果物をたっぷり渡しておこう。

一旦従魔達には厩舎で待ってもらい、フロントでスタッフさんに挨拶をして部屋の鍵を返す。

「本当にお世話になりました。楽しかったですよ」

「次は春ですね。またのお越しをお待ちしております」

満面の笑みのスタッフさんにそう言われて、俺達も笑顔で頷く。

「そうですね。それじゃあ春を楽しみにしています」

スタッフさん達に見送られて、俺達はお世話になった豪華ホテルを後にしたのだった。

🐾

「まだまだ大人気だな」

ホテルを出た途端に街中の人達が集まってきて、大歓声と拍手で動けなくなる。

「皆さん、ご声援ありがとうございます。ですがもう祭りは終わりましたよ。また次回の早駆け祭りでお会いしましょう！」

マックスの背の上で開き直って大きな声でそう言うと、あちこちから拍手と同意する声と笑いがないからさ」

「いやあ、らしくないとは思うけどさ。あのままだといつまで経ってもクーヘンの店に行けそうに

「おお、なかなかやるじゃないか。さすがは二連覇の覇者だな」

ハスフェルにからかうようにそう言われて、俺はこれ以上ない大きなため息を吐いた。

遠い目になる俺を見て、ハスフェル達が何故か慰めてくれた。

起こり、案外素直に散っていった。

クーヘンの店は今日も大繁盛だ。

店の前に出来た行列の最後尾は、横の円形広場にまで連なっている。

「どうするかな。ジェムの在庫が減っているなら追加しておきたかったんだけどな」

行列越しに中の様子を伺っていると、俺達に気付いたお客さん達による伝言ゲームが始まり、しばらくするとクーヘンが店から駆け出して来た。

「おはようございます。まさかもう出発するんじゃあないですよね？」

慌てたようにそう言われて、俺達は苦笑いして首を振った。

「今日は、従魔達を走らせてやりたいから郊外に出るだけだよ」

「ああ、そうだったんですね。昨日、バッカスさんとマーサさんが本契約を結びましたから、今日から早速店の掃除に入っていますよ。行ってみますか？」

「おお、出来れば炉の様子は早めに見ておきたいんだがな」

オンハルトの爺さんの言葉にクーヘンが笑顔になる。

「では案内しますので行きましょう。ちょっと兄さんに知らせて来ます。店には、故郷から新しい人に来てもらったので余裕があるんです」

　おお、商売繁盛で何よりだね。感心して待っていると、クーヘンがチョコに鞍を乗せて出て来た。

　相変わらずの注目を集めつつ、クーヘンの案内で職人通りへ向かう。

　冒険者ギルドからも近いその通りは、名前の通りに武器や防具を売る店を中心に、いかにも冒険者が好きそうな店がぎっしりと立ち並んでいた。

　一番大きな通りから一本横道に入ると、表通りよりも少し小規模で生活感のある品揃えの店が並んでいた。武器や防具を扱う店も多いが、大通りにある店よりは少し価格が控えめみたいだ。

「へえ、立派な建物だな」

　繊細な彫刻の入った、店の扉の上側にある飾りアーチを見上げながら感心したようにそう呟く。

　クーヘンが教えてくれたその店は、間口はそれほど広くはないが、隣の店との間に騎獣を置く為の場所がある、かなり大きく立派な建物だった。

　もっと地味で無骨な店を勝手にイメージしていたので、小綺麗で明るいその建物はちょっと意外だった。

「以前この店を持っていた方がかなりの趣味人だったようで、建物の装飾には相当なこだわりがあったようですね。バッカスさんも店を確認して喜んでいましたよ」

　クーヘンの説明に感心しつつ、勝手に従魔達を繋いで開けたままになっている扉から中を覗く。

「バッカスさん。いますか？」

クーヘンの呼びかけに、奥の扉が開いてバッカスさんが出てきた。

「おはようございます。ああ、ケンさん。皆さんもようこそ。まだ散らかっていますがどうぞ見てください。店の改装は、最低限で済みそうです」

嬉しそうなその顔は、鼻先や顎髭が煤で黒く汚れているし指先も真っ黒だ。そして後ろから、同じように鼻先が黒くなったランドルさんも顔を出した。

「もしや、炉の状態を見ておったのか？」

オンハルトの爺さんの言葉に、バッカスさんは満面の笑みになる。

「ええ、いくつか手入れは必要ですが、炉の状態はかなり良いのでほぼこのままで使えそうです。本当に良い店を紹介していただきました」

「おお、ならば掃除が済んだ暁には、炉に祝福を贈らせていただくとしよう」

嬉しそうなオンハルトの爺さんの言葉にバッカスさんも笑顔で頷く。

「数日もあれば掃除は終わりそうですので、火入れの際には是非ともお願いいたします」

深々と頭を下げるバッカスさんの言葉に、オンハルトの爺さんも嬉しそうだ。

「良い火を贈らせていただこう。では、我らは郊外に出る予定なのでな」

「はい。では皆さんもお気をつけて」

一礼して奥へ戻ろうとする二人を慌てて呼び止め、昨日作ったサンドイッチを適当に取り出して大皿ごと渡しておく。

「ああ、これは嬉しいですね。ありがとうございます」

受け取ったランドルさんが笑顔でそう言い、持っていた収納袋にそれを収めた。

「また来ますね。じゃあ頑張ってください」

手を振って奥に戻る二人を見送る。

「ああそうだ。エルさんが、ケンさん達に何か伝言があるそうなので、時間のある時にギルドに寄って欲しいって言っていましたよ」

別れ際にクーヘンからそう言われてしまい、このまま出発する気満々だった俺達は、仕方なく先にギルドへ向かった。

「ああ、早駆け祭りの英雄御一行のお越しだね」

到着したギルドで、タイミング良くエルさんと会う事が出来た。

「クーヘンから伝言を聞いてきました。あの寄付の手続きの件ですよね？」

そう言ってカウンターに座ろうとすると、何故か止められた。

「ちょっと込み入った話があるんで奥へ来てもらえるかな。ハスフェル達も一緒に。ああ、もちろん従魔達も一緒で構わないよ」

不思議に思いつつ、俺達はエルさんの案内で奥にある別の部屋へ向かった。

そこは明るくて広い会議室みたいな部屋で、裏庭に続く扉を開けてもらった従魔達は、大喜びで裏庭に出ていった。

何となく真ん中の机に集まって座る。

「お疲れ様でした。今回も君達のおかげで大いに盛り上がったよ。アルバンによると賭け券の販売金額も史上最高額だったそうだし、商店や屋台も軒並み売り上げ倍増だったらしいからね」

「俺達も楽しかったですし、少しでも役に立てたのなら良かったですよ」

「今回、本当に君達には迷惑をかけてしまって申し訳なかった」

また改めて頭を下げられてしまい、俺達は慌ててエルさんの背中を叩いた。

「いや、それはもう解決したんだからいいですって」

しかし顔を上げたエルさんは、これ以上ないくらいに嫌そうな顔をしていたのだ。

「あの……もしかして、まだ何かあり……ました？」

出来れば否定して欲しくてそう言ったんだが、エルさんは思い切り嫌そうに頷いた。

「……もう行っていい？」

割と本気で立ち上がりかけたが、残念ながらエルさんに腕を掴まれてしまった。

「気持ちは本当によく分かるし、ついでに言うとこれに関しては私も本気で嫌になっている。でもお願いだから帰らないで」

帰るって、何処へ。と突っ込みかけて、ため息と共に座り直す。

「で、一体何があったんですか？」

絶対に聞きたくないけど、聞かないと話が終わりそうにない。そうしてエルさんの口から、レース当日にあった驚きの矢笛事件の顛末を聞いた。

「矢笛をレース中に走っている従魔に向かって吹こうとした？　万一本当にやられていたら、俺達はともかくケンは間違いなく生きていないぞ」

「転んだマックスの背から吹っ飛ばされて、受け身も取れずに首の骨を折って終わり。だな」

ハスフェルとギイの言葉にオンハルトの爺さんも真顔で頷いている。

「捕まえてくれた人に本気で感謝するよ」

俺も全くの同意見だったので大きなため息と共にそう言うと、エルさんも何度も頷いていた。

「目的がケンの殺害って事は、あの馬鹿の弟子達からの依頼か？」

「依頼元はケンを郊外で襲ったあの二人組。自分達が万一しくじった時の為に、密かに頼んでいたらしい。そんなところだけ仕事熱心にしなくていいのにねえ」

ハスフェルの質問にそう答えたエルさんは、俺より大きなため息を吐いて天井を見上げた。

「矢笛を吹こうとした犯人の男は、いわゆる街の何でも屋で、違法スレスレの事はするが本来はそこまで悪辣な事はしない奴らしい。だけど前回の三周戦で、ハスフェルの単勝に相当な金額を賭けて大損したらしいよ」

もう、本気で嫌になってきた。いらないところで無駄に仕事熱心な殺し屋達と、前回の賭けで負けて、憂さ晴らしに俺達に無茶をしようとして捕まった馬鹿な奴。

もう一度ため息を吐いた俺は、エルさんを見て首を振った。

「犯人逮捕に尽力してくれた方々に感謝して、後の処分はそちらにお任せします」

「もちろんだよ。もう犯人は逮捕しているし、これを君の耳に入れるかどうかも考えたんだけどね。命を狙われた以上、知らん振りは出来ないだろう？」

申し訳なさそうなエルさんの言葉に、顔を見合わせた俺達はもう何度目かも数える気もないため息を吐いたのだった。

「そんな事より、以前お願いしていた寄付の手続きはどうすればいいですか？　出来れば定期的な支援をしたいんですが？」

「ああ、感謝します。では書類を持って来ますから、このまま待っていてもらえますか」

笑顔になったエルさんは、そう言うと立ち上がり急いで一旦部屋を出て行った。

その後ろ姿を見送り、また四人全員揃って大きなため息を吐く。

「この件に関しては、シルヴァ達が頑張ってくれたみたいだな。後でお礼を言っておこう」

ハスフェルの言葉に驚いて彼を振り返る。

「じゃあ最終の三周目に赤橋の手前辺りでシルヴァの姿が一瞬だけ見えたのは、やっぱり気のせいじゃあなかったんだな」

「お前凄いな。あの速さで走っていて観客が見えたのか？」

驚くハスフェルに俺は笑って肩を竦めた。

「本当に見えたのは一瞬だったから確信は無かったんだけどね。さっきの話を聞いて、やっぱりそうかって思ったんだよ。また守ってもらっちゃったな。お礼に、今度お供えする料理は豪勢にしないとな。何が良いかな？　肉？　いや、やっぱりここはスイーツかな？」

腕を組んで考えていると、不意に後頭部の髪の毛を引っ張られた。

苦笑いして振り返ると、予想通りに収めの手が現れて俺に向かって手を振っていた。

「何がいい？　肉？」

いまいち反応が無い。

「やっぱりスイーツかな？」

その瞬間、大きくＯＫマークを作ってから消えていった。

当然ハスフェル達にも見えていたので、全員揃って大笑いになる。

「ご希望はスイーツだな。じゃあ頑張って作るから、気長に待っていてくれよな」

収めの手が消えた空間に向かってそう呟くと、もう一度ため息を吐いて背もたれに体を預けた。

「今回は、人の良いところと悪いところの両極端を見せられた結果になったな。孤児院の友達に何の見返りもなく高級なお菓子を食べさせたくて頑張って走った子もいれば、一方的な逆恨みで人を殺すまで恨んだ奴もいる……人って面白いなあ」

「面白いって言ってくれるかい？」

開けっ放しだった扉から書類を手にしたエルさんが入って来て、苦笑いしながらそう言って俺の横に座った。

「面白いとでも思わないと、やってられませんよ」

「本当だよね。でも、もうこんな事はそうは無いと思うよ。お願いだから、もう参加しないなんて言わないでおくれ」

割と本気でそう言われてしまい、笑うしかない。

「俺達もこの祭りに関しては楽しんで参加していますから、そんな事言いませんよ。また来年の春も来ますのでよろしく」

「期待して待っているよ。改めてこれからもよろしく」

差し出された手をしっかりと握り返し、出された書類を受け取る。

定期的な継続支援の場合、ギルドの口座から引き落としが出来るらしいので、ハスフェル達と相談の結果、俺の口座から毎月金貨五十枚分でお願いした。

申込書の控えを貰い、ついでに宿泊所に庭付きの部屋を四部屋確保してもらう。今夜はもしかしたら帰れないかもしれないけど、バッカスさんの店が開くまではいるつもりだからね。


ギルドを後に、城門を出てからしばらくは街道の端っこを一列に並んで歩いていた俺達だけど、あちこちから声を掛けられ手を振られ、その度に誤魔化すように笑って手を振り返していた。

「ああ、もう限界だ！　俺は抜けるぞ！」

意外な事に真っ先に根を上げたギイが、街道沿いに植えられた低木樹の垣根を飛び越えてそのまま駆け出して行った。もちろん俺達全員がそれに続く。

何故か沸き起こった大歓声と拍手に送られた俺達は、逃げるようにして街道横に広がる草原を駆け抜けていった。

「行け～マックス～！」

俺の叫ぶ声にマックスが更に加速する。

遅れずにハスフェルの乗るシリウスと、ギイの乗るデネブがピタリと左右に付き、俺の真横、少し離れたところをオンハルトの爺さんが乗るエラフィがこれまた凄い勢いで走っている。

「あの赤い葉っぱの木まで競走！」

突然のシャムエル様の大声に、全員が更に加速して横一列のまま目標の赤い葉っぱの木を通り過ぎた。

「では、順位を発表します！　一位、オンハルト！　二位、ハスフェル！　三位がギイで、四位がケンだよ。だけどほぼ同着だったね。いやあ、速い！」

シャムエル様が目を細めて楽しそうに教えてくれる。

「一位取ったぞ！」

「うああ～ビリだって！」

オンハルトの爺さんの叫びと俺の叫びが見事に重なる。

互いの健闘を称えて拳をぶつけ合っていると、猫族軍団とセーブルがようやく追いついてきた。

「全く、獲物を追っているわけでもないのに、あんなに必死で走るなんて馬鹿じゃないの」

「本当よね。何が楽しくて無意味にあそこまで必死になって走れるのかしらね」

ソレイユとフォールの会話に他の子達がうんうんと頷いている。

相変わらず、猫族軍団には駆けっこの楽しさは分かってもらえないみたいだ。

上空を旋回しながらついて来ているお空部隊に手を振り、俺達はまたそのまま勢いよく草原を走り出した。

街を出る時に胸の中にわだかまっていた、言葉に出来ない未消化の気持ちが、思い切り自由に走っている間に全部スッキリとどこかへ飛んでいくのを感じて、俺は声を上げて笑った。


かなりの距離を走り、ようやく止まった綺麗な泉のほとりで昼食をがっつり食べ、しばらく休憩してから、ハスフェル達は肉食系の従魔達を引き連れて嬉々として出掛けていった。

俺はお供え用のお菓子を作る為に居残り、セーブルと草食チーム、お空部隊が護衛役で残ってくれた。

「そう言えば、セーブルって肉食じゃあないんだな」

「必要とあらば動物の肉や魚も食べますが、どんぐりやリンゴなどの木の実や果物、キノコや昆虫なんかの方が好きですね」

何となく肉食のイメージだったけど、熊って草食寄りの雑食なんだ。

「狩りに行けなくて申し訳ないと思っていたけど、それなら残っていても大丈夫なんだな」

「そうですね。そこらの林で昆虫や木の実程度はすぐに見つかりますからご心配なく」

ちょっとドヤ顔でそう言ったセーブルは、嬉しそうに俺の足に擦り寄ってから少し離れた地面に座った。

「留守番する時の俺の護衛担当だな。ありがとうな」

手を伸ばして大きな頭を撫でて、力一杯抱きしめてやった。


椅子に座って取り出した師匠のレシピ帳を見ながら、何を作るか考える。

「このベイクドチーズケーキは俺でも出来そうだな。あとは……クッキーって作った事がないけど難しいのかな?」

ふと思いついたので、レシピを探してみる。

「アイスボックスクッキーって何？……ああ、成る程。作った生地を冷凍してからスライスして焼くのか。よし、やってみよう」

色を付ける際にはココアを使うと書いてある。

「サクラ、ココアってある？」

「あるよ～。お砂糖は入っていないんだって」

綺麗な瓶に入った茶色の粉末を見せてくれる。よし、無糖ならお菓子の材料にも使えるな。

それならあとでココアも作って一緒に供えてやろう。シルヴァとグレイは絶対に好きそうだもんな。

「パウンドケーキのアレンジも色々載っているぞ。何々、ココアでマーブルケーキが出来るのか。よし、これも作ろう。へえ、おからを入れても作れるんだ。後は……プリン型を使ってマフィンも出来るのか。これも良いな」

載っているレシピを見て、思わずそう呟く。

「あ！　プリン型があるなら、昔母さんが作ってくれた、蒸し器で作るカスタードプリンが食べたい！　レシピは……よし、あるぞ！」

拳を握って叫んだところで我に返る。

ちょっと待て。お菓子作り初心者が、いきなりそんなに沢山作るのは無理だ。優先順位をつけて、順番に作っていこう。

「ええと、まずは何からかな？」

候補は、ベイクドチーズケーキ、アイスボックスクッキー、ココアマーブルケーキ、おからケーキ、マフィン、プリン。

うん、全部は絶対無理だ。

「先にクッキーの生地を作って凍らせておくか。そうすればいつでも焼けるもんな。それから混ぜるだけですぐ焼けるベイクドチーズケーキと、マフィンかな。後は様子を見ながら考えよう」

作る予定のページには、しおり代わりに切ったメモ紙を挟んでおく。

「クッキーの生地を二色作ったら模様が作れるのか。ううん、俺でも出来るかな?」

何となくシルヴァ達が喜びそうだったので、チャレンジしてみる。

材料は、砂糖と小麦粉とバターと卵黄にココア。

ちなみに生地を形作る時に使う料理用の薄い紙は、俺の知る料理用のパラフィン紙みたいな感じだった。

取り出した材料を、計量用のカップとスプーンを使って量る。

待ち構えていたアルファに、冷えて硬いバターを時間経過で柔らかくしてもらう。

「まずはプレーンのクッキー生地だな。その後、同じやり方でココア生地も作る。ええと、柔らかくしたバターに砂糖を入れて白っぽくなるまで泡立て器で混ぜる。よし、ベータとガンマ、よろしく」

ボウルにバターと砂糖を入れて泡立て器と一緒に渡してやると、ベータとガンマがご機嫌で混ぜ始めた。

「デルタ、ここに卵黄と卵白を分けて入れてくれるか」

お皿を二つ渡してお願いする。

「卵黄は、ベータ達が混ぜているボウルに一緒に入れて混ぜてくれ。それが終われば、この小麦粉をザルでふるいながら入れて、木べらでさっくりと混ぜ合わせればプレーン生地は完成だ」

あっという間に出来上がったプレーン生地を用意してあったお皿の上に固めて取り出したら、一瞬で綺麗にしたボウルに、次のココア入りクッキー生地を張り切って作り始めるスライム達を見て、俺はもう笑うしかない。

相変わらず優秀なスライムアシスタントのおかげで、俺はここまで、材料を量って作り方を指示しただけだよ。

「このクッキー生地を、薄く引きのばして重ねて巻けば渦巻き模様が作れるのか。成る程」

レシピを見て、薄紙で挟んだクッキー生地の幅を決め、麺棒で薄くのばしていく。

上手くいったので、ココア味のも同じようにしてのばす。

両端を揃えて二枚重ね、端から巻いていけば完成だ。

一つ作ったところで、いきなりスライム達が飛び跳ね始めた。

「もう覚えたよ！」

「次からはアルファ達が作りま〜す」

「作りま〜す！」

最後はご機嫌で全員揃ってそう言ってくれた。

今後のクッキー作りは、俺は材料を量るだけで良さそうだな。

レシピには、市松模様の作り方もあった。

「何々、綺麗にするコツは、高さと幅を一対二で合わせて細長くのばして正方形の棒状になるように縦に切る事。それで二色の互いを入れ替えて交互に重ねるわけか。成る程、これは簡単そうだ」

スライム達の大注目を集めながら頑張り、若干歪んだ市松模様も作る事が出来た。

作ったクッキー生地は、一旦凍らせて収納しておく。

ベイクドチーズケーキの材料は、クリームチーズに砂糖、卵に小麦粉、生クリームとレモン果汁。土台用がクラッカーとバターだ。

レシピ通りに材料を量っておき、クリームチーズは時間経過で室温に戻してもらう。

「この金型に、砕いたクラッカーをバターと混ぜて敷き詰めてくれるか」

砂時計はゼータがやる気満々で待機しているので、イプシロンとエータにやってもらう。

オーブンを取り出し温度を設定して温めておく。

「ボウルにクリームチーズを入れてなめらかになるまで泡立て器で混ぜる。で、他の材料を順番に入れて混ぜて焼くだけ！」

俺の呟きを聞くなり、ゼータとアクアがボウルに入れたクリームチーズをせっせと泡立て器で混ぜ始めた。しかもよく見たらアクアの触手がレース模様になっている。

「クロッシェも一緒にお手伝いしてくれているのか。ありがとうな」

「はあい、このままでも一緒にお手伝い出来るからね！」

レース模様の触手で敬礼したアクアがそう言うので、手を伸ばして撫でてやる。

温まったオーブンに、準備の出来た金型を入れてゼータを振り返る。

「砂時計が五回落ちたら教えてくれるか」

「了解です！」

砂時計をひっくり返したゼータが触手で敬礼する。砂時計五回で50分だ。


振り返ると、もう使った道具は全部綺麗にしてありピカピカだ。

せっかくなので、予備で買ったもう一台のオーブンも取り出して温めておく。

マフィンは二種類作るから、レシピの倍量で量っておく。

材料は小麦粉とふくらし粉、バターと砂糖と卵とミルク。中に入れる具は、リンゴの砂糖漬けとチョコだ。

「しかし、どのレシピもバターや砂糖の量が半端ないんだけど、忌避感や罪悪感をだんだん感じなくなってきたぞ。慣れって怖い」

苦笑いしつつバターを砂糖と一緒に白っぽくなるまで泡立て、卵を入れながらさらに泡立てる。

これもスライム達が全部やってくれている。

「ええと、ふくらし粉を混ぜた小麦粉とミルクを交互に、数回に分けてふるい入れながらその都度混ぜる。一度で混ぜちゃあ駄目……なんだろうな」

面倒だし全部一度に混ぜればいいのに？　と思ったけど、師匠のレシピにわざわざそう書いてあるって事は、ちゃんと理由があるんだろう。

きっと素人が失敗するのって、こういう細かい過程を適当に省略した時だと思うので、ここは素直にレシピ通りに作っておく。

サクラとアルファにプリン型の準備を任せておき、リンゴの砂糖漬けを軽く刻む。出来上がったマフィンの生地を用意したプリン型に分けて入れ、リンゴの砂糖漬けと、割ったチョコを入れる。

まずは、リンゴの砂糖漬け入りをオーブンに入れて20分焼く。この砂時計はイプシロンがやってくれた。チョコの方は一旦収納しておく。

「はあ、焼けるまで休憩だな」

そう言って椅子に座った俺は、大きく伸びをして師匠のレシピを改めて読み返し始めた。

オーブンの前では、尻尾を倍サイズにしたシャムエル様が、キラッキラの目をして待機している。

お菓子への期待度が半端ねえよ。

「ご主人、もうすぐ五回目の砂が全部落ちるよ」

「おう、了解」

レシピを置いて、ベイクドチーズケーキの焼き具合を見てみる。

「おお、めっちゃ膨らんで良い感じだ」

感心したようにそう呟き、一応五回目の砂が全部落ちるのを待ってからオーブンから取り出した。

「ええと、今は熱々だから、これをひとまず冷ましてから半日ほど冷蔵庫で時間経過をお願いするよ」

「了解です！」

跳ね飛んできたエータが、一瞬で金型ごとベイクドチーズケーキを飲み込んでくれた。

「おお、マフィンも綺麗に膨れているな。よしよし、じゃあチョコ入りのマフィンも焼いてしまおう」

マフィンのオーブンを覗いてから、収納してあったチョコ入りのマフィンも空いたオーブンに並べて入れる。

「これも20分だから、砂時計二回だな」

「了解です！」

ゼータがご機嫌でそう言って、また砂時計をひっくり返してくれた。


「ご主人、もうすぐ二回目の砂が落ちます！」

一回目のマフィン担当のイプシロンの声に、慌ててもう一度オーブンを覗き込む。

「よし、もう大丈夫だな」

オーブンから取り出して、用意してあった金網の上に並べていく。

「ちょっと形が悪いのもあるけど、これはかなり上手く出来たんじゃあないか？」

金網に並んだ焼き立てのマフィンからは、甘くて良い匂いがしている。

「あ、じ、み！　あ、じ、み！　あ〜〜〜〜〜〜〜〜〜〜つじみ！　ジャジャン！」

手にしたお皿を振り回しながら、軽快なステップで飛び跳ねるシャムエル様。気持ちは分かる、これは食べたくなる。

型からあふれて残念な形になったのを一つ取り出し、ナイフで切り、俺は四分の一、残りはそのままシャムエル様に渡す。

「はい、味見だよ」

「わあい！　いっただっきま～す！」

興奮のあまり尻尾がいつもの倍くらいに膨れたシャムエル様が、そう叫んでマフィンに顔から突っ込んでいく。

俺はこっそり手を伸ばしてもふもふ尻尾を楽しみながら、切ったマフィンを口に入れた。

「おお、さすがは師匠作のリンゴの砂糖漬け。めっちゃ美味え！」

これなら差し入れにも出来そうだし、この量ならちょっと甘いものが欲しい時にも重宝しそうだ。

そんな事をしているうちに、二回目のチョコマフィンも無事に焼き上がった。

意外に簡単だな、お菓子作りって。


「後は、俺が食べたいからプリンを作るんだけど、カラメルソースってどうやって作るんだ？」

慌ててレシピを確認する。それによると、砂糖を半分の量の水で溶かしてそのまま火にかけて焦がすらしい。成る程。

納得して指定量の砂糖と水を片手鍋に入れて火にかける。別の鍋にも指定量の水を入れて火にかけておく。

鍋をひたすら揺すりながら、どんどん焦げて茶色くなるのを不安になりつつ見つめ続け、指定の10分煮たところで火を止める。

「ここに沸かしたお湯を注ぐのか。ええ、跳ねるので火傷に注意だって」

振り返ってスライム達に避難命令を出す。この焦げが跳ねたら、多分当たったスライムは蒸発する。慌ててアクアゴールドになったスライム達が俺の小物入れに飛び込む。これで大丈夫だろう。

「とは言え、俺も危険な事には変わりないよな」

一応出来るだけ鍋から離れ、腕を伸ばして焦げた砂糖液の入った鍋にお湯を注ぐ。

マジで爆発した。

もの凄い音がしてジュワジュワと鍋から湯気が立ち泡が盛り上がる。

「うわわ～！　ってあれ？　もう大丈夫そうだな」

跳ねたのも吹きこぼれそうになったのも一瞬だけだったよ。

改めて木べらでかき混ぜながらもう一度煮立たせる。だけどもう爆発する事はなかった。

アクアゴールドに冷ましてもらったら、超濃厚なカラメルソースの出来上がりだ。

よし、若干怖い思いはしたが無事に出来上がったこれで、硬めの蒸しプリンを作るぞ！

やる気満々で、プリンのレシピのページを開いた。

材料は至ってシンプル。卵とミルク、生クリームに砂糖、バニラビーンズだ。

「プリンカップの底にカラメルソースを流し入れておく。ああ、成る程。こうしておけば、プリンの頭にカラメルソースが付くわけか」

レシピを見ながら、プリンカップにカラメルソースを流し込んでいく。

「卵をボウルに割り入れて泡立てないように混ぜる。これは案外難しいぞ」

卵をアクアに割ってもらい、箸でとにかく混ぜる。

「ここに砂糖も入れてさらに混ぜる。誰かこれを泡立てないように砂糖が溶けるまで綺麗に混ぜてくれるか」

「了解です！」

アルファが張り切ってそう言うと、ボウルごと一旦飲み込んでモゴモゴし始める。

その間に、ミルクと生クリームを合わせてバニラビーンズを入れ、煮立たせずに軽く温める。

「バニラビーンズの中身を取り出して混ぜておく。それで、これをさっきの卵液と混ぜるんだな。

ああ、もうこれ自体が美味そう！」

そう言いながらプリンの素を金属のザルで濾して、カラメルソースが入ったプリンカップに注いでいく。

「フライパン、オーブン、蒸し器で蒸す三つの方法があるのか。じゃあ、母さんがやっていた蒸し器で蒸すやり方だな」

大きな蒸し器を取り出し、下の鍋にたっぷりの水を入れて火にかける。

しかし、ここでまさかの蒸し器に全部入らない事態発生。

「ううん、蒸し器は一つしか無いぞ。じゃあ、残りはオーブンで作ってみるか」

慌ててレシピを読むと、深めのトレーにお湯を張り、そこにプリン型を並べてオーブンで焼けばいいらしい。成る程、蒸し焼きか。

オーブンを温めている間に、お湯を沸かしておく。

そうこうしている間に蒸し器のお湯が沸いたので、プリン型を並べた上段を重ねて布巾を被せて蓋をする。

「ゼータ。砂時計一回分頼むよ」

一応10分くらい蒸すと書いてあるので、まずはその通りにしてみる。

オーブン用のお湯も沸いたので、深めのトレーにお湯を入れてプリン型を並べる。

「オーブンの時間は、約30分から40分。案外時間がかかるんだな」

とりあえず、イプシロンに30分計ってもらう。

この間に、使った道具は全部ピカピカになっていた。スライム達、有能すぎ！


ちなみにこの後、ベイクドチーズケーキの時間経過をお願いしていたエータが、急にケーキがしぼんだせいで失敗したと思い込んで、溶けたみたいにぺしゃんこになる事態が発生した。

もちろん、冷めたせいでしぼんだだけで失敗したわけじゃあない。

冗談抜きで凹んでいるエータに、俺は必死になってこれで良いんだと言い聞かせる羽目になったのだった。

「ええ、まだ食べないの？」

出来上がったベイクドチーズケーキを見るシャムエル様に、俺は首を振った。

「全部出来上がったら、またスペシャルバージョンで盛り付けるから待っていてください！」

「うう、分かったよ。待っています！」

肩を落として後ろを向くシャムエル様の尻尾を俺はこっそり突いてやった。

「ご主人、そろそろ砂が落ちるよ」

ゼータの声に振り返った俺は、急いで蒸し器に駆け寄った。

しかし、煮えたぎってもの凄い蒸気を吹き出している蒸し器に何だか嫌な予感がして手が止まる。

少し風があったので、大丈夫かとやや強めの火にしたのがまずかったらしい。

とにかく火を止めて恐る恐る蒸し器の蓋を開け、トングを使ってプリン型を一つ取り出してみる。

「出来ているっぽいけど、この泡が気になる」

熱々のプリンを、側にいたサクラに渡して冷ましてもらう。

「さて、どうなったかな……うわあ、やっちまった！」

小皿に取り出したプリンは、すが入って細かい穴ぼこだらけ。まるで外国のアニメに出てくるチーズみたいで思わず叫んでしまった。

「ああ、蒸し器の分全部これかよ」

初めての大失敗に、その場にしゃがみ込んでしまう。ああ、大ショック……。

「どうしたの？　すっごく良い匂いがするから、早く食べたいんだけど？」

そう言って取り出したお皿を振り回しながら、ご機嫌でステップを踏むシャムエル様。その無邪気な視線が痛いです。

大きなため息を吐いて、何とか立ち上がる。

「あのさ、これ失敗なんだよ」

「ええ、何処が？」

思いっきり驚き、踊るのをやめてマジマジとプリンを見つめる。

「ここ、小さな穴がいっぱいあるだろう？」

「ええと、こういうお菓子じゃないの？」

「違う違う。普通ならこんな穴はない。もっと均一でなめらかになるはずなんだけどさあ。ああ、やっちまった」

考えたら悲しくなってきたので、とにかくスプーンを取り出してシャムエル様の差し出すお皿に半分以上を取り分ける。

「舌触りは良くないけど、味は一緒だと思う。まあ、食べてみてくれよ」

「これが失敗？　すっごく美味しそうだよ？　では遠慮なく、いっただっきま〜す！」

不思議そうに首を傾げつつそう言ったシャムエル様は、掛け声と共にプリンに突っ込んでいった。

もう一度ため息を吐いた俺も、自分の分を一口すくってみる。

「カラメルソースは大変だったけど上手く出来たのになあ」

ドット模様になったプリンを一口、食べてみる。

「あれ、案外大丈夫だ。まあ確かにちょっと硬いし、ざらざらだけど……これはこれで、あり……かな？」

その時、あっという間にプリンを完食したシャムエル様が大興奮で俺の指を摑んだ。

「最高に美味しい！　全然失敗なんかじゃないよ！」

力説してくれたシャムエル様に、俺は笑ってそっともふもふな尻尾を突っついた。

「そっか、ありがとうな。でも、あと少しで出来上がるこっちも食べてから感想を聞きたいなあ」

オーブンを指差しながら笑ってそう言ってやると、もの凄い勢いで何度も頷く。

「待ちます！　待ちます！　いくらでも待ちます〜〜〜！」

新しいお皿を手に、何やら不思議な横っ飛びステップを踏み始めた。カロリー消費の為に、もうちょっと踊らせておこう。

蒸し器から取り出したプリンは、スライム達に手分けして冷ましてもらい、小皿で蓋をして冷蔵庫に入れておく。まあ、これは硬めのプリンって事にしておこう！

砂時計を前にオーブンと睨めっこをした結果。こっちは完璧な状態の蒸しプリンが完成した。

ちょっとドヤ顔になる俺の目の前で、新しい皿を持ったシャムエル様がまたもの凄い勢いでステップを踏み始める。

「後で、これでスペシャルプリンアラモードを作るよ」

「よっしゃ〜！　スペシャル来た〜！」

そう叫んでスケーターみたいに高速回転したシャムエル様は、見事にぴたりと止まって俺をキラッキラの目で見つめた。

シャムエル様の期待が重い！　重すぎるよ！

オーブンから取り出した蒸しプリンもスライム達に冷ましてもらい、一旦冷蔵庫にしまう。

「先にクッキーも焼いてしまうか」

気分を変えるようにそう呟き、収納してあったアイスボックスクッキーを取り出す。

「じゃあ、こんな感じで全部切ってくれるか」

軽く解凍したクッキー生地をナイフで何枚か切って見せ、後はスライム達に任せておく。

二台のオーブンは指定の温度で予熱をかけておき、オーブン用のトレーを取り出して並べる。

「切れたよご主人。どこに出せばいいですか？」

「じゃあここに並べてくれるか。おお、若干歪んだけど、ちゃんと渦巻きと市松模様になった。へえ面白い」

綺麗にスライスされたクッキーを見て、思わずそう呟く。

「さあ焼いていくぞ。焼くのは15分だから、まず一回落ちたら教えてくれるか」

トレーをオーブンに入れながら、速攻で砂時計を確保したゼータとデルタにお願いする。一応、焼いている途中経過も要確認だ。開けたら黒焦げなんて御免だからな。

「お菓子作りの方が、料理より失敗する危険が高いんだなあ」

ココア用の片手鍋を取り出しながら呟く。

「まあ、俺に出来るお菓子なんてたかが知れているけど、ちょっとハマりそうだ」

そう呟いてふと我に返る。

俺、何を目指しているんだろう……？


振り返ると、机の上に整列して次の指示を待っているスライム達。砂時計と睨めっこをしているゼータとデルタ。

少し離れた森で、それぞれに食事をしつつも俺の事を気にかけてくれているセーブルや草食チーム、お空部隊達。皆、大切な仲間だ。

日向ぼっこをしているベリーが俺の視線に気付いて手を振ってくれ、フランマは見事に空中一回転を見せてくれた。

手を振り返しつつ、目的地すら迷走しまくっている自分にどんどん気分が落ち込んでいく。

だけど、そんな事全部分かっているのだと言わんばかりにベリーが笑った。

「いいんですよ。貴方は貴方の思うままに進んでください。私もこの旅を楽しんでいますよ。急いで里に戻る必要はありませんから、私の事はどうか気にしないでください」

その言葉を聞いて不意に心が軽くなった。

そうだ。俺は最初にこの世界で目を覚ましてシャムエル様に会い、この世界を楽しく旅して見て回りたいと思ったんだ。だったら今の状況はまさにそれだよな。

うん、何も悩む必要はない。ちょっと思っていた以上に仲間が増えて、食事の支度が大変なだけだ。これはきっと、ぼっちで旅するよりもずっと幸せな事だ。

そう考えて、不要な不安になりかけた自分を無理矢理納得させた。


不意に手を止めた俺を、シャムエル様が心配そうに覗き込んでくる。

「何？　どうかした？」

「いや、何でもないよ」

誤魔化すようにそう言い、ひとまず片手鍋を置いてオーブンを覗きに行った。

「もうすぐ一回目の砂が全部落ちるよ！」

ゼータとデルタの得意気な声に笑って頷き、残りの時間はオーブンを覗き込んで過ごした。

焼き加減バッチリのクッキーが山盛りになるのを見て、ドヤ顔になる俺だったよ。

手早くココアを作って収納したら、次は今回のメイン、スペシャルプリンアラモードだ。

まずは、飾り用に砂糖を入れた生クリームをアクアにしっかり泡立ててもらう。

次に果物を色々取り出して、飾り切りやサイコロ状に切っておく。それから二種類のマフィンの形の悪いのを取り出して、これも一口サイズのサイコロ状に切る。

これでスペシャルプリンアラモードの準備は完了だ。

しかし、残念ながら足付きのグラスなんて無いので、白い陶器の花の形のお皿にした。

まず、蒸し焼きにしたプリンを取り出し、お皿の真ん中に当ててからひっくり返す。

「よし、完璧だ！」

カラメルソースが少し流れたけど、ぷるんぷるんの綺麗なプリンだ。

作り置きのアイスクリームをスプーンですくってプリンの横に並べ、生クリームもたっぷりすくって落とす。

サイコロ状に切った果物とマフィン二種類を生クリームとアイスの横に盛り付ける。イチゴの扇をアイスの上に飾り、プリンの上には真っ赤なさくらんぼを一粒。

斜め切りのバナナとウサギのリンゴを左右に飾れば、スペシャルプリンアラモードの完成だ。

いやあ、思った以上にめっちゃ豪華になったよ。

一人前サイズにカットしたベイクドチーズケーキは二種類のマフィンと一緒にお皿に並べ、生クリームとサイコロ状に切った果物をチーズケーキの横に飾れば完成だ。

俺の後頭部の毛は、さっきからずっと誰かに引っ張られているよ。

収納してあったココアと山盛りのクッキーも取り出し、いつもの簡易祭壇にプリンアラモードとケーキとマフィンのお皿と一緒に全部並べてから、そっと手を合わせて目を閉じた。

「お待たせしました。スペシャルプリンアラモードとリンゴの砂糖漬け入りマフィンとチョコマフィン、ベイクドチーズケーキ。クッキーも焼きました。甘いココアと一緒にどうぞ」

小さくそう呟くと、もうこれ以上ないくらいに何度も頭を撫でられたよ。

笑って目を開けると、いつもの収めの手が左右両方現れていて、それはそれは嬉しそうにケーキやクッキーを順に撫でまくり、スペシャルプリンアラモードも触りまくっていた。

そして最後は、それぞれお皿ごと持ち上げてから、俺に向かって両手でダブルＯＫマークを作って消えていった。

「気に入ってくれたみたいだな。めっちゃ喜んでいるっぽい」

苦笑いして振り返ると、お皿を手にしたシャムエル様が、それはそれはキラッキラに目を輝かせて俺を見上げていた。

「はいはい、ちょっと待ってくれよな」

小皿とナイフを取り出した俺は、二種類のマフィンとベイクドチーズケーキを一欠片ずつ切り取り、残りはそのままシャムエル様の目の前に並べた。

クッキーは別の小皿に適当に盛り合わせておき、残りは湿気ないように一旦収納しておく。

ココアもそのままシャムエル様の目の前に並べた。

「お好きなだけどうぞ。ただし、腹具合と相談しながら食ってくれよな」

「うわあ、ありがとう。さすがは私の心の友だね。では遠慮なくいっただっきま～す！」

嬉々としてそう叫んだシャムエル様は、プリンアラモードに頭から突っ込んでいった。

笑った俺は失敗プリンを一つ取り出して小皿にひっくり返し、カップにコーヒーを入れてから席について手を合わせた。

「うん。すが入っていてちょっと硬いけど、これはこれで良い感じだ」

記憶の中にある母さんが作ってくれた蒸しプリンも、すが入っていたような気がする。

懐かしい記憶に浸りながら残りのプリンを平らげ、渦巻き模様のクッキーを一つ齧ってみる。

「ちょっと硬いけど、思ったよりもサクサクで美味いぞ。へえ、これは良い感じだ」

もう一切れ、今度は市松模様のを食べてみる。

「渦巻きと食べた感じが違うぞ。へえ、模様で食感が変わるんだ」

市松模様の方が、渦巻きよりもザクザク感がある。模様を変える意味に感心しつつクッキーを齧り、手を伸ばしてプリンアラモードと格闘しているシャムエル様の尻尾を堪能させてもらった。

「ふおお～これは素晴らしい！　プリンアラモード最高～～～！」

叫ぶシャムエル様は、色んなクリームまみれの大変なお姿だが、大興奮していつもの三倍サイズになっている。って事で俺も時折クッキーを齧りながら、素晴らしきもふもふ尻尾を満喫した。

ああ、最高だよ。この手触り……。

「何してるの？」

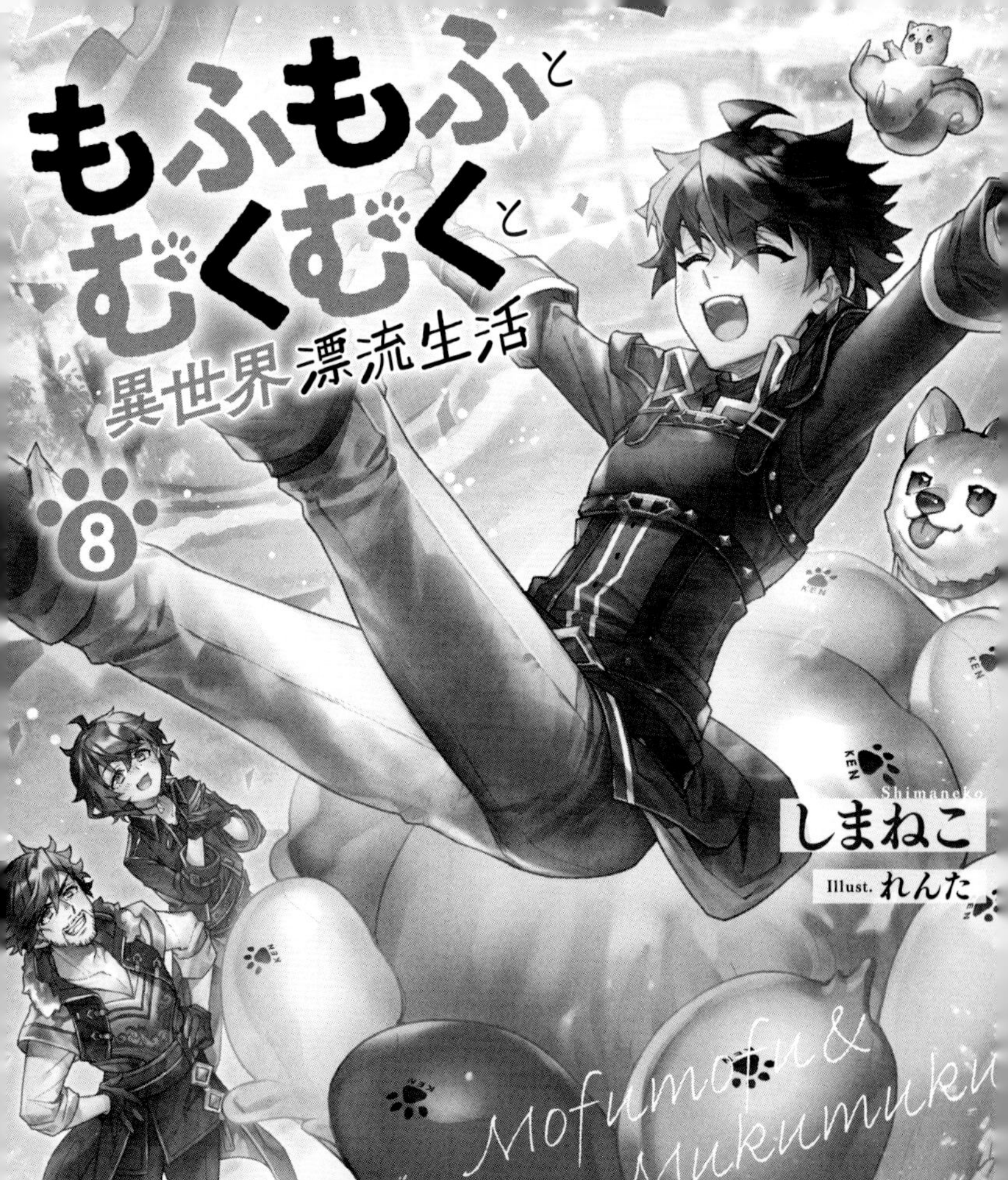

もふもふとむくむくと異世界漂流生活 8

Mofumofu & Mukumuku

Shimaneko
しまねこ
Illust. れんた

初回版限定
封入
購入者特典

特別書き下ろし。
ご主人大好き従魔の呟き
～サクラの場合～

※『もふもふとむくむくと異世界漂流生活 ⑧』をお読みになったあとにご覧ください。

ご主人大好き従魔の呟き～サクラの場合～

えっと、サクラはご主人が旅を始めた最初の時に、アクアと一緒にテイムしてもらった透明ピンク色のスライムだよ。

テイムしてもらった時に、シャムエル様から物をたくさん持っておける収納と、収納したものの時間を止めておける保存、いろんなものを綺麗にする洗浄の能力をもらいました。

毎朝、ご主人綺麗にするねって言ってからご主人の全身を包み込んで、この洗浄の能力で綺麗にしてあげるのはサクラの大事なお役目なんだ。だからこの時だけはサクラがご主人を独り占め出来るの。すぐに終わっちゃうけど、この時間は毎朝すっごく楽しみにしている時間なんだよね。

他に、万能薬を作る能力もシャムエル様からもらいました。ご主人の怪我を治す万能薬は大事だもんね。

それからサクラは、ご主人がお料理するための色んな食材や、ご主人が作ったり買ったりした食べ物の在庫管理を全部引き受けているんだよ。

例えば同じ食材を別々に買った場合、以前買った分から先に使えるようにしているんだよ。これはご主人によると在庫管理の基本で、先入れ先出しって言うんだって。それが出来るサクラは偉いんだって褒めてもらったの。

嬉しいな。もっと褒めてもらえるように頑張らないとね。

旅を始めてから、ご主人は行く先々で色んなジェムモンスターをテイムしてくれて、お仲間がたくさん出来ました。

スライムの仲間もたくさん出来て、金色合成も出来るようになったんだよ。凄いでしょう！

そうやって、たくさんの仲間達と一緒にご主人を助けたりお手伝いしたりして楽しい毎日を過ごしているんだよ。

今回ご主人は、仲間の人達やマックスと一緒に早駆け祭りの三周戦のレースに参加したんだよ。前回に続き二回目の参加だね。

だけど、途中に色々あってご主人が困っていたみたいだけど、サクラにはよく分からなかったんだ。お役に立てなくてごめんなさい。

それでその早駆け祭りの参加者紹介の時には、クーヘンさんが連れているドロップと一緒に、スライム達総出でご主人が教えてくれたスライムジャグリングって言うのをやって見せたんだよ。

どんな事をしたかって言うと、綺麗な列になって丸を描くみたいにして跳ね飛んで、ご主人とクーヘンの間を行ったり来たりしたの。

沢山の拍手や声援をもらえて、ご主人も楽しそうに笑ってくれたから頑張った甲斐があったね。

それからレースが終わった後の表彰式の時には、ご主人と一緒にまたスライム達総出で、スライムトランポリンって言うのをやって見せたんだよ。

これは、何かやらなきゃいけないって言って困っているご主人にアクアが声をかけて、ご主人が考えてくれた方法だったんだよ。

まず、レインボースライムとアクアとサクラがご主人のベルトの小物入れから順番に大きくなって出て、サクラ以外の子達がくっつき合って大きな輪になってから縦に大きく伸びたんだ。そのあとサクラが頑張って一番上まで一気に跳ねて飛び上がって、アクア達の輪っかの上に思いっきり伸びて膜になったの。

そこへマックスが飛ばしてくれたご主人が飛び込んできたから、サクラが受け止めて上に高く跳ね上げてあげたんだよ。

もちろんサクラは絶対ご主人を落としたりしないから、ご主人は安心してサクラに身を任せてくれたよ。何も言わなくても信頼してもらえるって、最高に嬉しいよね。

だからサクラは張り切って、跳ね上げては落っこちてくるご主人を受け止めてまた跳ね上げるっていうのを何度も繰り返したんだよ。

ご主人はずっと笑っていたし、サクラもすっごく楽しかった。

トランポリンの土台役になってくれている皆も楽しかったみたいで、毎回サクラがご主人を受け止めるのにタイミングを合わせてグイって感じに下がってくれて、そのあと一気に伸び上がってご主人を一緒になって跳ね上げていたんだよ。

そんなふうにご主人を跳ね上げながら土台役の子達がゆっくりと小さくなってくれて、最後はご主人を舞台の方へ高さを合わせて飛ばしてあげたの。

上手く舞台に着地出来て拍手喝采されているご主人を見て、皆で大喜びしたんだよね。

本当にすっごくすっごく楽しかった。


だけどその後、実はちょっと大変だったんだよね。

表彰式を見ていた街の人達のうち、サクラ達の近くにいた人達のうちの何人かが、ご主人が舞台へ戻った途端に、何故か興奮しながらサクラ達のところへ走って来ようとしてスタッフさんに止められていたんだよ。

ちょっと怖かったから、サクラ達はすぐに分解して小さくなって、舞台の上にいるご主人の小物入れの中へ逃げ込んだんだよね。

かなり小さくなっていたし動きも素早かったから、他の人達はサクラ達が急に消えたみたいに見えたらしく、びっくりしていたんだよね。

その後、アクアがご主人を乗せてハスフェルさんと一緒になって舞台を跳ねまわっていたの。

ううん。先を越されちゃったけど、せっかくだからあれもサクラがやりたかったな。

　不思議そうなシャムエル様の声に我に返って目を開くと、シャムエル様が振り返って尻尾を握る俺の手を見つめていた。

「ナ、ナンデモアリマセン」

「そう。急に動かなくなるから具合でも悪いのかと思っちゃったよ」

　棒読みの俺の返事にそう言ったシャムエル様は、残りのアイスクリームに突撃していった。

　スイーツ作戦でシャムエル様の尻尾をもふる時に、目は閉じないようにしよう。

　内心で冷や汗をかきつつ、知らん顔をしてまた尻尾をもふる。

　シャムエル様はプリンアラモードを綺麗に平らげ、そのままベイクドチーズケーキとマフィンに突っ込んでいった。

「ふおお。これも美味しい！　美味しすぎる〜〜！」

　これまた大興奮状態だ。

「うん、確かに美味しい。どれも上手く出来たな」

　俺も一口ずつのベイクドチーズケーキと二種類のマフィンを順番に食べ、大満足してもう一つクッキーを口に入れると、また振り返ったシャムエル様と目が合った。

　大丈夫だ。今は尻尾を触ってない。

「ごちそうさまでした。今回もすっごく美味しかったです！」

　そう言ってマフィンを欠片も残さずに平らげたシャムエル様は、その場でまずはベトベトになった顔と体のお手入れを始めた。

一つため息を吐いて周りを見渡すと、もう日は暮れかけていて西の空は赤く色づき始めている。

慌ててランタンを取り出して火を入れたよ。

「じゃあ夕食の用意もしておくか。あいつらが戻って来たら、きっと腹が減ったって言うだろうからな」

そう呟き何を作るか考える。

「よし。少し冷えてきたから、ぼたん鍋にしよう。あれなら材料は切るだけだしな」

メニューが決まったところで、サクラから材料を取り出してもらう。

水を入れた寸胴鍋を用意して、昆布と鰹節で一番出汁と二番出汁をまとめて作っておく。

「ううん、お出汁の良い香りだ」

深呼吸をして満足気に頷く。

山盛りの野菜とグラスランドブラウンボアの肉をスライム達に手分けして切ってもらい、一番出汁の入った寸胴鍋で味噌味のスープをたっぷりと作って、野菜とお肉を入れて軽く煮込めば完成だ。

「帰って来るまでまだかかりそうだな。ふあ〜ちょっと疲れたなあ」

料理を終えて大きな欠伸をした俺は、少し離れたところにいたセーブルに来てもらい、寄りかかって横になる。

足元と背中を巨大化したラパンとコニーに支えてもらうと、フランマが勢いよく俺の腕の中に飛び込んできた。

「おお、これこれ。もふもふパラダイス留守番編だな」

笑ってフランマを抱きしめると、その柔らかな額に顔をくっつけた。

「皆が帰って来たら起こしてくれよな」

「ええ、見張っていますからご安心を。おやすみなさい」

小さく欠伸をしてそう言うと、ベリーが笑って請け負ってくれた。

お礼を言って目を閉じるとそのまま気持ちよく眠りの国へ旅立って行ったよ。我ながら感心するレベルに墜落睡眠だねえ。

「腹が減っているんだがなあ」

「しかし、気持ちよく熟睡しとるなあ」

「一応郊外だぞ。もうちょっと、緊張感とか警戒心が必要だと思うんだが、どうだ？」

「確かに。仲間だと認識して安心してくれているとしても、ここまで無警戒に熟睡されるとさすがに心配になるな」

「全くだ。しかし起きないなあ」

笑った声が聞こえて誰かが俺の額を叩き、耳を引っ張る。

「ご主人、いい加減に起きたら？」

呆れたようなフランマの声も聞こえて、俺は嫌がるように首を振る。

「私は別にに構わないけど、ニニとマックスが嫉妬の炎をボウボウ燃やしているわよ」

笑ったその言葉の意味を寝ぼけた頭で考える。

ええと……マックスとニニがいるって事は……。

ようやく開いた目の前にはフランマのドアップ。そしてその後ろには、笑いながら俺を覗き込んでいるシャムエル様とハスフェル達がいた。

「あはは、おはよう。ってか夜だな」

すでにテントの外は真っ暗だ。誤魔化すように笑って起き上がり欠伸をしたところで、マックスとニニが勢いよく突っ込んできた。

「こらこら、押すなって」

踏ん張りながらマックスの頭を抱きしめてやる。甘えるように鼻で鳴いているマックスの尻尾がもの凄い勢いで振り回されて辺りに砂埃が舞い飛ぶ。

「待て待て、マックス。ステイだ！」

慌てて手を離してそう言うと、顔を上げたマックスがピタリとその場に座る。よし。

しかし、そんな指示は我関せずとばかりに横からニニが突っ込んできて、堪えきれずにセーブルの上に仰向けにひっくり返った。

ざらざらの舌で思い切り舐められて、悲鳴を上げた俺は必死でニニの顔を手で押さえて遠ざける。

「ご主人酷い！」

「酷くない！　ニニの舌は痛いんだって！　どわあ！　だから舐めるなって！」

押さえた掌を舐められて、また悲鳴を上げる。

ハスフェル達が大笑いしている声を聞き、俺もなんだかおかしくなって一緒になって笑った。

「ようやくのお目覚めだな。すまんが腹が減っているんだが何かあるか？」

「おう、任せろ。豪華デザート付きの夕食を用意してあるよ。じゃあ出すけど、その前にちょっと待ってくれよな」

笑って立ち上がり、改めてニニとマックスを撫でてやり、それから猫族軍団と狼達も思いっきり撫でまくってから、大急ぎでぼたん鍋の入った寸胴鍋と追加の肉と野菜を取り出した。

「久々のぼたん鍋だよ。まあ好きに食ってくれ」

一瞬でそれぞれの携帯鍋を取り出した三人は大喜びで寸胴鍋に突撃していった。

苦笑いした俺も、最近あまり使わなくなった一人用の携帯鍋を取り出して争奪戦に参加したよ。

あれだけ用意した肉が一瞬で鍋から無くなったのを見たらもう笑いしか出なかったけど、まあこれだけ喜んで食ってくれるんだから良しとしよう。

うん。喜んで食ってくれる仲間がいるって、幸せな事だよな。

「久々のぼたん鍋だよ。どうぞ」

そう言って、簡易祭壇に置いた携帯鍋に向かって目を閉じて手を合わせる。

いつものように頭を撫でられる感触があって、目を開くとぼたん鍋を収めの手が撫でて消えていくところだった。

「食後のデザートもお楽しみに」

笑ってそう言い、携帯鍋を自分の席に移動させて座る。

お椀を振り回して踊っていたシャムエル様にもたっぷりと入れてやり、俺も久し振りのぼたん鍋をたっぷりと楽しんだよ。

「ご馳走さん。美味しかったよ。デザートも期待してるぞ」

笑顔の三人から口々にそう言われて、まずは空っぽになった寸胴鍋を片付ける。

「はい、お粗末様。じゃあ期待されているみたいだから、スペシャルデザートを作るとするか」

苦笑いしながら立ち上がって、さっきのプリンアラモード用のお皿を取り出した。

「ええと、シャムエル様はさっき食べたから……」

しかし机の上にいたシャムエル様は、それはもうキラッキラの目で俺を見上げている。

「おう、シャムエル様も食うんだな」

苦笑いしながらそう尋ねると、もの凄い勢いで頷かれた。

一つため息を吐いて、四人分のスペシャルプリンアラモードを手早く作ってやる。

「ううん、デザート作りもだんだん手慣れてきたなあ」

我ながら手慣れた作業に感心して苦笑いをしつつ、最後にイチゴをアイスの上に飾りつけて、プリンの上にさくらんぼを飾る。

「はい、新作のスペシャルプリンアラモードだよ」

「おお、これは素晴らしい」

「これは華やかだなあ」

「予想以上の豪華さだなあ。これは凄い」

三人の感心したような言葉に、ちょっとドヤ顔になったぞ。

そして、本日二度目のスペシャルプリンアラモードを目の前にしたシャムエル様の、三倍サイズになった尻尾に、グッジョブ俺！　と拳を握った俺だったよ。

とりあえず、四人前を簡易祭壇に並べる。

当然のように待ち構えていた収めの手の両手バージョンが、もの凄い勢いで俺を撫でまくってから、四個のプリンアラモードをこれ以上ないくらいに撫でまくって、最後は皿ごと順番に持ち上げて消えていった。

手だけなのに、ウキウキしているのが分かるって面白い。

「お待たせ。はいどうぞ」

「ふおお～！　では、いっただっきま～す！」

嬉々としてそう叫んだシャムエル様は、やっぱり顔面からプリンに突っ込んでいった。一日にあれを二個は、どう考えても食い過ぎだと思うけど……まあ、太ってももふ度が増すだけだから良いのか。じゃあ好きにしてくれ。

笑った俺は、こっそり後ろから手を伸ばして三倍サイズに膨れた最高な尻尾を満喫していた。

うん、これが俺の本日のデザートだね。

「これは美味い。プリンなら食べた事はあるが、こんな風に果物と一緒に飾るのは初めて見たな」

「華やかで何とも可愛らしいなあ。これはシルヴァやグレイが喜びそうだ」

ギイとオンハルトの爺さんは、嬉しそうに食べながらそんな事を言って笑っている。

ハスフェルも頷きながら嬉しそうな笑顔で嬉々としてプリンアラモードに夢中だ。どうやら、三人ともプリンアラモードは気に入ったみたいだ。

しかし筋肉マッチョなおっさんが二人と、同じくマッチョな爺さんが並んで嬉々としてプリンアラモードを食っている図って……ううん、ちょっとしたカオスだ。

苦笑いしながら三人が食べるのを眺めていると、食べていた手を止めたハスフェルが俺を見て不思議そうに首を傾げる。

「ケン、お前の分は？」

その言葉に、二人も食べる手を止めて揃って俺を見た。

「いや、俺はさっき試食を兼ねて一つ食っているんだよ。さすがに一日にプリン二個は食えないって」

「そうなのか？　じゃあ遠慮なくいただくぞ」

何だか申し訳なさそうにそう言われてしまい、俺の方が申し訳なくなる。

「ところで、ベイクドチーズケーキとマフィンとクッキーは？」

カラメルソースまみれな顔を上げて、俺を見上げながらそんな恐ろしい事を言うシャムエル様。

「いや、それはまた明日な。さすがにそんなに一気に食ってどうするよ」

「ええ、私は食べられるのに〜！」

「……食う？」

一応、何事かと食べる手を止めてこっちを見ている三人にも確認する。

「ちなみに、何があるのか聞いていいか？」

苦笑いしているハスフェル達に、俺は黙ってホールのベイクドチーズケーキと、お皿に並んだ二種類のマフィン、それから山盛りのクッキーも取り出して見せた。

三人同時に吹き出す音が聞こえる。

「いやあ、これ食った後にさすがにそれは無理だな。申し訳ないがそれは次回の楽しみに置いておいてくれ」

三人同時の答えに、シャムエル様ががっくりと肩を落とす。

「ええ、食べないの？」

笑った俺はそう言って、手早く一人前用意してやった。

「分かった。一人分だけ取り分けてやるから、シャムエル様は先にそっちを食っていてください」

「じゃあこれも、シルヴァ達にあげてからな」

簡易祭壇に並べて手を合わせると、速攻で現れた収めの手が大喜びで俺を撫でさすってからケーキを撫でて消えていったよ。

「はい、じゃあ好きなだけ食ってください。だけど、後で腹が痛いとか言わないでくれよ」

「大丈夫です！」

プリンアラモードを早くも平らげて全身ベトベトなシャムエル様は、嬉々としてそう宣言すると、ベイクドチーズケーキにやっぱり頭から突っ込んでいった。

「ふう、ごちそうさまでした！　ケンが作ってくれるスイーツは、どれも本当に最高だね」

あっという間にケーキとマフィンも平らげたシャムエル様が、せっせと体を綺麗にしながらご機嫌でそんな事を言っている。

「はい、お粗末様。それよりも俺は、本気でシャムエル様の腹の中がどうなっているのか心配だよ」

唯一、クリームまみれになっていないもふもふな尻尾を突っついてやると、わざとらしく跳ねて逃げた尻尾は、しかしそのまま戻ってきて俺の手をパタパタと叩いてみせた。

「スペシャルプリンアラモードのお返しに、ちょっとだけサービスタイム！」

そう言って笑ったシャムエル様の尻尾は、触ろうとすると逃げるが、じっとしているとパタパタと俺の手を叩いてくれる。

笑った俺は、手を叩かれるたびに捕まえようとしては逃げられる尻尾との、動けない追いかけっこを楽しんだよ。

その後はのんびりと一杯やってから、少し早めに解散したのだった。

第96話　開店準備と仲間達！

ぺしぺしぺし……。
ふみふみふみ……。
ふみふみふみ……。
ふみふみふみ……。
カリカリカリ……。
つんつんつん……。
チクチクチク……。
こしょこしょこしょ……。
ふんふんふんふん！
ふんふんふんふん！
ふんふんふんふん！
「ううん……起きるって……」

翌朝、久し振りのフルメンバーモーニングコールに起こされた俺は、返事をしたが起きないぞ。だって久し振りのニニの腹毛の海を満喫しないでどうする！　と、内心で無駄にキリッと断言してから、気持ちよく意識を手放した俺だった。ううん、二度寝サイコ～！

ぺしぺしぺしぺし……。
ふみふみふみふみ……。
ふみふみふみふみ……。
ふみふみふみふみ……。
カリカリカリカリ……。
つんつんつんつん……。
チクチクチクチク……。
こしょこしょこしょこしょ……。
ふんふんふんふん！
ふんふんふんふん！
ふんふんふんふん！
「うん、起きてる……起きてます……」
そう言いつつも、もっと寝ていたくてニニの腹毛の海へ潜り込む。
「相変わらず寝汚いねえ」

「本当に起きませんねえ」

　呆れたようなシャムエル様とベリーの声が聞こえて、俺は開かない目を擦りつつ大きな欠伸をした。

「ふああ〜だから、起きてるって……」

「寝ながら、起きてるって寝言を言ってる〜！」

　シャムエル様の声にベリーの笑う声が重なる。一応頭の方は完全に起きているぞ。体は寝たままだけどさ。

「じゃあ起こしていいですか？」

「うん、サクッと起こしちゃって！」

「では、遠慮無く起こしま〜す！」

「起こしま〜す」

「私も一緒に起こしま〜す！」

　ソレイユとフォールだけでなく、その声はヤミーか？　しかも、もしかして全員巨大化している？　緊急事態発生だ！　今すぐ起きろ俺の体！

　しかし、動く間もなく荒い鼻息と共に最終モーニングコールが発動した。


　ザリザリザリ！

　ジョリジョリジョリ！

　べろ〜〜ん！

「うひゃあ！」

耳の横と首筋、そして頬を思いっきり舐められて情けない悲鳴を上げた俺は、ニニの腹の上から転がり落ちて、ポヨンと弾んでスライムベッドに受け止められて止まった。

「おおう、ありがとうな。おかげで目が覚めたよ」

苦笑いしながらそう言い、腹筋だけで起き上がって飛びついてきた大きなヤミーを抱きしめてやる。

「こら〜〜巨大化して俺を舐めたのは誰だ〜！」

「はあい、それは私で〜す！」

嬉しそうに目を細めたヤミーは、そう言って思い切り喉を鳴らし始めた。

「全く、俺の皮膚は柔らかいんだから気をつけてくれよ」

「大丈夫よ。ちゃんと気をつけて舐めているからね」

抱きしめてやりながら、笑って文句を言うとまた頬を舐められた。

だけど、確かに器用に舌の先の方だけで舐めているので、ほとんど痛みはない。

笑ってもう一度抱きしめてやると、脇の下と胸元に猫サイズに戻ったソレイユとフォールが飛び込んで来た。そしてヤミーの頭と俺の体の間には、同じく猫サイズのタロンとマロンとティグが器用に体をくねらせて入り込んで来た。

「ヤミーばっかりずるい！」

声を揃えてそう言われてしまい、俺は笑って順番に愛しき猫族達を気が済むまで思いっきり撫で回してやった。

「ほら、お前達も来いよ」

ようやく猫族軍団から解放された俺は、先を越されてしまって近寄れずに困っていたテンペストとファインの狼コンビとセーブルを振り返った。

「ご主人〜！」

声を揃えて駆け寄って来て、もの凄い勢いで尻尾を振り回しつつ俺の顔を狼コンビがベロベロと舐める。

その上からセーブルが頬擦りしてきて、スライムベッドに座っていた俺は三匹がかりで押し倒されてしまった。

「ぶわあ、だから待てって！」

何とか腹筋だけで起き上がった俺は、捕まえたテンペストを横倒しにしてやる。

もちろん、テンペストは俺が押すタイミングに合わせて倒れてくれたので、その体に遠慮なく飛び乗って全身で抱きついてやると、ファインが横から嬉しそうに一声吠えて飛びかかってきた。

勢い余って二匹と一人が一緒に転がると、その横からセーブルが嬉しそうに突っ込んできて鼻先で俺達を更に転がした。

俺は二匹を抱きしめたまま、転がっては声を上げて笑った。

「お前は相変わらずだな。朝から熱い熱い」

「そうだよ、俺達は皆、相思相愛なんだからな〜」

呆れたようなハスフェルの声にドヤ顔でそう応えた俺は、急いで身支度を整え、綺麗な湧き水がび上がった。

流れる小川で顔を洗った。

「ご主人綺麗にするね〜！」

跳ね飛んできたサクラがそう言って一瞬で俺を包み込んでくれる。

「いつもありがとうな。ええと、流れがあるけど大丈夫か？」

サラサラになった髪をかき上げて、小川を覗き込みながらそう尋ねると、嬉しそうにサクラが伸び上がった。

「もちろん大丈夫だよ」

「よし、じゃあ行ってこい！」

笑って小川に放り込んでやり、次々に跳ね飛んで来るスライム達も受け止めて小川に放り込んでやる。

幾つもの肉球模様が、川の中を行ったり来たりしていて楽しそうに遊んでいる。

羽音に振り返ると、お空部隊の子達も飛んできて川遊びに加わった。

「ご主人、川で遊んでも良いですか？」

狼コンビと一緒に走って来たマックスの声は、もう嬉しくて堪らない声をしている。

「おう、行ってこい！　でも流れがあるから気をつけるんだぞ」

弾かれたみたいに一気に走り出した三匹は、大喜びで小川に飛び込んで行った。

豪快な水飛沫を上げながら大はしゃぎする三匹を見て和んでいると、シリウスとデネブまでが走って来て三匹に加わった。

どうやらマックス達犬族だけでなく、恐竜のデネブも水遊びが好きだったみたいだ。

「じゃあ次からキャンプする時は、水量の豊富そうな場所を探してやらないとな」

笑ってそう呟き、水遊びを中断して戻って来てくれたサクラからいつもの朝食メニューを取り出していった。

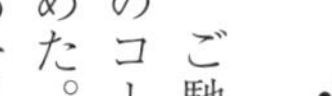

「ふう、ご馳走様。それで今日はどうするんだ？」

食後のコーヒーを飲みながら振り返ると、ハスフェルとオンハルトの爺さんは顔を見合わせて相談を始めた。

「じゃあ一旦ハンプールへ戻るか。もう炉の掃除は終わっているだろうから、祝福を贈ってやらねばな」

「装飾と鍛治の神様直々の祝福って、すっげえ効果ありそう」

からかい半分だったんだけど、その言葉にオンハルトの爺さんは真顔になった。

「残念だが今の俺は人の体だから、出来るのはある程度までの祝福だよ。まあ、多少は強い祝福を贈れるだろうが、それでも神として直々に授けるのとは違うさ」

「へえ、そんなもんなんだ」

神様の祝福に強い弱いがあるのか。さすがは異世界。何となく不思議に思いつつ感心していたら、笑った三人が立ち上がった。

「じゃあ、片付けて戻ろうか」

俺も立ち上がってまずは簡易祭壇に敷いたままになっていた布を畳んだ。

有能なスライム達があっという間に全部撤収してくれたところで、それぞれの従魔に飛び乗る。

そのまま、揃って弾かれたように一気に走り出した。


「跳びますよ、摑まってください！」

マックスの声と同時に勢いよく跳ね飛んだ衝撃に悲鳴を上げた俺は、必死になって手綱にしがみついた。しかし、着地の衝撃でそのまま前に吹っ飛びそうになる。

「どっへ〜〜〜〜〜〜〜！」

本気で命の危機を感じたが、スライム達によって一瞬で固定されて事なきを得た。

ありがとうスライム達。もう俺は君達無しの生活なんて考えられないよ。

段差になった大きな岩を飛び越えたマックスに続き、ぴたりと離れる事なくハスフェルの乗ったシリウス、ギイの乗ったデネブ、そして最後にオンハルトの爺さんが乗ったエラフィが同じく跳ね飛んで次々と見事に着地した。

ちなみに悲鳴を上げたのは俺だけだった模様……なんか悔しい。

「なんだかさっき、奇妙な鳴き声が聞こえたんだが、新種のジェムモンスターでも出たか？」

笑ったハスフェルにそう言われて、俺は素知らぬ顔で周りを見回した。

「そうか？　俺は気がつかなかったなあ」

「そうか。では行くとしよう」

小さく吹き出したハスフェルの言葉に、ギイとオンハルトの爺さんも笑っている。

うう、運動神経抜群のお前らと一緒にするな〜〜〜!

俺も笑って、また一気に加速するマックスの手綱を握りしめた。

減速する事なくそのまま太陽が頂点を過ぎるまで走り続けたところで大きな森を抜け、来た時に駆けっこの目標にした赤い葉っぱの木に到着した。

「さすがにあれだけの速さで走ると、ここまであっという間だったな」

隣に止まったハスフェルが赤い葉っぱの木を見上げて笑っている。

「じゃあ、ここで昼にするか」

そう言ってマックスから降りようとすると、慌てて止められた。

「この辺りは足場が悪い。もう少し先に安全な岩場があるからそこで昼にしよう」

そう言って別の場所を指さすので、頷いて慌てて座り直す。

こういう事は、この世界を詳しく知る彼の言葉に従うのは絶対だ。

「見た感じは、普通の草地に見えるのにな」

大人しく従ったものの、何となくそう呟いて地面を見下ろす。

しかし、やや深めの草の隙間から真っ黒な穴があちこちに見えて絶句する。あれに落ちたらどうなるかなんて……。

「お前の有り難さを思い知ったよ。いつも俺を乗せてくれてありがとうな」

小さくため息を吐いた俺は、手を伸ばしてマックスのもふもふな首周りを撫でてやった。

「じゃあ、食べたら街へ戻ってバッカスさんの店へ行くんだな?」

安全な岩場に座って、おにぎりを食べながらハスフェル達を見る。

「そうだな。まあせっかくだから、開店まで見届けてからバイゼンへ行くか」

ここまで関わったんだから、確かに開店は見届けたい。

「大事なチームメイトの相棒だからなあ」

オンハルトの爺さんの言葉にハスフェルとギイが笑いながら立ち上がって、あのチーム脚線美のセクシーポーズをやって見せる。

不意打ちを食らった俺とオンハルトの爺さんが、味噌汁を噴き出すのは同時だった。

食事を終え少し休憩した俺達は、ハンプールの街へ戻った。

街道でも街の中でも、ほぼパレード状態だった事は言うまでもない。

諦めのため息を吐いた俺達は、そのまま一列になってバッカスさんの店へ向かった。

「おかえりなさい。ようやく掃除が終わりましたよ」

扉を拭いていたバッカスさんに、オンハルトの爺さんが駆け寄る。

「炉の掃除も終わったか？」

「ええ、出来る限り綺麗にしました。あの、お願いしてもよろしいでしょうか」

「もちろんだ。その為に来たのだからな。もう始めるか？」

「ええ、是非お願いします！」

目を輝かせたバッカスさんは、雑巾を桶に突っ込んでそれを持ち上げた。

「従魔達は、そちらの厩舎へどうぞ。奥の裏庭もありますから、小さな子達はそちらへ入れてやってください」

苔生(こけむ)していた裏庭は、従魔達の運動場として使えるように綺麗に改装されていた。これは確実にランドルさんの為だな。

「じゃあここにいてくれるか。外には勝手に出ないようにな」

「はあい、良い子にしてま〜す！」

一斉に裏庭に走って行った猫族軍団は、転がした丸太に飛び上がり嬉々として爪研ぎを始めた。

成る程、これは猫族軍団大興奮案件だな。

それを見て笑った俺達は、マックス達を厩舎に、他の従魔達を裏庭に残して開いていた裏口から店に入った。

それにしても、炉に祝福を贈るって一体何をするんだろうな？

鍛冶場なんてゲームや創作物の中でしか知らない俺は、ワクワクしながらオンハルトの爺さんの後ろをついていった。


「おお、綺麗になっている！」

店の中に入った俺は、思わずそう叫んだ。

前回からたった一日しか経っていないのに、店の中は驚くくらいに綺麗になっている。飴茶色の木の床も、ワックスをかけたみたいに艶々のピッカピカだ。

これは、感動するレベルのビフォーアフターだ。

しかし残念ながら店に置かれた商品棚にも壁の棚にも、まだ商品らしき物は全く並んでいない。

ううん、あの壁際に剣とか槍が並んでいたら超テンション上がりそうだ。

「ガラス棚には、ドワーフギルドを通じて仕入れる予定の一般家庭向けのハサミやナイフなどを展示販売する予定です。壁面の棚には、冒険者向けの低価格の武器や道具を置く予定です。カウンターでは注文品や高額商品の商談、研ぎ、修理などの依頼を受けます。カウンター後ろの壁面上部には、クーヘンの店でも使っている、取り扱う武器や道具の種類ごとの価格表を展示します。今ギルドに依頼してそれを作ってもらっているところです」

嬉しそうなバッカスさんの説明に、俺達は頷いては感心していた。

おお、俺の提案で作ってもらって大好評だった、壁面のメニューボードがここでも採用されている。しかもそれを商人ギルドが直接扱っているんだ。さすがに目敏いねえ。

密かに感心していると、奥からランドルさんが顔を出した。

「ああ、おかえりなさい。どうです？　かなり綺麗になったでしょう」

得意気なその言葉に、俺達は揃って拍手をした。

「たった一日でここまで綺麗になるとか、凄いですね。もしかして、二人揃って掃除が得意なんですか？」

俺の質問に、バッカスさんとランドルさんが同時に吹き出す。

「まさか、冒険者である俺達にそんな特技があったら驚きです」

笑ってそう言ったランドルさんは、胸元から透明スライムのキャンディと一緒にオレンジ色のスライムを取り出した。

「あれ？　いつの間にオレンジの子をテイムしたんですか？」

「いえ、この子はドロップですよ。クーヘンが、掃除にはスライムが最高だからと貸してくれたんです。いやあ、驚きましたね。埃だらけだった床や戸棚、壁や天井まであっという間にピカピカになったんですから」

笑ったランドルさんの説明に納得した俺は、ドロップを撫でてやる。

「しかもキャンディまでが、途中から一緒に掃除を始めたんですよ」

「おお、ドロップがキャンディに掃除の仕方を教えたんだな。凄い」

感心しながら、二匹仲良く並んだスライム達を見る。

「ドロップは、いつもご主人のお店でお掃除を担当しているんだよ〜！」

伸び上がったドロップの得意げなその言葉に、笑った俺は両手でドロップを思いきりモミモミしてやった。

「そっか、ドロップもクーヘンの事が大好きだもんな。ご主人の役に立てて良かったな」

「うん、もっと頑張って色々覚えるんだよ〜！」

「おう、頑張れ。でも無理は駄目だからな。あ、火は危険だから絶対近寄っちゃあ駄目だぞ」

子供に言い聞かせるみたいにそう言ってやると、二匹揃ってビヨンと伸び上がって元に戻った。

「もちろん、火は怖いから絶対近寄らないよ。ご主人にもちゃんと言ってあるよ」

「キャンディも、ご主人にちゃんと言ったよ〜！」

ランドルさんを見ると、笑って頷いていた。

「そっか、それなら安心だな。いやあ、しかしなんて言うか……健気で可愛いなあ」

思わずそう言ってもう一度二匹を撫でてやる。

「本当ですよね。やっぱりスライムって可愛いですよね。バッカスの店が落ち着いたら、私は言っていたスライム集めの旅に出ますよ。クーヘンからも頼まれているので、近場で集められない色は、私が捕まえて来て彼に渡す予定になっているんです」

楽しそうなその言葉に俺も笑って頷く。

「頑張れ。念の為もう一度言っておくけど、一日のテイム数には絶対に気を付ける事！」

「もちろんです。特にこれからはソロになります。何かあっては大変ですから、一日のテイム数は五〜六匹程度にしようと思っています」

まあそれくらいなら、余裕で大丈夫だろう。何事も真面目に取り組むランドルさんなら心配はなさそうだ。

俺の腕に現れたシャムエル様がうんうんと頷いているのを見て、俺は笑ってランドルさんとハイタッチをした。

「そう言えば商人ギルドのアルバンさんが、スライムトランポリンをまたやって欲しいそうですよ」

スライム達を懐に戻しながら、ランドルさんがそう教えてくれた。

「じゃあ、後で商人ギルドに顔を出しておきます」

「あれは子供達だけでなく、大人だって間違いなく大喜びすると思いますからね」

ランドルさんの言葉に、俺達は顔を見合わせて頷き合った。

バッカスさんは、店の扉の鍵を閉めてから奥の部屋へ向かった。オンハルトの爺さんだけでなく、当然俺達全員がついて行く。

「へえ、鍛冶場ってこんな風になっているんだ。初めて見たかも」

完全に野次馬気分の俺は、奥の部屋に入ったところで中を見回して密かにはしゃいでいた。

綺麗に掃除された広いその部屋の床は、土を固めた土間になっていて一部には平らな石が敷かれている。

その床には、変わった形の金属製の大きな台みたいなものが置かれている。

壁面には、多分必要な道具を引っ掛けておく為なんだろう、大小の金具が並んだ新しい板が全面にわたって打ち付けられている。

そして部屋の端に置かれた木箱の中には、ハンマーを始め大小様々な道具がぎっしりと入っていた。どれも使い込まれていて職人の道具って感じがする。

これは、男子的には見ているだけでも超テンション上がる場所だ。

だけど、生まれて初めて鍛冶場に足を踏み入れた俺はこうも思った。上手く言えないけど、ここは確かに誰かが真剣に物を作っていた神聖な場所だ。浮かれ気分でついてきた事を反省して、密かに背筋を伸ばした。

無言で部屋を見回したオンハルトの爺さんは、壁面へ向かった。

初めて見る暖炉っぽいものが、話題の炉なのだろう。

「ほう、なかなか良い炉ではないか」

その中を覗き込んだオンハルトの爺さんは、顔を上げて嬉しそうに笑った。

「では、一度火入れをするか」

そう言って、自分の剣帯を外して剣ごと一瞬で収納する。

頷いたバッカスさんが、先程の道具の入った木箱から、細長い三角形の道具を取り出してきた。

「何あれ？」

小さな声で側にいたハスフェルに質問する。

「何って……お前、もしかして鍛冶場を見るのは初めてか？」

もの凄く驚いた顔をされたので、誤魔化すように笑って頷く。

「オンハルト。ケンは鍛冶場を見るのが初めてらしいぞ。もう少し前で見せてやっても良いか」

その大声に、オンハルトの爺さんとバッカスさんが揃って驚いたような顔で振り返った。

「ええ、そうなんですか？　どんな僻地の村でも鍛冶屋はあるでしょうに」

バッカスさんの言葉に、もう一度笑って誤魔化す。

「ちなみにこれは、ふいご。炉に風を送って火力を調整するための道具ですよ」

そう言って、二つある持ち手らしき部分を両手で掴んで動かしてくれた。すると三角の先端の部分から風が吹き出てきた。

「ああ、成る程。風を起こす道具か」

小さく拍手しながらそう言うと、何故だか笑ったハスフェルに頭を撫でられた。

そして最前列に連れてこられた。ううん、ここからならよく見えるぞ。

深呼吸をした俺は、黙って彼らがする事を見つめていた。

「では始めようかの」

そう言ったオンハルトの爺さんは、重ね合わせた手の中に小さな火球を作り出した。

「では、いただきます」

真剣な顔のバッカスさんが、太い蠟燭を取り出してそこに火を移した。

それを、蓋付きのランタンの中に大事そうにしまう。その小さな火は、金属製の厳ついランタンの中で、静かに優しくて明るい光を放っている。

ランタンは、炉の横にある大きなフックに掛けられた。

次にバッカスさんが取り出したのは、鍋の底に幾つも大穴が空いた片手鍋もどき。

何をするのかと興味津々で見ていると、バッカスさんは足元の木箱から細かく割った炭と乾燥したワカメみたいなものを取り出して、片手鍋もどきに詰め込み始めた。

「あれは何をしているんだ？」

小さな声で、ハスフェルに質問する。

「今から、炉に最初の火を熾すんだよ。さっきオンハルトが灯した蠟燭の火は、あのまま火種としてこの鍛冶場で使い続ける。今日は文字通りこの炉に初めて火を入れる日だから、あんな風に一から火を熾すが、翌日以降は蠟燭の火種から火を貰うんだよ」

以前も今も、スイッチ一つで簡単に火がつく生活しか知らない俺には、これは未知の世界だ。

「もちろん普段の生活の火はジェムを使った道具でつけますよ。ですが炉を開く際の最初の火は、加護持ちの方からいただくか、あるいは無の状態から自力で熾すのが良いとされているんです。良き火種をいただきましたから、大事に使わせていただきます」

振り返った嬉しそうなバッカスさんの言葉に、俺は思わず拍手をした。

先程の片手鍋を手にしたバッカスさんは、別の小さな蠟燭を取り出してさっきのランタンの蠟燭から火を移した。

「では、始めます」

真剣な顔でそう言い、片手鍋に蠟燭を近づける。

すると、さっきの乾燥ワカメもどきが一気に燃え出した。

バッカスさんが真剣な顔で鍋を揺すって火を広げる。横ではオンハルトの爺さんが、ふいごを使って少し離れたところから鍋の底に風を送り出した。火が一気に大きくなる。

鍋の底から時々火の粉が落ちるが、下は土と石の床なので問題ない。

感心して見ていると、あっという間に鍋の中の炭は真っ赤に燃え始めた。

そのままバッカスさんは炉へ向かうと、金属製のトングで火のついた炭を炉の中に入れ始めた。

炉の中にはすでにいくつもの炭が入っている。

また今度は炉に向かって風を送ると、入っていた炭に火が移り始める。重なり合った部分が赤くなるのを見て、残りの火のついた炭を入れていった。

そのまま二人は、二台のふいごを使ってどんどん火を大きくしていく。

次第に真っ赤になっていく炉の中を、俺だけじゃなくハスフェルとギイも、シャムエル様までが身を乗り出すようにして真剣な顔で覗き込んでいたのだった。

「ふむ、良き状態になったな」

「そうですね、良い感じに火が回りました。ありがとうございます。ちょっと何か打ってみたいくらいです」

嬉しそうなオンハルトの爺さんの言葉に、バッカスさんも嬉しそうに笑ってそう言って炉を覗き込んだ。

「材料はあるのか?」

そう言いながら、横に置かれていたハンマーを見る。

「まずはナイフを作ろうと思っていたんですが、手伝いをお願い出来ますか」

目を輝かせるバッカスさんに、オンハルトの爺さんも満面の笑みになる。

「もちろんだ。ではやるとしよう」

嬉しそうに笑顔で頷き合った後、バッカスさんは部屋の隅に置かれていた道具の入った木箱を取って来た。

「おお、どれもよく使い込まれた道具達だな」

木箱から取り出した道具を見ながら感心したようにそう言ったオンハルトの爺さんの言葉に、壁にも道具を取り出して引っ掛けていたバッカスさんは、照れたように笑って小さく頷いた。

「ほとんどが、亡くなった父が自分の工房で使っていた道具なんです。もちろん、私も使っていました。知り合いに騙され大きな借金を残して亡くなった父の工房は、返済金の一部にするために手放しました。何とか運び出せたこれらの道具は、ドワーフギルドで預かってもらっていたんです。借金を返済して、いつか私が工房を立ち上げる時の為にと。あの飛び地のおかげで、店を持つ資金の目処が立ったんですから、強固な茨の茂みを切り開いてくださった皆様にも心から感謝します」

それを聞いた俺達も笑顔になる。

本当に酷い目にあった飛び地だったけど、そう言われたらあの苦労も報われたような気がしたよ。


「二人では少々手が足りん気もするが、まあナイフ程度ならば大丈夫だろう」

オンハルトの爺さんの言葉にバッカスさんが頷き、柄の長いペンチで金属の板を掴んで、真っ赤になった炉の中に突っ込んだ。鉄は次第に真っ赤になっていく。

ワクワクしながら身を乗り出したその時、店の扉を大きく叩く音が聞こえて俺達は飛び上がった。

「ああ、誰か来たみたいですね。ちょっと見てきます」

顔を上げたランドルさんが、そう言って走って行った。

そろそろ良いかとオンハルトの爺さんが呟いたその時、ランドルさんと複数の人達が言い争う大声が聞こえて、また俺達は飛び上がった。

「もう揉め事はごめんだぞ!」

焦って振り返ると、いきなり扉が開いて見知らぬドワーフが飛び込んで来た。

悲鳴を上げるだけの俺と違って、即座に短剣を抜いて構えるハスフェルとギイ。

「バッカス！　水臭いにも程があるぞ！　工房を開くなら絶対に俺達にも知らせてくれると言ったくせに！」

自分に向かって真顔で短剣を構えるハスフェル達に構いもせず、駆け込んで来たドワーフは拳を握りしめて部屋中に響き渡るような大声でそう怒鳴った。

「そうですよ。俺達がこの時をどれだけの思いで待っていたか！」

「それを知らないあんたじゃないだろうが！」

「そうですよ！　この時を待っていた俺達を忘れないでください！」

続いて飛び込んできた三人のドワーフ達も、同じように拳を握りしめてそう叫んだのだ。

「ジェイド！　アイゼン！　シュタールにブライも！　ええ、どうやってここを知ったんだ？」

バッカスさんの返事に、ハスフェル達は黙って剣を収めた。

「ドワーフギルドから知らせを貰ったからに決まっているだろうが！　俺達は王都で雇われ職人として働いていたんだよ。ギルドマスターから揃って呼び出されて、バッカスがハンプールに店を買って開店準備に入っているんだが、どうしてお前らは行かないんだと言われて、本気で飛び上がったんだからな！」

ジェイドと呼ばれた最初に駆け込んで来たドワーフの大声に、バッカスさんの目から涙があふれる。

「まさか、本当に待っていてくれたなんて……奴の言うままに親父の工房を手放し、わずかな金しか渡してやれなかった、不甲斐ない俺なのに……」

「別れる時に約束しただろうが！　俺達はいつまでも待っているからと！」

また大声でそう叫ぶジェイドさん。

それを聞いたバッカスさんは、ジェイドさんにしがみつき辺りを憚らず大声で泣き出し、受け止めたジェイドさんと他の三人も、同じように大声で泣きながらがっしりと抱き合った。

その後ろでは、ようやく状況を理解したランドルさんも顔を覆ってしゃがみ込んでいる。

呆気に取られて事の成り行きを見ていた俺達は、とにかく彼らが落ち着くのを黙って待った。

「ふむ。どうやら心配していた工房の人手不足は解消されたようじゃな。店舗と工房を兼ねるのならば五人は必要だと思っていたら、まさかきっちりその人数になるとはなあ」

しみじみと呟いたオンハルトの爺さんの言葉に、俺も笑って頷いた。

「どうやら、ここでの初仕事に参加出来なくなりそうだな」

俺の言葉に、オンハルトの爺さんは慌てたように炉を振り返った。

「おい、バッカス！　炉に入れた鉄がそのままだぞ！」

さっきのジェイドさんに負けないくらいの大声に、全員の泣き声が見事なまでにピタリと止まる。

「何をやっとるか！　おい、すぐに状態を見ろ！」

ジェイドさんの大声と、すっ飛んで戻ってきたバッカスさんがあの柄の長いペンチを炉から引き抜くのはほぼ同時だった。

「よし！　ちょうど良い色になってる！」

大声で叫び返し、炉の前に置いてあった大きな鉄の台の上にそれを置いた。成る程。あれは鉄を打つ時の台か。

それを見た四人が、持っていた収納袋から大小のハンマーを次々と取り出すのを見て俺達はもっと下がった。

四人は、真っ赤になった鉄を置いた台の周りに集まった。

それを見て満足そうに笑ったオンハルトの爺さんが、ふいごを持って炉の横に座り、炉に風を送り始めた。

バッカスさんが真っ赤な鉄をもう一度炉に突っ込み、集まったジェイドさん達を見る。

「この炉で作る初めての作品になります。これは片刃の握りナイフにします。鋼はこれを」

真剣な声でそう言い、横に置いてあった別の小さな金属の板を見せた。

全員が真剣な顔で一度だけ揃って頷く。

「おうさ！」

声を合わせてそう応えた一同は、まるでお互いのする事が全部分かっているかのように何の打ち合わせもないままに、バッカスさんが取り出した真っ赤な鉄の塊を持っていたハンマーで、見事な連携で交互に叩き始めた。

リズミカルで綺麗な金属音が部屋に響き、ハンマーを打ち下ろす度に真っ赤な火花が飛ぶ。

顔を見合わせて笑い合った俺達は、ドワーフ達が放り出した収納袋を拾い集めて離れた場所に置き、とにかく黙ってその作業を見守る事にしたのだった。

「鋼の体ぞ、病も知らず」
「鉄より硬いは、その剛腕」
「鍛冶屋の大将、頑固なおやじ」
「えいさやえいさ、俺たちゃ他には何にも出来ん」
「えいさやえいさ、朝から晩まで叩けや叩け」

見事に息を合わせて交互にハンマーを打ち込みながら、彼らは唐突に歌い始めた。かなり低いが、全員がとても良い声だ。
ふいごを持ったオンハルトの爺さんも、それを聞いて嬉しそうな笑顔で一緒に歌い始める。

「えいさやえいさ、真っ赤な鉄こそ我が生き甲斐」
「はよ打てはよ打て、よそ見をするな」
「えいさやえいさ、鋼を入れて」
「えいさやえいさ、炉に入れ燃やせ」

「形を整え、ほらまた打つぞ」

「えいさやえいさ、朝から晩まで叩けや叩け」

「えいさやえいさ、これぞ我らの生きる道」

「風を起こせよ、大きなふいご」

「飛び散る火花と、走るは湯玉」

「熱した炉の中、真っ赤な炭よ」

「見てくれ火の神、鍛冶の神」

「これぞ我らの、生きる道」

「これぞ我らの、生きる道」


打つ手を止めたバッカスさんが、オンハルトの爺さんが準備していた鋼をペンチで受け取り、真っ赤な鉄に重ねて器用に手早く折り畳んで挟み込んだ。

途中、何度も炉の中に入れて熱し直しながら、何度も片手で持った金槌で形を整えていく。

そしてまた全員で、歌いながら叩き始める。

俺はもう、息をするのも忘れて彼らのする事を見つめていた。

そして俺の肩の上の定位置では、シャムエル様も一緒になって真剣に彼らの作業を見つめていたのだった。


ようやく彼らが打つ手を止め、出来上がったそれを横にあった木桶に突っ込んだ。中には水が入っていたらしく、もの凄い音と共に湯気が一気に舞い上がった。

「ふむ、見事であったな。良き仲間達だ」

オンハルトの爺さんが満足気にそう呟き、一仕事終えた炉の前に右の手をかざした。

「良き火を守れ。良き鉄を打て。鍛冶の神の名においてここに祝福を与える」

厳かな声でそう言い、かざした手をゆっくりとまるで炉を撫でるように上下させた。

いつの間にか手を止めていたバッカスさん達が、揃って炉に向かって深々と頭を下げた。

「ありがとうございます。大事にいたします。我が生涯をかけて、火を守り鉄を打ちましょうぞ」

真剣な顔のバッカスさんがオンハルトの爺さんに向かってそう言い、また全員揃って今度はオンハルトの爺さんに向かって頭を下げた。

「良き仲間を得られましたな。其方のこれからに幸いあれ」

その言葉に全員が笑顔になり、作業場は拍手に包まれたのだった。

「いやあ、凄かったです。俺、こういうのって近くで見るのは初めてだったんですけど……本当に鍛冶も歌も、すっげえ格好良かったです！」
自分の語彙力の無さを情けなく思いつつも、俺がテンション高くそう言うとバッカスさん達は顔を見合わせて照れたように笑った。
「ありがとうございます。あの歌は、鍛冶屋の歌、と呼ばれる鍛冶仕事に携わる者なら間違いなく

知っている歌ですよ」

「特に、めでたい場で歌う事が多いんです。今回のように、初めて炉に火を入れて鉄を打つ時や、成人の際、あるいは誰かの旅立ちや独立の際などです」

「俺の親父は、飲んだらいつも歌っていたなあ」

バッカスさんの言葉に、ドワーフ達が揃って笑いうんうんと頷き合っている。

「確かに、飲んだ時にも歌っとるなあ」

笑いながらそんな話をする彼らを、俺はちょっと羨ましく思いながら眺めていた。

カラオケは誘われても行かなかった俺は、実は人前で歌うのが苦手だったりする。

歌自体は嫌いじゃないから聴くのは好きだったんだけどなあ……べ、別に音痴ってわけじゃないぞ！　そこは断言しておく！

「ところで、夕食はどうしますか？　良いもの見せてもらったお礼に、台所の掃除が終わっているのなら何か作りますよ。ええと、そちらの皆さんも良かったらご一緒で……良いですよね？」

誤魔化すようにそう言うと、バッカスさん達が慌てたように揃って首を振る。

「いえいえ、そんな申し訳ないです」

「じゃあ、簡単に肉でも焼きますから、台所お借りしますね」

半ば強引に押し切り、ランドルさんの案内で台所へ向かった。

「ありがとうございます！」

嬉しそうなバッカスさん達の大声に、笑って手を振り返しておいた。

案内された意外に広い台所は、他と同様にすっかり綺麗になっていて水場には綺麗な水がなみなみと流れていた。

壁面に作り付けられた大きな台の端には、二連式のコンロが置いてある。

「まだここでは、湯を沸かしてチーズを切ったくらいです。食事は外で食べていましたから」

笑ったランドルさんの言葉に驚く。

「ええと、バッカスさんって料理は出来るの？」

「多少の事はしますね。何度か煮込み料理を食べさせてもらった事がありますが、美味しかったですよ。あんなの、俺には絶対に無理です」

ランドルさんの言葉に、思わず材料を出しかけた手が止まる。

「それなら、ソロになったランドルさんの食生活の方が大変ですね」

するとランドルさんは笑って首を振った。

「実は、資金に余裕が出来たおかげで、収納能力が二百倍の高級収納袋を手に入れたんです。しかも二百分の一の時間遅延の性能付き。俺が知る限り最高ランクですよ。出来合いの料理を好きなだけ買い込んでおけます」

「おお、凄い。それって外での二百日が、袋の中では一日って事？　それなら、時間停止と変わらないな」

俺の言葉に笑顔で頷くランドルさん。

「まあ、携帯食は念の為に持っておきますが、郊外で美味しい食事をする幸せを知ってしまった以上、もう携帯食だけの食事なんて絶対にごめんですね」

しみじみとそう言われて、顔を見合わせた俺達は同時に吹き出した。

「ごめん。それは間違いなく俺のせいだな」


「じゃあ、魔獣使いの料理の仕方を教えるから、キャンディをここに出してくれますか」

ランドルさんの胸元から、いそいそとキャンディが出てきてアクアの横に並ぶ。

『キャンディに、簡単なお手伝いのやり方を教えてやってくれるか。時間操作は禁止だぞ』

念の為、念話でスライム達全員に伝えておく。

『了解です～！』

『頑張って教えま～す』

何やら張り切ったスライム達の返事が一斉に聞こえた後、ソフトボールサイズのスライム達がベルトの小物入れから次々に飛び出して机に並んだ。

それを見てクーヘンのスライムであるドロップも、ランドルさんの胸元から飛び出して来た。

「ドロップも一緒にやりま～す！」

嬉しそうにそう言ったドロップを、俺は手を伸ばして撫でてやった。

キャンディとドロップは、俺のスライム達に教えてもらってフライドポテト用のジャガイモを切ってくれた。それを俺がフライパンでせっせと揚げていく。

「ケンさんは、他にどんな事をさせているんですか?」

揚げたジャガイモに岩塩を振りかけながら、ランドルさんが質問する。

「材料の皮剝き、切ったり混ぜたり形成したり、カツを揚げる時には、小麦粉をまぶしたり、溶き卵とパン粉を付けるのも手伝ってくれるよ」

「それは素晴らしいですね」

感心したように、そう呟きながら何度も頷いている。

「後は、汚れた食器や鍋を綺麗にしたり、ゴミの処分辺りかな。だけど火を使うのは厳禁だし、味付けは加減が分からないから無理みたいだね。後は狩りの時に、散らばったジェムや素材を集めてくれる事。あれだと取りこぼしも無いしさ」

「ああ、確かにあれは助かりますよね」

「もう言葉も通じるんだし、どんどん頼んで色々やらせてみればいいですよ」

「分かりました。スライムはもっと増える予定ですからね。俺も楽しんで教える事にします」

嬉しそうなランドルさんの顔を見て、笑顔で拳を突き合わせた。

「じゃあ、メインの肉を焼くとするか」

そう言って、グラスランドブラウンブルの肉の塊と、大きなハイランドチキンのもも肉を一枚丸ごと取り出す。

スライム達に交代で肉を切ってもらう。ランドルさんは、頑張って肉を切るキャンディの様子を優しい笑顔でずっと見つめていた。

並んでフライパンで肉を焼いていたら、何だか小っ恥ずかしくなってきた。

お手伝いは、別に俺が教えた訳ではなく、アクアやサクラが俺の役に立ちたいって思って自主的に見て覚えてくれたものだ。

レインボースライム達だって仲間になった直後は、簡単な作業しか出来なかったもんな。

これからの旅の楽しみが出来たと言って、嬉しそうにキャンディを突っついているランドルさん。

従魔にとってご主人がどれだけ大切な存在であるかは、俺はもう本当に身をもって経験している。

セーブルやヤミーみたいに、その後の自分の全てを変えてしまえるほどの存在なんだよ。

肉をひっくり返していて、俺は一時的なテイムの事を思い出した。

『なあ、シャムエル様。以前言っていた一時的なテイムって、もう無くなったんだよな？』

さりげなく念話でシャムエル様に質問する。

『うん、あれはもう完全に消去したから、やろうと思っても無理だよ』

『じゃあさ、名前を付けた従魔を主人の側から一方的に放逐する事は可能な訳？　いや、もちろん俺はやらないけどさ』

一瞬シャムエル様が怒ったような顔をしたので、慌ててそこは訂正する。

『驚かさないでよね。まあ、強いて言えばご主人からの放逐は、今でも可能だよ』

『出来るんだ。じゃあ、やっぱり捨てられた従魔の話はしておいた方がいいよな？』

『そうだね。これだけの数の従魔を従える魔獣使いには、一応知っておいてもらった方が良いかな』

頷くシャムエル様の言葉に、俺はランドルさんを見た。

「はい、これで最後ですね。そっちの鶏肉も焼くんですか？」

最後の一枚を焼き終えたランドルさんが、俺がしっかり塩胡椒をしたハイランドチキンのもも肉を指差す。

「ええ、じゃあフライパンの油を集めたら、スライム達に綺麗にしてもらってそれも焼いてください。俺はもう一品作りますから」

焼いた時に出る油は、全部別のお皿に集めてある。今からこの肉の油でチャーハンを作るよ。

今回は、俺達を含めて全部でむさ苦しい野郎十人だ。これまたどう考えても、食う量がおかしいってパターンだろう。

ちなみにこの肉チャーハンは、肉とネギしか入れない、ザ、男飯って感じの一品だ。

サクラが出してくれた大量の切り落とし肉も全部まとめて、一番大きなフライパンで炒めていく。

「うおお、これだけでもう美味しそう！」

思わずそう言いながら、塩胡椒と肉用の配合スパイスをがっつり振りかける。

火が通ったらお皿に肉を全部取り出しておき、油の残るフライパンにご飯を投入！　ここからは強火にして一気に炒めていく。

賑やかな音と共に、フライパンをあおるよ！

ご飯がバラけたら軽く塩胡椒をして、肉を戻してもう一度炒めれば完成だ。

「見事な手つきですね。思わず見惚れて肉を焦がしそうになりましたよ」

横で見ていたランドルさんの言葉に、チャーハンの入ったフライパンを持ったままで俺はドヤ顔を決めてみせた。

「何やってるの？」

呆れたような冷たいシャムエル様の言葉に、苦笑いしてお皿に山盛りの肉チャーハンを盛り付ける。これは早い者勝ちで取ってもらう分だ。まあどうなるかは想像に難くない。

それもサクッと収納して、ランドルさんがまとめて焼いてくれたハイランドチキンも収納した。

今はランドルさんがいるからなのか、シャムエル様が味見を要求してこなかったから、ちょっと拍子抜けだ。

🐾

「ちょっと真面目な話があるんですけど、いいですか？」

使った道具を手早く収納しながらそう言うと、驚いたランドルさんが俺を見る。

「俺も人から聞いた話なんですが、従魔達に確認して確証を得ましたので魔獣使いであるランドルさんにも知らせておきます」

「はい、聞かせていただきます」

真剣な顔で俺を見つめるランドルさんに、俺はもしも名前を貰った従魔が主人から捨てられたらどうなるかって事を詳しく説明した。

俺の従魔達から聞いた話も、当然全て付け加えておく。

「そ、それは……」

話を聞いたランドルさんが絶句したまま俺を見つめる。俺も黙って頷いた。

セーブルやヤミーをテイムした時にランドルさんも一緒にいたから、ご主人亡き後に残された従魔がどれだけ辛い思いをしたかを知っている。

その時にもご主人が死んだら残された従魔達がどうなるのかって話はしたけど、これはそれとは意味が違う。文字通り、主人に捨てられた従魔がどんな悲惨な最期を遂げるかって話だ。

しばしの沈黙の後、ランドルさんはキャンディをそっと手の上に乗せて抱きしめるみたいに大きな両手で包み込んだ。

「俺の全ての従魔達に、俺の誇りであるこの剣に懸けてここに誓おう。この命尽きるまでずっと一緒だ。何があろうと繋いだこの手は絶対に離さない。だからどうか安心してくれ」

そう言って、そっとキャンディにキスを贈った。

キャンディは一瞬だけ光った後に一気に伸び上がって、ランドルさんの鼻先にくっつきキスを返した。

「ありがとうご主人、大好きだよ。ずっとずっと一緒だからね」

嬉しそうなキャンディの言葉に、笑ったランドルさんの目から涙があふれる。横で聞いていた俺も、感動のあまりもらい泣きしちゃったよ。

ランドルさんって、本当になんて真っ直ぐで真面目な良い男なんだろうな。最高だよ。

「さあ、じゃあ出来上がった料理を持っていきましょうか」

誤魔化すように軽く咳払いをしたランドルさんは、素知らぬ顔でそう言ってからキャンディを胸元に戻して俺を振り返った。

俺も浮かんだ涙を誤魔化すように、素知らぬ顔で頷く。

RANDALL

無言で拳をぶつけ合ってから、食事をする部屋へ向かった。

しかし綺麗に片付いているその部屋の真ん中に置かれているのは、四人用の机で椅子も二脚しかない。当然だよな、ここにはランドルさんとバッカスさんしかいなかったんだから。

「椅子はあと二脚ありますが、全く足りませんね」

困ったランドルさんの言葉に、俺は苦笑いしながら頷く。

「それなら、俺が持っているいつもの机と椅子を出しますよ。足りない椅子は、ハスフェル達にも出してもらえば何とかなるでしょう」

「申し訳ありませんがお願いします。人も増えた事だし椅子と机を買ってきます」

そう言ったランドルさんは、壁際に置いていた椅子を二脚持ってきた。

いつも使っている机二台を元の机に並べて置き、手持ちの椅子もありったけ並べる。

「ああ、申し訳ない。机の準備までさせてしまいましたね」

丁度その時、バッカスさんを始めとした全員が部屋に入って来た。

「ハスフェル。椅子が足りないから手持ちのを出してくれるか」

「おう、了解だ」

「じゃあ並べるから、好きに取ってくれよな」

そう言ってお皿を並べていた時だった。

また店の扉を叩く音がして、バッカスさんが見にいく。

するとその間にジェイドさん達が、何故かランドルさんに謝っている。何事かと思って聞いてみると、先ほど店先で、誰だお前は、お前こそ誰だと言い合いになり、危うく刃傷沙汰になるところだったらしい。

おいおい、開店前の店先で流血の惨事はやめてくれ。

一触即発の中、ブライさんが「俺達はバッカスの昔の工房仲間で、彼が店を開くと聞き駆けつけたんだ」と叫んで事なきを得たんだって。

入って最初にそう言えば、別に揉める事もなかったと思うんだけどなあ……って、頭の中で突っ込んだ俺は間違ってないよな。暴力反対！


「ああ、やっぱり戻って来られていたんですね。余計なお世話だったかな？」

聞こえた声に振り返ると、そこにはバッカスさんと一緒に幾つもの大きな木箱を抱えたクーヘンとお兄さん達一家の姿があり、その隣には大きなバスケットを抱えたマーサさんの姿もあった。

そして木箱やバスケットからはとってもいい匂いがしている。

「あれえ、もしかして夕食を持って来てくれた？」

「ええ。でも出遅れたみたいですね」

机の上に並んだお皿を見たクーヘンとマーサさんは、顔を見合わせて苦笑いしている。

「ありがとうございます。それなら一緒に食べませんか。実は、俺の父親の工房仲間達が駆けつけて来てくれたんですよ。紹介しますのでどうぞこっちへ」

さすがは物作りの職人同士。クーヘンのお兄さんのルーカスさんやヘイル君も、仲良くバッカスさんと話をしている。

頭の中で増えた人数を考えて焦っていると、同じ事を考えたらしいバッカスさんが、ジェイドさん達と一緒に大小の木箱を持って戻ってきてくれて、あっという間に臨時の机と椅子が追加で並べられた。

結局、ネルケさん自慢のソーセージ入りポトフや、ホテルハンプールの燻製肉やデリバリー料理の数々を机に並べて、好きに食べてもらう形式になった。

俺が焼いた肉は、スライム達に一口サイズに切り分けてもらい、作り置きのステーキソースと一緒に並べておいたよ。


「いやあ。それにしても皆、よく食べるねえ」

山盛りにあった料理の数々が瞬く間に食い尽くされていく。

俺は、一通りちょっとずつ貰った時点ですでにお腹いっぱいで、後はちまちまと冷えた白ビールを飲んでいたよ。

シャムエル様も、俺のお皿から色々貰って嬉しそうに食べている。

ちなみにハスフェル達が提供したお酒は、すでに三回目の追加が出ている。しかもあの巨大な瓶はどう見ても業務用サイズ……。

あれだけ食って、その上まだあれだけ飲めるのか。予想通りだったけどドワーフ達もやっぱり食う量がおかしい。

苦笑いしながら白ビールを飲んだ俺は、その後はのんびりとシャムエル様のもふもふな尻尾を突っついて遊んでいたのだった。

「……とまあ、そんな訳だからさ。クーヘンなら大丈夫だとは思うけど、一応心がけておいてくれるか」

白ビールを飲みながら、俺はクーヘンにもさっきランドルさんに話したのと同じ事を一通り詳しく話して聞かせた。

最初のうちは機嫌良く半分酔っ払いながら聞いていたんだけど、すぐに真顔になって俺の話をしっかりと聞いてくれた。

「まさかそんな事になるとは……話してくださってありがとうございました、ケン。私もこの場で誓いましょう。この命尽きるまで、私がテイムした子達とはずっと一緒です。大事に、大事にします」

持っていたグラスを捧げるようにして持ち、真剣な口調でクーヘンもその場で宣言してくれた。

視線を感じて振り返ると、マーサさんまでが泣きそうな笑顔で持っていたグラスを捧げていた。

「ケンさん。もちろん私も大切にしますよ。今ではもう、あの子無しの生活なんて考えられませんからね」

「あの、俺も聞こえたので……」

バッカスさんも、持っていたグラスをそっと掲げた。

皆が真剣に俺の話を聞いてくれたのは嬉しいんだけど、バッカスさんまでがグラスを捧げてくれてちょっと戸惑う。

「ああ、バッカスには店の掃除用に、俺がスライムを一匹贈る約束をしているんですよ」

ランドルさんがそう教えてくれて納得したよ。あのピカピカになった店を見たら、そりゃあバッカスさんだって欲しくなるだろう。

「じゃあ、頑張ってテイムしてやらないとな」

顔を見合わせた俺達は、笑って拳を突き合わせた。

それから後は、色付きの子達をどこでテイムしたかって話で盛り上がった。

その時に俺がテイムしすぎて心臓が止まりかけた話をして、二人を青ざめさせたのだった。

その日はかなり遅くまでのんびりと飲んで過ごし、深夜近くにようやくお開きになった。

だけどあれだけ飲んでいたのに、皆平然と帰っていったよ。いやあ、皆凄い！

第97話　バッカスさんの店

翌日から、バッカスさんは商人ギルドで行われる勉強会へ出掛け、その間にジェイドさん達は釘や針金などの消耗品の仕込みを始めた。

俺は、食事を定期的に差し入れておいた。

ランドルさんの従魔達も預かって従魔達の食事を兼ねた狩りに出かけたり、天気の悪い日は宿泊所でまた大量の料理を作ったりして過ごした。

宿泊所に泊まっていたジェイドさん達は、早々にマーサさんの紹介で店の近くに住む家を見つけたそうだ。

それから、あの飛び地で確保した貴重な素材の数々を目の前にした時のジェイドさん達の狂喜乱舞っぷりは凄かったので、俺はバイゼンへ行くのが本気で楽しみになったよ。


「あれ、ちょっと待てよ……」

ふと思いついた俺は、オンハルトの爺さんの腕を引っ張った。

今いるここは、明後日が開店予定のバッカスさんの店の奥にあるスタッフの控え室だ。

「なあ、ヘラクレスオオカブトの剣をここで作ってもらうのはどうだ？」

俺には武器作りなんてさっぱり分からないから、ここは専門家の意見を聞きたい。

しかしヘラクレスオオカブトって言葉に反応したバッカスさんを始めとしたドワーフ軍団が、俺の目の前に文字通りすっ飛んで来た。

「今、今聞き逃せぬ言葉が聞こえたぞ。ケンさんはヘラクレスオオカブトの剣を作る予定なんですか！」

むさ苦しいドワーフ一同に、これ以上近寄れないくらいに迫ってこられて仰反る。

「ええ、この後にバイゼンへ行く予定なので、そこで防具と一緒にまとめて注文するつもりだったんですけれど。せっかくだから……」

「ちなみにお聞きしますが、職人の当てはあるんですか？」

真顔のバッカスさんに聞かれて、何とか体を起こした俺は苦笑いして頷く。

「以前、レスタムの街で知り合った革職人の親友の武器職人さんにお願いするつもりだったんです」

「ちなみに、その職人のお名前は？」

真顔のバッカスさんの質問に、不思議に思いつつ答える。

「ええと、フュンフさんって方だと聞きましたよ」

「剣匠のフュンフ殿に伝手があるんですか！」

すぐ側で聞いていたジェイドさんの叫ぶような声に、ドワーフ達だけでなくランドルさんまでが揃って目を見開く。

「それは失礼をいたしました。さすがは超一流の魔獣使いですな。我ら如きに頼むのではなく、それはどうぞバイゼンで剣匠フュンフ殿にご依頼ください。きっと良き剣を打ってくれましょう」

「ええと、知らなかったけど有名な方なんですか？」

その質問に本気で驚かれた。業界では超有名人だったらしい。

「すまんな。こいつは、樹海から出てきてまだ一年にならない世間知らずなんだよ。ちなみに、早駆け祭りの事も全く知らなかったぞ」

笑ったハスフェルが一応そうフォローしてくれる。

どうも。実は半年前まで異世界でサラリーマンやってました！　なので世間知らずで〜す！　テヘペロ……って言えたらいいんだけどなあ。

遠い目になって黄昏れていると、バッカスさん達が揃って笑い出した。

「成る程。そういう事情だったんですね。それならば剣匠フュンフの名を知らぬのも当然です。しかし本物の樹海出身者に会うのは初めてです。どんなところなのか、是非聞かせていただきたいものですなあ」

期待に満ち満ちた目で見つめられてしまい、俺はわざとらしいため息を吐いてバッカスさん達を見た。

「じゃあ、そろそろ夕食時だし飲みながら話しましょう。一応、あっちの三人も樹海出身者だから、俺より詳しいですよ」

色々と規格外なハスフェル達を見て、納得するジェイドさん達だったよ。

夕食の後は飲みながら、ハスフェルと協力してシリウスをテイムした時の事や、俺が食われかけた超巨大なタートルツリーの話なんかを詳しく話した。

そして俺が出した樹海産の火酒を、全員がストレートで美味しいと笑って飲んでいた。さすがは酒好きと名高いドワーフ達だね。

そのまま大宴会に突入してしまい、途中からの記憶がない……あれ？

翌日、酷い頭痛に目を覚ました俺が見たのは、俺と同じくスライムベッドの上で転がっているハスフェル達三人と、床に転がって爆睡しているランドルさんとドワーフ達だった。全員揃って完全に討ち死に状態。

机の上には空瓶と共に樹海の火酒の瓶が置いてあり、床にも何本もの空瓶が転がっている。おいおい、一体どれだけ飲んだんだよ。

美味い水を飲んで何とか復活した俺は、火酒の入った瓶だけ収納しておき、そのまま水場へ顔を洗いに行ってサクラに綺麗にしてもらってから、スライム達を水槽に放り込んでやった。

「起きろ〜〜〜！」

笑いながら順番に起こして回り、転がる空瓶を一箇所に集めてから海老団子のお粥と卵雑炊を取り出す。水分補給は麦茶と水だ。

顔を洗ってようやく目を覚ました一同が戻ってくる賑やかな足音に、俺は笑って振り返った。

「はあ、飲んだ翌朝に温かいお粥が用意されているなんて、幸せすぎます……」

四杯目の卵雑炊を食べながら、バッカスさんが感極まったようにそう呟く。

「次からは自分で何とかしてくださいよ」

笑った俺の言葉に顔を上げたバッカスさんが、嬉しそうにキッチンの方を見た。

「では、屋台で定期的に粥を買って来て、食材用の時間遅延の収納袋へ入れておきます」

「ああ、いいなそれは。それならここで遠慮なく飲めそうじゃわい」

ジェイドさんの大声にドワーフ達が揃って笑う。

それって何かが根本的に間違っている気がするけど、皆楽しそうだから突っ込むのは野暮だよな。


「そう言えば、この店の宣伝って何かしているんですか？」

一つ残った海老団子をシャムエル様に渡してやり、バッカスさんを振り返る。

「冒険者達への個人的な宣伝と街の人達の噂話程度ですね。ここはそもそも武器屋兼金物屋ですから、クーヘンの店の時のような大騒ぎにはなりませんよ」

笑ったバッカスさんの答えに、確かにオープン当初のクーヘンの店のような大行列が出来るとは考えにくいかと、納得した。

ちなみに明日開店予定の店には、もう商品が所狭しと並べられている。

過去にバッカスさんが作って保管してあった武器各種や、ドワーフギルドを通じて仕入れた日用使いの刃物類と金具や釘などの金物類。

そして個別対応するカウンター奥の壁には、別注用武器の素材見本であり店の象徴として堂々と飾られた、巨大なヘラクレスオオカブトの大小の角。

あの飛び地で確保した素材は、どれも通常に出回る素材よりも遥かに大きく質も良いらしく、噂を聞きつけた上位冒険者達から既に複数の問い合わせが来ているらしい。

「今日は、高額の武器を展示します。主にジェイド達が持って来てくれた武器ですが、どれも素晴らしく良い出来です。新人冒険者向けの低価格帯の武器を中心に展開する予定でしたが、ジェイド達のおかげで上位冒険者の個別注文にも充分応えられる余裕が出来ましたからね。高額な武器の販売も頑張る事にしました」

嬉しそうに目を輝かせるバッカスさん。

オンハルトの爺さんによると、彼らが作った武器はどれもかなり出来が良いらしく、目の肥えた上位冒険者であっても満足出来るとの事だった。

鍛冶の神様がそう言うんなら、この店の将来は心配なさそうだね。

食事の後は、オンハルトの爺さんは店に残り、俺達は一旦宿泊所へ戻る事にした。

果物の在庫がかなり減っているので、市場へ寄って果物を中心に色々と買っていると、期間限定で市場に出店していた栗の専門店を見つけた。

もちろん大量に買い込み、ギルドの宿泊所へ大量の配達もお願いした。

実は俺、栗が大好きなんだよ。

買い物を終えて宿泊所へ戻った俺は、栗を食べてみる事にした。

スライム達が切り目を入れてくれた栗を厚手のフライパンにぎっしりと並べて、蓋をして中火でじっくりと火を通す。反対側にもしっかり焦げ目をつければ甘い焼き栗の出来上がりだ。

鍋に栗を入れてゆっくり30分ほど茹でれば、しっとり茹で栗の出来上がりだ。

机の上で目を輝かせて俺の作業を見ていたシャムエル様が、小皿を手に踊り始めた。

「あ、じ、み！　あ、じ、み！　あ～～～～～～～～～～～っじみ！　ジャジャン！」

最後はバック転のように、くるっと後ろ向きに空中で一回転して決めのポーズ！

「おお、お見事～！」

笑って拍手をしてやり、焼き栗を見せる。

「皮は剝いた方がいいか？」

「大丈夫だから、そのままください！」

嬉しそうにそう言われて、一番大きな栗を渡してやる。

「わあい、美味しそう！　栗、好きなんだよね！」

器用に皮を剝いたシャムエル様は、そう言って嬉しそうに栗を齧り始めた。

「これは、そのまんまリスって感じだな」

いつもの肉食リスから急に普通のリスになったシャムエル様を見て、俺は笑いを堪えながら自分の栗の皮を剝いては口に放り込んだ。

『おいおい、何だか美味そうなもの食ってるじゃないか』

追加を取り出したところで、笑ったハスフェルから念話が届いた。

『おう、食べるならどうぞ。まだ一回しか焼いてないから少しだけどさ』

『せっかくだから味見に参加させてくれ』

『おおい、俺も参加させてくれよ』

笑ったハスフェルとギイの声が届き、念話が途切れる。

「残念。独り占めしようと思ったけどバレちゃったな。じゃあ二回目も仕込んでおくか」

そろそろ出来上がりそうな茹で栗の様子を見ながら、厚手のフライパンをもう一つ取り出して焼き栗を仕込む。

「ご主人、虫入りはアクア達が貰ってもいいですか？」

その時、サクラが穴の空いた栗を見せながらそう聞いてきた。

「ああ、虫食いは全部進呈するよ」

「わあい！　いっただきま〜す！」

まるでシャムエル様みたいにそう言うと、アクアゴールドに合体して虫入りの栗を飲み込んだ。

「そっか、アクアゴールドになったら、食べたものは公平に分配されるんだったな」

何やら嬉しそうなその様子を見ながら、笑ってまたフライパンを揺すった。

ハスフェルとギイが来たので、残りの焼き栗を出してやる。

「冬のバイゼンでは、焼き栗の屋台が出るぞ。もっと大粒で甘いからケンは喜びそうだな」

シャムエル様だけじゃなく俺も栗が好きだって話をしたら、焼き栗の皮を剝いていたハスフェルから聞き逃せない話を聞いた。

何でも、バイゼンの南東に広がる森林地帯には元々野生の栗の群生地があったらしく、今では人の手が入って開拓されて、見渡す限りの栗畑になっているらしい。

その大粒の栗は、王都でも大人気なんだってさ。

「何それ！　今すぐバイゼンへ行きたい！」

目を輝かせる俺の叫びに二人が笑う。

「まあこの後は、ようやく当初の目的地のバイゼンだからな。楽しみにしているといい」

「良さそうなら、本当に皆で住めそうな大きな家を買ってもいいかもな。まあ、シルヴァ達は、簡単には来られないみたいだけどさ」

「おや、俺達を呼んでくれるのか？」

「何だよ。嬉しい事を言ってくれるじゃないか」

笑った俺の言葉に、驚いたハスフェルとギイが揃って振り返る。

「だって、二人とも根無し草なんだろう？　家の一つくらいあっても良いかと思ってさ」

顔を見合わせた二人は、苦笑いしつつ頷く。

「俺達の場合は、長期間同じ場所にいると地脈に影響を及ぼす可能性があるからな。だからそもそも定住出来ない」

「何だよ、それ！」

俺の言葉にシャムエル様が振り返って頷き、ハスフェル達を見る。

「そうだよ。彼らの場合は普通の人の子とは保有している生命力が違い過ぎるんだ。そんな彼らが長期間にわたって同じ箇所に滞在すると、地脈の方が彼らに惹かれて集まってきちゃうんだよ。そうなると、当然地上に供給されるマナの力が増えて、そこにいる生き物達に影響を及ぼす可能性がある。もしもそんな事になったら最悪の場合、そこに樹海の再現！　なんて事にもなり兼ねないからねえ」

あまりに予想外の話の展開に、のんびりと話されるその内容が頭に入って来ない。

「待て待て。それじゃあこんなに同じ街に泊まったら駄目だろ！　ええ、どうすりゃいいんだよ！」

パニックになる俺を見て、栗を置いたシャムエル様が一瞬で俺の右肩に現れる。

「大丈夫だよ。この場合の長期間は、百年くらいって意味。その半分くらいまでなら問題無いって」

「そんなわけだから、俺達自身が家を買うなんて事は考えなかったんだよ。だけどケンが俺達も泊まれるような大きな家を買ってくれると言うのなら、喜んで協賛するぞ」

「いやいや、おかげで予算は潤沢すぎるくらいにあるからそっちは大丈夫だって」

笑ってそう言い、シャムエル様の尻尾を突っついた。

「実を言うと、ここにも早駆け祭りの時だけ戻ってきて住む、別荘みたいな家なら買っても良いかと思い始めているんだ」

「ああ、それは良いな。エルやアルバンはお前がここに家を買うと言ったら大喜びしそうだ」

「だけど、留守にするのが心配なんだよなあ」

するとハスフェルが笑って教えてくれた。

何でもマーサさんの経営する不動産屋は、貴族の別荘の維持管理なんかもやっているらしい。

「それなら一度彼女に相談してみるといい。確かにケンなら、この街に別荘の一つくらいは持っていても良さそうだ」

そんな話を聞いていたら、何だか冗談抜きで欲しくなってきた。

「それなら、郊外でいいから庭の広い家がいいな。従魔達がゆっくり寛げるようにさ」

　すると突然、頭の中に懐かしい声が響いた。

『是非買いましょうよ〜！』

『私達も協賛するわ！』

　そして瞬時に目の前に積み上がる大量の金貨の入った袋の山と、驚きのあまり飲んでいた麦茶を噴き出す俺。

「ゲフゥ……。ちょっ、神様ってこんな事出来るのかよ！」

　金貨の袋の山の側に現れた収めの手が得意げに手を振っている。手しか無いのにドヤ顔なのが分かるって……。

　そしてハスフェルとギイも、金貨の出現と同時に吹き出して大爆笑している。

「どうすんだよ。これ」

　多分、一つに金貨千枚は入っているのが三十袋以上は余裕である。

　お前ら、俺にどんな豪邸を買わせるつもりだよ。

　虚無の目になる俺の頭を、収めの手が何度も優しく撫でてから消えていった。

　その時ノックの音がして、オンハルトの爺さんが帰ってきた。

「シルヴァ達が何やら大興奮していたが、何かあったのか？」

　オンハルトの爺さんにはギイが大喜びで説明して同じく吹き出し、また大爆笑になったよ。

「まあ、良いじゃないか。くれるというのだから、貰っておけ」

「しかし、どんな豪邸を買わせるつもりなんだってな」

そう言って笑いながら、オンハルトの爺さんにも焼き栗を渡してやり、シャムエル様にも追加を出してやる。

栗、大人気。もっと買っておこう。

「それで、店の準備はもういいのか？」

栗を食べ終えて一服しながら、オンハルトの爺さんを振り返る。

「おお、後はもう大丈夫だと言うので任せてきたよ。なかなかに良い店になったな。日用品の刃物や金物から武器防具まで、冒険者達のどんな希望にも充分に応えられる品揃え。素材もかなりの量が確保されているから、個別の注文にも応えられるだろう」

満足そうなその説明に俺達も安心したよ。

「それじゃあ、明日の午前中に昼食の差し入れを持って行ってやるか」

それは後で作る事にして、まずは夕食だ。

「じゃあ、俺が楽でいいから肉にするか」

少し考えて、師匠が作って渡してくれた味噌漬け肉を焼く事にした。

ハスフェルとギイはパン、俺とオンハルトの爺さんはご飯だ。

「今度時間を取って、まとめてご飯を炊かないと、在庫が減って来たな」

お椀にご飯をよそりながら呟く。

最近の俺の心配事って全部食べ物の事のような気がするけど……まあ、別にいいよな。

味噌漬け肉を三つのフライパンで同時に焼きながら、ご飯用にはきゅうりとワカメの酢の物とだし巻き卵、パン用には、サラダとスクランブルエッグ、味噌汁も並べておく。

焼けた味噌漬け肉は、大きなお皿に盛り付けておく。

俺が楽する、後は好きに食え作戦だ。


「これは美味そうだ。では、いただきます」

嬉しそうに手を合わせる三人。俺は、ご飯の上にがっつり肉を盛り付けた味噌漬け肉丼だ。

「じゃあこれは、シルヴァ達にお供えっと」

いつもの簡易祭壇に、俺の分の味噌漬け肉丼とだし巻き卵と味噌汁、それからきゅうりとワカメの酢の物を並べる。

「少ないけどどうぞ。それと、資金援助ありがとうな。いきなりでちょっと笑っちゃったけど、大事に使わせてもらうよ」

手を合わせて目を閉じてそう呟くと、いつもの収めの手が何事もなかったかのように平然と俺の頭を撫でていく。しかし、目を開いた俺は、また吹き出す事になった。

だって、簡易祭壇代わりの机の下には、収まりきらないくらいの金貨の入った袋がまたしてもぎっしりと積み上がっていたんだから。

「だからお前ら、自重って言葉を一度辞書で調べて来いってば！」

……って、叫んだ俺は悪くないと思う。断言。

再度山積みになった金貨の袋の山を見た俺の叫びに、また全員揃って大爆笑になったのは言うまでもない。

「アクア、とりあえずあの金貨の袋を全部収納しておいてくれるか。一応、普段の買い物に使うお金とは別にな」

「はあい、じゃあ別に分けて収納しておきま～す」

俺の指示にアクアゴールドのまま元気よく返事をして、あっという間に山積みの金貨の袋を全部飲み込んでくれた。

顔を見合わせてまた笑った俺達は、とにかく食事をする事にしたよ。

食後にのんびり飲んでいると、話題はどうしてもバッカスさんの店の話になる。

「明日の開店初日、大行列だったりしてな」

「そうなったら、また我らが手伝ってやれば良かろう」

「じゃあ、明日のバッカスさんの開店の成功を願って、かんぱ～い！」

若干酔っ払った俺が笑ってそう言ったら、笑顔の三人も一緒に乾杯してくれた。

冒険者仲間の新たな旅立ちだものな。成功を祈っておこう。

その後、もう少し飲んでからその日は解散になった。

翌朝、いつものモーニングコールにすぐに起きたら、シャムエル様と従魔達に驚かれたよ。

イベント限定の早起き小学男子です！

顔を洗って身支度を整えたところでハスフェルから念話が入って、今朝は屋台飯にして、そのまま
お店へ行く事になった。

念話を終えて振り返ると、俺の目の前にベリーとフランマが姿を現す。

「開店初日の人出がどの程度なのか分かりませんから従魔達は置いて行くべきですね。面倒見てお
きますから、どうぞ行ってきてください」

「おう、じゃあお願いするよ」

顔を見合わせて笑った後、果物を箱ごと色々と取り出して多めに渡しておき、鞄にアクアゴール
ドを入れて部屋を出て行った。

廊下でハスフェル達と合流して、そのまま近くの広場の屋台へ向かう。

広場にいても、マックスを連れていないと案外気付かれないんだって事が分かって、ちょっと面
白かったよ。

食べ終えたところで、そのまま歩いてバッカスさんの店へ向かった。

「おお。クーヘンの時程じゃないけど、行列が出来ているぞ！」

見ると、店の前にはすでに三十人近い人が並んでいて、まだまだ増えそうだ。

半分は明らかに冒険者っぽい人で、残り半分は街の人達。冒険者はほぼ男性だが、街の人は男女
半々って感じだ。

　その並んでいる冒険者の中に、一人妙に目立つ女性を見つけた。並んでいる冒険者達も気になるらしく、チラチラと横目で見ている。

　腰にかなり短めな剣を下げた軽装戦士スタイルのその女性は、十代かと思うくらい若く見えるし、かなり小柄で華奢な体格をしている。しかもソロっぽい。

「おいおい、また毛色の変わった珍しいのがいるな」

　苦笑いするハスフェルの呟きに、俺は思わず振り返る。

「あの小柄な女性？」

「ああ、あれは俺も久し振りに見たな」

　何やら含みのある言い方に首を傾げる。

「ええと、小柄な人間に見えるけど、違うのか？」

　すると行列を眺めていたハスフェルとギイが、揃って首を振った。

「違う。あの小柄な女性は草原エルフだよ」

　エルフキター！　そうだよな、ドワーフがいるんだからエルフだっているよな。

「ええと、草原エルフって何？　普通のエルフとは違うのか？」

「普通のエルフ？」

　しかし、逆に不思議そうに聞かれて俺の方が困る。

『ああそうか。もしかして、ケンのいた世界にはエルフはいなかった？』

　唐突に頭の中にトークルームが開いてギイの声が聞こえた。

『おう、少なくとも言葉を喋って社会を築いているのは、人間だけだ。エルフもドワーフも、魔獣もジェムモンスターもいないし魔法も存在しない世界だよ』

『何度聞いても不思議な世界だな』

『確かに。それなら草原エルフを知らなくても当然だな』

ハスフェル達の納得する呟きが聞こえて笑ってしまう。彼らにとっては、俺のいた世界が不思議な世界なわけか。

『まあ、その話はまた今度な。それで、この世界ではエルフと言えば草原エルフの事を示すわけか？』

『ああ、ドワーフは種族としては一つだが、エルフは二種族いる』

ギイが代表して説明をしてくれる。

『一つが草原エルフ。あの子のように小柄で華奢なのが多いが、見かけに騙されて迂闊に手を出すと酷い目に遭うぞ』

笑ってそう言われて、俺は首を傾げる。

『もしかして強いのか？』

『ああ、華奢に見えるが動きは素早いし力も強い。水と風の術など、高位の術を使う者が多い。耳と目もかなり良いぞ』

その説明に感心する。めちゃめちゃ有能。仲間になってくれないかなあ……。

『西の端、西方草原地帯に草原エルフの集落が幾つかあって、そこで自給自足の暮らしをしている。人との往来も少しはあるので、冒険者になる者がたまにいる程度だ』

『もう一つのエルフは？』

『森林エルフ。こっちは通称ハイエルフとも呼ばれる種族で、ケンタウロスと同様、自分達のテリトリーから出てこないので、俺達以外の人の間では伝説扱いだな』

『へえ……いや待て。今、当然のようにサラッと言ったけど、お前らは会っている？』

『ああ、何度か世話になった事があるよ。気難しいところもあるが、良い奴らだぞ』

『それにエルフ族は皆長命だからな』

最後の言葉に、彼らの孤独を見た気がした。

『ベリーの故郷がある北方の山岳地帯の裾野に広がる古代樹の森が、森林エルフのテリトリーだ。まあ、お前ならきっと喜んで会ってくれるだろうから、機会があったら訪ねてみるといい』

『へえ、そうなんだ。じゃあ機会があれば行ってみるよ』

念話でそんな話をしている間も、どんどん並ぶ人が増えている。大丈夫か、おい。

草原エルフは確かに耳の造形が少し違っていて、人間の耳よりも細長くて尖っている。

彼女は、小さな花のピアスを耳たぶの下側につけている。

柔らかな薄茶色の髪は、グレイのようにポニーテールにしていて凄く可愛い。

その時、いきなりその彼女と目が合ってしまった。仕方がないので、笑って手を振ってみる。

一瞬驚いたように目を瞬かせた後、急にムッとしたように口を尖らせてそっぽを向かれてしまった。

「あ、嫌われてやんの」

面白がるようなギイの呟きに、俺は黙ってわき腹を突っついてやった。

悲鳴を上げるギイを見て、ハスフェルとオンハルトの爺さんが揃って吹き出し、俺も一緒になって笑った。

彼女いない歴イコール年齢の俺は、ちょっと涙目になっています……。

「いきなり何しやがる！」

突然復活したギイが、俺の首を横から捕まえて拳でこめかみをぐりぐりし始める。

「痛いって！　ギブギブ！」

丸太みたいな腕を叩いて必死で負けをアピールする。

何人かの冒険者達が、そんな俺達に気づいたらしい。

「早駆け祭りの英雄のお出ましだぞ！」

「ええ、従魔は一緒じゃないのかよ」

「俺マックスのファンで〜す！」

笑いながらそんな事を言って手を振ってくれる。

「おう、応援ありがとうな！」

半分開き直って手を振り返してやると、彼らは大喜びしていた。


その時、草原エルフの彼女がこっちを振り返った。しかし眉間のしわが凄い事になっている。何その目ヂカラ、美人が台無しっすよ。

「あれが早駆け祭りの英雄だと？」

めっちゃ不審そうにそう呟いた草原エルフの彼女は、もの凄い憤怒の表情で俺を睨みつけた。

「お前……彼女に何をしたんだ？」

俺を捕まえていたために同じく正面から彼女の顔を見たギイが、完全にドン引き状態で俺に聞いてくる。

「いや、何をしたもなにも、初対面だって！」

俺の首を決めているギイの腕にすがった状態のままで、そう言ったきり俺も途方に暮れる。

人からあんな表情を向けられた事なんて皆無の俺は、完全にビビってます。

正直言うと草原エルフにちょっと興味はあったけど、これ以上関わるなと俺の中で警報が鳴りまくっている。

そもそも初対面の俺に対して、あんな感情を向けて来る理由がさっぱり分からない。

自分を睨みつける彼女を困って呆然と見ていたら、不意にまたそっぽを向いてしまった。

「ふん、腰抜けが！」

よく聞こえる耳のおかげで、聞きたくなかった彼女の独り言まで全部聞こえてしまう。

忌々しげにそう呟かれて、俺は心底悲しくなってきた。

人から理由も分からずに嫌われるって……多分人生初体験だよ。

ため息を吐いたギイが腕を緩めてくれたので、俺もため息を吐いてから改めて彼女を見た。

列の前を向いたままだが俺には分かる。あの個性的な耳がピクピクと動いてこっちを向いてるよ。

言っちゃあなんだがその様子は、わざわざ側まで来るくせに、こっちに背中を向けて分かりやすく拗ねていた、以前のニニにそっくりだ。

「まあ、気にするな。有名になるとあんな輩も湧いて出るさ」

ギイがよく分からない慰めをしてくれて、俺は大きくため息を吐き、とにかく全員揃って行列の横を抜けて裏口へ回った。

「バッカスさん。行列が出来ていますけど、大丈夫ですか？」

ノックをしながらそう言ってやると、もの凄い勢いで外開きの扉が開いた。

吹っ飛ばされた俺とギイを、後ろにいたオンハルトの爺さんが吹き出しつつも確保してくれた。

「す、すまん……」

鼻を押さえて呻く俺とギイを見て、バッカスさんが申し訳なさそうに謝ってくれたよ。

「良いところに来てくれた。正直言って、思った以上の人が並んでいてどうしようかって相談していたところなんだ」

中に入った俺達だったが、店にいたジェイドさん達が揃って困ったように俺を振り返った。

「だよな。さすがにあれだけの人数が一気に入って来たら店が壊れちまう」

ブライさんの言葉に、皆困った顔をするだけだ。

「クーヘンの店の時ほどは並んでいないけど、さすがに多すぎる。どうやって……」

考えていてふと気がついた。冒険者っぽい人と、街の人達がほぼ半々だった事に。それはつまり、求めている品物も二種類って事だ。

「よし、これで行こう！」

手を打った俺を見て、全員の視線が集まる。

「誰か商人ギルドへ行って、行列を整理するのに使っていた紐付きのポールを借りて来てくれ。店を二つに分けよう」

俺の言葉に全員が驚いて目を見張る。

「今並んでいるお客さん達は、武器目当ての冒険者の人と、生活道具目当ての街の人の二種類がいる。だから広い店を二つに分けて別々に入ってもらえばいい。俺達も応援に入るから、行列している人達に確認して武器の列と生活用品の列に分けるんだ。バッカスさんはカウンターに入って個別の注文を……」

「いや、今日は個別注文は予約だけにして日を改めて来てもらうつもりだ。さすがに開店直後は落ち着いて相談も出来んだろうからな」

そう言って分厚い台帳を見せてくれたので、そっちは任せておく。

「借りて来ました！　すぐに応援の人を回してくれるそうです」

アイゼンさんとシュタールさんが、収納袋を抱えて戻って来た。

「ご苦労様です！　じゃあここからここまで置いてください」

店を分割するようにポールを立てる。

「成る程。確かにこうしてみれば、綺麗に分割出来るな」

ハスフェルが感心したように呟き、ギイと揃って俺を振り返った。

「で、俺達はどこに入ればいい？」

「その前に、会計は誰が入る？」

「俺かブライの予定でしたが、全員数字には強いので大丈夫です」

頼もしいバッカスさんの言葉に頷く。

「じゃあ、誰か二人会計に入ってください。ええと、武器の扱いや手入れの事ならハスフェル達も分かるよな」

「任せろ。じゃあ俺とギイはこっちに入るよ」

二人がそう言って既製品の武器の前に行ってくれた。

「では、俺はこっちに入ろう」

オンハルトの爺さんが生活用品の方へ行ってくれる。ブライさんがその後を追った。

出遅れたジェイドさんが、困ったように俺の側に来る。

「じゃあ俺と一緒に外に出て行列の整理をお願いします。武器コーナーと生活用品コーナーに分かれて並び直してもらわないとね」

頷き合って、残りのポールを持って外に出ようとしたところで商人ギルドとドワーフギルドから応援の人達が来てくれた。

一気に人手が多くなったので、何人かは店に入って品出しや整理をお願いして、残りは二手に分かれてもらって行列の整理の手伝いをお願いする。

バッカスさんにも一旦一緒に出てもらって、先に挨拶をしてもらう。

「皆様、おはようございます！」

店を出たところでバッカスさんが大声でそう言うと、騒めいていた行列の人達が一斉にこっちを見た。

「職人工房のバッカスでございます。早朝より多くの方にお越しいただき誠にありがとうございます。当店の品は展示販売の武器と、金物を中心とした生活用品の二種類になっております。本日は混乱を避けるために店を分割してそれぞれ別にお入りいただくようにいたします。大変申し訳ありませんが列の並び直しにご協力をお願いいたします」

そう言って深々と頭を下げる。

「私が欲しいのは生活用品だよ」

「俺は武器だよ。俺が鍋や包丁を買っても絶対使わないって」

近くに並んでいた恰幅の良い女性の言葉に、後ろに並んでいた大柄な冒険者もそう言って笑いながら頷いてくれた。

「ご理解いただきありがとうございます。ではこちらへどうぞ」

笑顔でそう言って店を振り返ったバッカスさんが一瞬言葉に詰まる。

そこには大きなプラカードを持ったギルドの職員さんが二人、左右に並んで立っていたのだ。その真ん中にもポールが立てられている。

店の入り口は両扉でかなり広いから、左右に分かれて二列でも余裕で入ってもらえる。

その二枚の即席プラカードには、流暢な文字でそれぞれ大きくこう書かれていた。

『生活用品が御入用の方はこちらへお並びください』

『武器の御用命と御相談はこちらへお並びください』

あまりの手際の良さに、提案した俺の方が絶句したよ。今のわずか数分ほどでこれを用意したって事だよな？　ドワーフの対応力と技術力、半端ねえっす！

「次の方、御用はどちらで……」

「フン！」

順番に声掛けをしていた俺が列に並んでいた草原エルフの彼女にそう話しかけた瞬間、そうとしか表現出来ない勢いで俺から顔を背けた彼女は、ガン無視で武器の列に走って行った。

「だあ、一体何だってんだよ」

あそこまでやられると、だんだん腹が立ってきた。

「魔獣使いの兄さんよ、一体何したんだい？」

何度かギルドで見かけた事がある大柄な冒険者が、ドン引きしつつ俺の腕を突っついてくる。

「それは俺が一番聞きたい。言っとくけど初対面だぞ」

驚きに目を見張るその冒険者。

「何故かさっきからずっとあの調子で、親の仇みたいに睨みつけられているんだよ。俺が何したってんだよ」

「へえ、そりゃあまた災難だなあ。有名人は辛いねえ」

完全に面白がっている様子のその冒険者は、にんまりと笑って俺の肩をがっしりと捕まえて肩を組んで顔を寄せてきた。

「まあ、お前さんにはしっかり稼がせてもらったからな。ちょっとくらいは役に立ってやるよ」

そう言われて、組んでいた肩が解放される。

「まあ、任せとけ。ほら、まだまだ行列がのびているぞ」

笑ってそう言ったその男は、武器の列に並びに行ってしまった。

「ええと……うん、今はこっちが先だ」

とりあえず全部まとめて、明後日の方向にぶん投げておく。

まあ、もしかしたら後で拾いに行くかもしれないけどね。


気を取り直して順番に声を掛けて並び直してもらっていると、先頭がゆっくりと店の中に入り始めた。

店の中は予想以上の大盛況だ。

しかも昼を過ぎても行列が途切れる様子が全くない。

「ううん、最初に時間制限を設ければよかったな」

見通しが甘かったようで後悔したよ。

「ちょっと離れますね。食事の用意をしてきます」

行列整理をしているドワーフギルドの人に声を掛けて、俺は裏口から店に入った。

休憩室の真ん中に置かれた大きな机の上には、商人ギルドのアルバンさんからの差し入れで、瓶入りジュースとシンプルホットドッグが、それぞれ大きな木箱にぎっしりと並んでいる。

隣には冒険者ギルドのエルさんの名前の差し入れで、揚げ菓子のようなものが、その隣はクーヘンからの差し入れのカットフルーツが、氷のお皿に一人前ずつ盛り付けられて同じく木箱の中にびす。

感心したようにそう呟き、適当にぐちゃぐちゃに積み上がっていたそれぞれの差し入れを並べ直
「へえ、そんな事が出来るんだ。じゃあ、今度俺もやってみよう」

右肩にいつの間にか座っていたシャムエル様の言葉に、驚いて振り返る。

「へえ、その氷のお皿は、氷の術の応用で溶けにくくしてあるね」

っしりと並んでいた。

· ·

戸棚に入っている大量の取り皿とカトラリーを取り出して、適当に並べてから店へ向かう。

の横に並べ、俺の名前を書いたメモをその前に置いておく。

俺も大量の各種サンドイッチの詰め合わせの木箱と、フライドポテトとカットトマトの大皿もそ

「お疲れさん。昼食の準備をして来たけど、交代で入れるか？」

レジに入っていたバッカスさんに声をかけてやる。

「ありがとうございます。今、その話をしていたところです。では順番に入ってもらいますね。ケンさんも先に食べてください」

ハスフェル達が下がって来たので、一緒に休憩室へ戻る。

「お疲れさん。大盛況だな」

「おう、思っていた以上の人でちょっと驚いたよ」

ハスフェルの言葉にギイとオンハルトの爺さんも笑っている。

「生活用品の方は、かなり売れていたみたいだけど、武器はどうだったんだ？」

適当に自分の分を取って来て椅子に座りながら、何を取ろうか悩んでいるハスフェルに尋ねる。

「ああ、剣や槍は低価格のものだけでなく、高額なのも幾つも売れていたぞ。バッカスは、既製品の剣は主に初心者向けだと言っていたが、どれもかなり良いものだ。あれを最初に買える冒険者は幸せだろうな」

嬉しそうなハスフェルの言葉に、オンハルトの爺さんも笑顔で頷いている。

「確かに最初に持つ剣が良いものだと、良いスタートが切れそうだ」

笑顔で頷く三人は、山盛りになったお皿を持って席についた。

それぞれ手を合わせて食べ始める。


いつもより早めに食べ終えてデザートのカットフルーツを取ってきた時に、ハスフェルとギイが揃って俺を見て苦笑いしながら口を開いた。

「なあ、例の彼女。どうしてあんな事になっていたか分かったぞ」

「例の彼女って……あの草原エルフ？」

思いっきり嫌そうにそう言うと、二人が揃って頷く。

「レプスの話を聞くと俺達にも関わる事なんで、出来れば彼女の誤解を解いておきたいんだがなあ」

ハスフェルの言葉に、ギイとオンハルトの爺さんも困ったように顔を見合わせて頷き合っている。

「誤解って何だよ？　その前に、レプスって誰？」

顔を上げた俺は、初めて聞く名前に首を傾げる。

「ああ、さっき俺に任せとけって言ってくれた、大柄な冒険者かな？」

「多分正解だ。彼は人当たりが良くて誰とでもすぐ打ち解けるいい奴でな。どうやらあの草原エルフともこの短時間でそれなりに仲良くなったらしいぞ。それで、色々と聞き出してくれたところ、彼女がお前をあれだけ睨んでいた理由が判明したんだ」

あの時の目ヂカラ最強な睨んだ顔を思い出して、俺は大きなため息を吐く。

「で、一体何が原因なわけだ？」

思いっきり嫌そうなその言葉に、三人が揃ってため息を吐く。

「まず、あの彼女はスライムを一匹だけ従魔にしている」

「しかし、本当は魔獣使いなんだが、彼女は自分の紋章を従魔に刻んでいない」

真顔のギイとハスフェルの言葉に首を傾げる。

「ええ、そんな事有り得るのか？」

意味が分からないと戸惑う俺を見て、またハスフェルが大きなため息を吐く。

「まず、そもそも人間以外に魔獣使いがいたのに驚きだよ」

「でもそれを言うなら、クーヘンだって人間じゃなくてクライン族だぞ」

「いや、クライン族は、過去に少ないがテイマーや魔獣使いになった奴はいたよ。まあ、郷の外に出る奴なんてほとんどいなかったから、あれだけ大々的に有名になったクライン族の魔獣使いはクーヘンが最初だとは思うけどな」

「へえ、そうなんだ。それで、その魔獣使いの彼女が、どうして俺を目の敵にするわけだ？」

話が繋がらなくてそう尋ねると、また三人が困ったように顔を見合わせる。

「彼女は、自分でテイムした従魔達を、一度全て失っているらしい」

その言葉の意味を考えて真っ青になる。

「失ったって……まさか従魔達は彼女を守って死んだとか？」

首を振る彼らを見てほっとしたのも束の間、彼らから聞かされたのは本当に最悪な話だった。

「彼女は元々王都インブルグに所属する魔獣使いの冒険者だったらしい。ただし、それは余裕で百年以上前の話だけどな」

「今サラッと流したけど、彼女は見かけ通りの年齢じゃないのか」

これも揃って頷く彼らを見て、無言になる。

「その王都にいた頃に、とある事情で彼女はとんでもない額の借金を背負ってしまい、金策の為に従魔をテイムしては商人を通じて何匹も貴族に売ったらしい」

「待って。従魔を……売った？」

黙って頷く三人を見て俺は言葉を失い、ハスフェル達がまたため息を吐く。

「その当時、珍しくて強そうな魔獣やジェムモンスターを飼うのが貴族達の間で大流行だったらしく、おかげで彼女はわずかな期間で借金を全て返す事が出来た」

「おお、良かったじゃないか」

「しかし、その後彼女は心配になった。手放した従魔達が、本当に可愛がられているかどうかかな」

その言葉に、この先の展開を予想してしまった。

「もしかして、失ったって……」

「ああ。貴族達は、自慢出来る見栄えのいい流行りの従魔が欲しかっただけ。そのほとんどの子達は、数年の内に孤独や失意の中で死んでいったらしい。新しい主人だと言って譲られた人が全く自分を顧みなくなれば、その従魔達がどうなるかは……お前なら分かるだろう？」

どれほど豪華な家に住もうと、それは従魔達にしてみれば捨てられたのと同じ事だ。そうなればもうその従魔達に未来は無い。

「そんな、可哀想な……」

「だけど、その当時の貴族の連中はそうは考えなかったみたいだな。中には、最悪な事にその主人に狩りの獲物として扱われた例もあったらしい」

絶句する俺は無意識に側の誰かを撫でようとして、全員宿泊所に置いて来ていた事を思い出した。

咄嗟にシャムエル様に手を伸ばす。

「ごめん、ちょっとだけ、ちょっとだけでいいから撫でさせてくれ……」

自分でも呆れるくらいに情けない声でそう言うと、机の上で座って尻尾の手入れをしていたシャムエル様を両手でそっと包む。

珍しく無抵抗なシャムエル様の、小さいけれども柔らかくて温かな手触りに涙が滲む。

「そんなの絶対に許せない。絶対に……そいつら従魔を何だと思っているんだ」

高ぶる感情のままに、しばらくシャムエル様のもふもふな尻尾に顔を埋めていたが、不意に我に返って考える。

「待ってくれ。それは彼女にとっても従魔達にとっても、とても不幸な事だし気の毒だったとは思うけど、それでどうして俺があんなに睨まれるんだよ」

するとと、また三人が揃ってため息を吐く。

「そこで、彼女が大きな勘違いをしているって話になる」

「あれを見て、一体何をどう勘違いするって言うんだ？」

「つまり、お前があのスライム達を使って曲芸を見せたのは、王都の貴族達に従魔を高く売りつけるつもりの前振りなんだとね」

「俺達が連れている従魔達も全部売り物だとも考えているらしい。要するに、俺の従魔はこんなに人に懐くぞ。と見せて回っているとな」

「それどころか、クーヘンやランドルに自分の紋章と似たのを刻ませているのを見て、彼らの従魔達まで同じく売り物にするつもりだと……断定しているらしい」

ギイとオンハルトの爺さんまでもが、困ったように後を続ける。

ちょっと本気で気が遠くなってきたよ。

「要するに彼女の中では、お前は珍しい従魔を食い物にして大儲けを企んでいる極悪人扱いらしい」

三人の説明を理解するまで、俺の頭の中で少し時間がかかったよ。

「どこをどう取ったらそんな考え方になるんだよ！　あの草原エルフ、思い込みが激しいにも程があるぞ！」

力一杯叫んだ俺を、三人が気の毒そうに見つめる。

「それであのガン睨みかよ。いい加減にしてくれ。言いがかりにしても、これは酷い」

「まあ、あくまでも勝手な個人の思い込みだから何かあるとは思わんがな。一応そういう事らしいから、あまり関わり合いにならないように気をつけろよ」

「思いっきり関わり合いになりたくないっす！」

拳を握りしめて断言するよ。

エルフと聞いてテンション上がったけど、絶対に関わり合いになりたくないレベルになったよ。

これ以上ないくらいの大きなため息を吐いて、俺は机に突っ伏した。

だけどこれって、どう考えても今後絶対関わり合いになるフラグだよなあ……。

俺の平和な異世界生活、かも〜ん！

揃って大きなため息を吐いた俺達は、立ち上がってひとまず店に戻った。
その後は、夕方近くまでもう一回休憩を挟みつつ俺達は途切れない行列を捌き続け、合間に減った品物を出すのを手伝ったりして過ごした。
終わってみれば、初日だけでも相当な数の武器や金物が売れたらしく、バッカスさん達は大喜びしていた。それだけじゃあなく、初心者の冒険者達から武器選びの相談も沢山受けたらしいし、上位冒険者達からは別注の予約が何件も入ったらしい。
まずは上々のすべり出しだ。俺達はそのまま打ち上げを兼ねてクーヘン達やギルドマスター達、食ってくれ。

応援に来てくれた各ギルドの人達も誘って、皆でホテルハンプールへ夕食を食べに向かった。

ちなみに今回は、俺とハスフェルがレストランチケットを使う事にしたよ。奢りだ、好きなだけ食ってくれ。

しかしフラグは健在だったらしく、ホテルハンプールに到着する寸前にばったり会ってしまったのだ。あの草原エルフに。

道の真ん中に立ちはだかって、まるで虫けらを見るような目で俺を見る彼女。

ハスフェル達は面白そうに俺を見ているだけだし、それ以外の全員、彼女のあまりのガン睨みにドン引き状態で誰も口を開こうとしない……これを俺にどうしろって？

第98話　売られた喧嘩の俺流解決法

「うわあ、無視だ無視！」

俺は小さくそう呟き、そのまま彼女を避けて進もうとした。

しかし……。

「大事な従魔はどうした。超一流の魔獣使い殿？」

俺にかけられたその棘だらけの言葉に、通り過ぎようとした足が無意識に止まる。

「何だ。マックスのファンかい、お嬢ちゃん。残念だったな。今日は宿で留守番なんだよ」

わざとらしく横目で見て振り返りながら、出来るだけ偉そうにそう言い返してやる。

俺自身は人に喧嘩売る気は毛頭無いけど、一方的に売られた喧嘩なら喜んで買うよ。

ハスフェル達が俺の言葉に驚いて目を見開いているのが分かったが、そっちは無視だ。ってかお前ら、絶対面白がっているだろう。この状況を！

「へえ、そっちへ行けばホテルハンプールだ。連れて行けば金持ちの目に留まって大きな商談がまとまるかもしれないのになあ」

またしても棘だらけの彼女のその言葉に、俺は思いっきり大きなため息を吐いてみせる。

「何を勘違いしているのか知らないけど、勝手な思い込みで人の事判断するのはやめてもらえるか。

俺は、大事な従魔を売る気なんて欠片も無いよ。金には不自由していないし、従魔は譲った子達まで含めて全員今でも俺の大事な家族だよ」

目を見開く彼女のその顔を正面から見て、俺は敵意も腹立ちも急激に萎んでいくのが分かった。

この時の彼女は、本当に今にも泣き出しそうな顔をしていたのだ。

「嘘をつくな！」

突然の大声に、俺だけじゃなくその場にいた全員が飛び上がった。多分、全然関係ない通行人達も全員飛び上がっていたと思う。

「今のどこら辺に、どう嘘があるって言うんだよ？」

「だって、私はユースティル商会の奴らが自慢げに言っていたのを聞いたんだ！　魔獣使いのケンが三毛のリンクスとハウンドを連れてくるからって！　それ以外にも選び放題なくらいにたくさんの従魔がいるから、何でも任せろって！」

半泣きになった彼女の叫びを聞いて俺はハスフェルを振り返る。

「なあ、今の何とか商会って……」

「レスタムの街で従魔を売れと一方的に迫り、最後はニニちゃんに縄を投げて捕らえようとした、あの馬鹿どものいた商会だな」

「それなら覚えているよ。確認しただけだ」

もう一度これ以上ないくらいの大きなため息を吐いた俺は、今にも泣き出しそうになってプルプル震えている彼女の袖を摑んで軽く引いた。

「詳しい話がしたいから、とにかくこっちへ来い。これ以上見せ物になる気はない」

小さな声でそう言って、成り行き上彼女も一緒にホテルハンプールへ連れて行く事になった。

正直言うと今すぐ全部放り出して帰りたい。だけど、あの泣く寸前の顔を見たら放っておけなかったんだよ。

一方的に喧嘩を売ってきた奴に同情してどうするんだって思う。我ながら、呆れるくらいのお人好しだけど、これはもう性分だから仕方ないよ。

仮にここは無視して彼女を放って行ったとしても、絶対後で後悔するのが分かっているからもういいんだ。

意外に素直について来る彼女を見て、俺は密かに安堵していた。

だけど今の彼女の様子は茫然自失って感じで、逆にメンタルが大丈夫か心配になってきたよ。

「食事の前に、広い会議室を借りられますか？」

「会議室ですか？　お部屋でお休みになるのではなく？」

出迎えてくれた支配人が、俺が連れているエルフの彼女を見て不思議そうにそう尋ねる。

「大至急、会議室でお願いします！」

真顔で断言すると、本当にすぐに全員が入れる広さの会議室を用意してくれた。

だって、迂闊に部屋を頼むと無駄に密室になるからさ。ここならギルドマスター達まで全員に同席してもらえる。

　連れて来られた部屋が会議室なのを見て、ようやく顔を上げた彼女が驚いているので、手を離してとにかく座らせてやる。

「あのな、この際だからはっきり言っておくけど、君の考え、全然違うからな」

「……何がどう違うって言うんだ。人をこんなところまで連れ込んでおいて」

「人聞きの悪い事言うなよ。連れて来たのは人目を避けるためだよ。ここには、各ギルドマスター方や職員の方もいる。特にエルさんやアルバンさんには、証人になってもらうために一緒に来てもらったんだよ」

「証人？」

　思いっきり不審そうな声でそう言われて、挙句にまたしても親の仇を見るかの如きガン睨み。

「そうだよ。俺がどれだけ従魔達を可愛がっているかって事のね」

　その言葉に、エルさんとアルバンさんが苦笑いしつつ大きく頷いてくれた。

「君が何を勘違いしているのか知らないけれど、ケンさんは私が知る限りとびきり優秀で、その上従魔達をこれ以上ないくらいに愛している魔獣使いだよ」

「確かにそうだな。彼は別の街でとある事件に巻き込まれて誘拐されたペットの猫と従魔のオオタカの為に、王都の公爵家に本気の殴り込みをかけるくらいには従魔の事を大事にしているぞ」

　その言葉に、俺とハスフェル達が揃って吹き出す。

「ええ、お二人がどうしてそんな事知っているんですか！」

　すると二人は揃ってにんまりと笑った。

「アーノルドから、詳しい顚末を全部聞いたよ。いやあ、久し振りに腹の底から笑わせてもらったよ。しかも最後は大宴会だったそうじゃないか」

「ええ、終わってみれば笑い話でしたけどね。あの時は本当に大変だったんですから。いや、そうじゃなくて、だからどうしてそれをエルさん達がご存知なんですか？」

「俺達とアーノルドは、長年の友達同士なんだよ。ちなみに東西アポンで、定期的に周辺の街の各ギルドマスターが集まって交流会を開いているんだよ」

「まあ、要するにただの飲み会だけどね」

エルさんのまぜっ返しに、彼女以外の全員が笑う。

「それに、彼は毎晩従魔達とくっついて団子になって寝ているぞ。野外では、大きな従魔達も一緒に入れるデカいテントを使っているぞ。朝は寝起きの悪いこいつの為に、従魔達が頼まれもしないのに総出でモーニングコールをしているくらいには彼に懐いているよ」

「その後、従魔達と毎朝戯れてる姿は、ハーレム以外の何者でもないぞ」

「確かにあれは紛う事なきハーレムだな。全部種族は違うけど」

ハスフェルとギイの説明に続き、腕を組んだ真顔のオンハルトの爺さんの言葉に、またしても彼女以外の全員が揃って吹き出す。

呆気に取られて話を聞いていた彼女は、突然真っ赤になった。

「じゃ、じゃあ、全部私の勘違いだって言うんですか！」

「そうだよ」

俺とハスフェルとギイとオンハルトの爺さんの言葉が見事に重なり、クーヘンやギルドマスター達がまたしても吹き出す。

机に突っ伏す彼女を見て、俺達は安堵のため息を吐いたのだった。

どうやら誤解は解けたみたいだ。

「はあ、私はその……昔から仲間に、いつも思い込みが激しくてすぐに暴走するってからかわれていたんです。最近は大丈夫だったんですが、久々にやらかしたみたいですね。本当に申し訳ありませんでした」

まだ赤い顔を上げた草原エルフの彼女は、大きなため息を吐きつつ立ち上がり、そう言って俺に向かって深々と頭を下げた。

「どうやら誤解は解けたみたいだね」

完全に面白がっている口調のエルさんにそう言われて、俺も苦笑いしつつ頷く。

「確かに思い込みは激しそうですね。でもまあ誤解が解けて良かったよ」

我ながらお人好しの台詞だなあと感心しつつも、そう言って笑った。

「さて、誤解も無事に解けたみたいだな。それじゃあ早く飯にしようぜ、俺は腹が減ったよ」

ギイの言葉に、笑ったハスフェル達も揃って頷く。

「俺も腹が減った。じゃあ、もうこれにて無事に話し合いは終了だな」

俺も立ち上がって部屋を出て行こうとすると、さっきと逆にエルフの彼女に袖を掴まれた。

「あ、あの……せめてものお詫びに、食事ぐらい……」

そう言いながら慌てたように手を離す彼女。

「良いですよ。それなら今からバッカスさんの店の開店を祝して打ち上げなんです。折角ですからご一緒しましょう」

話の流れでそう言うと、彼女は分かりやすく笑顔になった。

おお、笑うと可愛い。

「でも今日はレストランチケットがあるから奢りです。遠慮しなくていいですよ」

「ええ、そんなわけにはいきませんって！」

「いいですから気にしないでください。食事は、大人数で賑やかな方がいいですからね。なあ、彼女も一緒でいいよな？」

今更だけど、一応振り返って確認する。

「いいんじゃないか？　彼女は、バッカスの店のお客みたいだしな」

笑ったハスフェルの言葉にバッカスさん達も頷いてくれたので、そのままご一緒決定。

「ありがとうございます」

嬉しそうな彼女と顔を見合わせて笑った俺は、部屋を出ようとしてふと我に返る。

「ええと、今更だけど自己紹介していなかったな。魔獣使いのケンだよ。よろしく」

「ああ、これは失礼しました。リナライトです。どうぞリナとお呼びください。ご覧の通り草原エルフの、テイマーです」

握手の後に、彼女は背負った鞄の中からアクアと同じ透明のスライムを取り出して見せてくれた。

「名前は、アクアウィータ。最近テイムした子です」

小さな声でそう呟いたきり俯いてしまった彼女を見て、俺はハスフェル達から聞いた彼女の過去の話を思い出した。これは、今ここで触れるべきじゃないな。

「よろしくな、アクアウィータ」

出来るだけ普通に笑いながらそう言って手を伸ばして撫でてやると、アクアウィータは嬉しそうに伸び上がって俺の指先に擦り寄ってきた。

「おお、よく慣れているな。彼女と仲良くするんだぞ」

「はあい。アクアウィータはご主人とくっついて寝るのが好きなんだよ。ご主人はすっごく優しいんだからね！」

得意げなその声は、アクア達よりも幼く聞こえる。そういえばテイムしたての頃って、アクア達もこんな声だったな。

なんだか懐かしくなって、アクアウィータをもう一度撫でてやった。

「そっか、優しいのか。良かったな」

人の従魔と平然と話をする俺を見て、彼女は驚きに目を見開いていた。

「あの、まさかとは思いますが、ケンさんは人の従魔と話が出来るんですか？」

さっきのガン睨み程じゃないけど、もの凄く不審そうな顔で見られた。

「ああ、そうなんです。俺は念話の能力持ちなんですけど、ごく一部の仲間内でしか使えなかったんだけど、テイムした従魔なら自分のじゃなくても話が出来るんですよ。まあ、魔獣使いとしては有り難い能力です」

「それは、確かに羨ましい能力ですね」

感心したように頷いた彼女は、その後に慌てたようにハスフェル達やバッカスさん達にも挨拶していた。

「ではご案内いたします」

廊下で待っていてくれた支配人さん直々に案内されて、広い個室に通されて席についた。

「じゃあ、また注文は任せていいか」

「おう、任されてやるよ。酒は白ビールでいいか？」

「それでよろしく！」

手を上げたギイとオンハルトの爺さん、それからエルさんとアルバンさんが揃ってメニューを覗き込むのを見て、俺は、何故か隣に座っている草原エルフのリナさんを振り返る。

「ええと、食べたいものとか飲みたいものがあったら言ってくださいね」

「では、私も白ビールをいただけますか」

「だってさ。白ビール追加よろしく」

「了解〜」

ギイの気の抜けた返事に、俺は笑って肩を竦めた。

「それでは、バッカスさんの店の無事の開店を祝して！」
「カンパ〜イ！」
それぞれ好きな酒を手に最初の一杯は全員揃って乾杯をして、そこからは好きに食べたり飲んだりして過ごした。

次々と、ひっきりなしに運ばれてくる大量の料理の数々にもう俺は笑いが止まらず、リナさんは圧倒されたみたいで、若干ドン引きしつつもずっと笑っていたよ。

「はあ、もう食えない。いつもながらあいつらに比べると少食な自分の胃袋が悔しいよ」

もう何度目かも分からない追加の料理を眺めながら、小さくそう呟いて冷えた白ビールを飲み干した。

リナさんは、最初のうちこそ会話もやや固くてぎこちなかったんだけど、意外な事にあっという間にこの場に馴染んでしまった。

見かけは十代の美少女なんだけど、口調も男っぽくてサバサバしているし、不思議とあまり女性と話している感じがしなくて、気がついたらお互いタメ口で普通に話をしていたよ。

何だかちょっと、この出会いに運命を感じたのは……俺だけですか？

もしかして、ここから小さな恋が始まったりしたりするかもしれなかったりします？　……ちょっと脳内が混乱している模様です。落ち着け俺。

「ちなみに単なる好奇心なんだけど、今日は何を買いに来ていたんだ？　武器コーナーの列に並んでいたよな」

「ああ、今日のところは予約だけ。明後日の午後からで予約出来たから、店内の武器はまた今度ゆっくり見るよ。中剣の良いのがあれば一本買ってもいいかもね」

新しい黒ビールを水みたいに飲みながら、リナさんがそう言って笑う。

「あそこの武器はどれも良いみたいだしな。だけど予約をしたって事は武器の別注をするんだろう。中剣は既製品のを買うつもりなら、何を注文するんだ？」

「ああ、明日にはアルデアとアーケルが到着するからね。ようやく資金が貯まったから、アーケルには良い剣を打ってもらわないと」

「アルデアとアーケルって？　あ、もしかして冒険者仲間？」

初めて聞く名前にそう言って、俺はまた白ビールを飲む。

「いや、アルデアは私の夫でアーケルは私の息子だよ」

予想もしていなかった衝撃の告白に、俺は飲んでいた白ビールを噴き出して気管に入ってしまい思いっきり咽せた。

「いきなりどうした。大丈夫か？」

驚いて一瞬仰け反った後、笑って俺の背中をさすってくれる。

さすがに今の発言は聞き流せなかったらしく、全員が食べるのをやめて驚きの表情でこっちを見ていた。

「リナさん！　今、夫と息子って言った？」

「ああ、そうだよ。アーケルは一番下の息子だ。二人とも腕の立つ上位冒険者だよ」

「へ、へえ……リナさん、夫と息子がいるんだ。しかも、一番下って事は……」

「ああ、息子が三人と娘が二人いるよ」

はい、更なる爆弾発言いただきました～！

「全員成人年齢だよ。小さい頃は何だかんだあったけど、結局息子達は三人とも冒険者になったん

だ。皆、それぞれ頑張っているみたいで嬉しいよ。初めの頃は心配で口出ししては鬱陶しがられたけどね」

はい、見かけは十代の小柄な美少女リナさんですが、今の発言は確かに母親のそれです。しかも五人の子持ちの肝っ玉母さん！

俺はもう、驚きすぎて笑う事しか出来ない。

密かな恋の予感は、残念ながら綺麗さっぱり消し飛んでしまいました。くすん。

「久し振りに、ハンプールで一緒に祭り見物でもしようって二人が誘ってくれたんだよ。だけど引き受けていた護衛の依頼が長引いてしまい、二人は早駆け祭りに間に合わなかったんだ。おかげで私は一人寂しく祭り見物をする羽目になったんだ。まあ楽しかったんだけど、誰かさんが参加しているのを知って、その……ね」

誤魔化すように笑ってそう言われて、俺はもう一度吹き出すのを堪えきれなかった。

「春頃にレスタムの街にいた時に、私がスライムを連れているのを見たユースティル商会に、従魔を売ってくれと頼まれてね。断ったら散々悪態を吐かれたんだ。その後、たまたま酒場でその男が客と商談しているのを見かけた。客はリンクスを欲しがっていて、今街で話題の魔獣使いと話がまとまっているから大丈夫だって、その男が自慢げに言っていたんだ」

「それってあの時の男だよな。うわあ、あれだけはっきり断ったのに、有り得ねえ」

「もう聞いているだけで腹が立って、嫌になってその場を離れて翌日にはレスタムの街を出たんだ」

「俺達は、そいつとちょいとやり合ってね。気持ちよく仕返ししてやって、結果ユースティル商会は解体されたよ」

今度は彼女が驚く。

「だからそもそも、そいつが言っていた、俺が従魔を売るって話自体が作り話だった訳。分かった？」

「分かりました。本当に申し訳ありませんでした！」

苦笑いしながら謝るから、俺も笑って顔の前で手を振る。

「誤解が解けて良かったよ。ほらまた新しいのが来たよ」

差し出された黒ビールを見て笑顔になり、受け取るなり嬉々として飲み始めた。

ううん。見かけは美少女なのに大食漢で酒豪、上位冒険者の旦那と男女五人の子持ちな肝っ玉母さんだったなんて、完全に詐欺だよなあ……。

白ビールをグビグビ飲んでいるシャムエル様の尻尾をこっそりもふりつつ、俺は色んなものが込められた諦めのため息を吐いて遠い目になるのだった。

今回の一件、無事に落着したんだけど、なんだか色々と解せぬ！

「ところで、無事にバッカスの店も開いた事だし、そろそろ次へ向かうか？」
ハスフェルがワインを飲みながらそんな事を聞いてくる。
「行こうぜ！　って言いたいところだけど、栗の配達を頼んでいるからまだ駄目だよ」

俺も白ビールを飲みながらそこまで答えて思い出した。

「あ、そうだ。ここに家を買うって話、マーサさんに相談だけでもしておくべきかな?」

そう言った直後、マーサさんとエルさんとアルバンさんが俺のすぐ後ろに揃っていた。瞬間移動レベルの速さだぞ、おい。さすがは商売人、儲け話は聞き逃さないってか?

満面の笑みの三人に取り囲まれる俺を見て、ハスフェルが遠慮なく吹き出す。

「では今すぐ出発ってわけにはいかんな。それならまずは、ギルドへ青銀貨の発行をお願いしてからマーサさんに話だけでもしておけ」

「じゃあ、青銀貨の発行とマーサさんに物件探しをお願いして、あと少し買い物をして、栗が到着すればバイゼンへ出発かな?」

シャムエル様が、冬用のマントを買うならバイゼンよりここで買うのがいいって言っていたのを思い出してそう付け加える。後でアルバンさんに聞いてみよう。

「それでいいんじゃないか? まあ、予定は未定ってな。今のところ予定通りに進んだためしがないけど」

ギイのまぜっ返しに俺とハスフェルが堪えきれずに吹き出してまた大笑いになったよ。

「ええと、この街も結構気に入っているんで、また早駆け祭りで戻って来た時に住める家があれば良いなと考えたんです」

俺の言葉に、マーサさんだけでなく、エルさんとアルバンさんまでが揃って拍手している。

「もちろん、冒険者ギルドが最高クラスの青銀貨を発行するよ。ギルドへ来てくれれば、いつでも契約にも立ち会うからね」

満面の笑みのエルさんにそう言われて、俺はもう笑うしかない。

まあ、確かに口座の残高を考えれば、どんな家でも即金で買えるよなあ。そして、シルヴァ達が寄越してくれたあの金貨の山もあるし。

「ケンさんはどんな家をご希望なんだい？　責任をもって提案させてもらうよ」

身を乗り出すマーサさんの言葉にちょっと考える。

「ええと、俺の希望としては、予算は潤沢にありますので、郊外でも構わないから出来るだけ庭が広い大きな家が良いです。建物は古くても構いませんから、部屋数は多めに欲しいです」

頷いたマーサさんが腕を組んで真剣に考え始める。そして何故か、その隣でエルさんとアルバンさんまでが同じように腕を組んで考え始めた。

「マーサ。例の物件が今の条件全てに当てはまるぞ」

「確かに、今の条件全てに当てはまりますね」

アルバンさんの言葉に、マーサさんも苦笑いしながら頷いている。

ん？　何か問題のある物件なのか？

マーサさんは深呼吸をしてから俺を見上げた。

「ケンさんが今言った条件全てに当てはまる物件が一つあるんですが、少々問題が……」

まさかの事故物件か？　幾らなんでも、元血みどろのスプラッタは嫌だぞ。

「大丈夫ですよ。事故物件じゃあないからね」

ドン引きしている俺の顔を見て、察したマーサさんが苦笑いしながらそう教えてくれる。

「郊外の、川沿いにある小山の頂上に建つ、元は貴族の別荘地だった古い屋敷だよ。だから見晴らしは抜群。その屋敷の建つ小山一つ分が全て庭として管理されているから、敷地はかなり広いよ。しかも高低差がかなりあるから、ケンさんの従魔達ならきっと大喜びだろうね」

「おお、なんだか良さそう。で、何が問題なんです？」

ちょっと乗り気になった俺だったが、次の言葉にまたしてもドン引きする事になった。

「いやあ、実際にはそんなの出ないんだけど、こう呼ばれているんだよ。幽霊屋敷ってね」

そして、何故かそこで悲鳴を上げたのは、俺じゃなくて隣で黒ビールを飲んでいた草原エルフのリナさんだった。

「いけません！　ハンプールの幽霊屋敷と言えば、怖い噂を山程聞いています！」

顔を上げてそう叫んだリナさんは、もげそうなくらいの勢いでブンブンと必死になって首を振っている。

ヘタレのビビリだけど、俺が怖いのは生身の人間とか肉食恐竜とかであって、実はお化け屋敷とか怪談話は大好きだったりする。でも残念ながらそっち方面には一切才能無かったらしく、未だかつて幽霊を見た事も感じた事も無い。なので、逆に今の話を聞いて、異世界なら幽霊もいるのかと思って、ちょっとテンション上がったんだけどなあ……。

リナさんのあまりの怯えっぷりに、マーサさんは苦笑いして首を振っている。

『なあ、一応確認するけど、幽霊って……』

『存在としてはいないわけじゃないけど、少なくとも私の分かる範囲にはいないね。多分、ネズミとか小動物が隠れているとか、ってオチだと思うよ』

明らかに戸惑う様子のシャムエル様に、俺は笑って頷く。

ガチの幽霊だったらさすがに怖いけど、どうやら違うみたいだ。こうなるとますます興味が湧いてきたぞ。

「ええと、リナさんが聞いた噂を教えてくれますか」

追加で貰った黒ビールを差し出しつつ笑って尋ねる。

「まず、建物の持ち主だった貴族の亡霊が、他人が建物内に入るのを嫌がって屋敷へ続く階段を落としたって話ですね。それでも無理に上がろうとすると土砂崩れが起こったとか、石垣が崩れて下敷きになって死んだ人が何人もいるって話も聞いた事があります」

「ああ、それは去年の夏の嵐で石垣と階段の一部が倒壊した時の事だね。あの後、冒険者達が面白がって酒場でそんな話をしていたら、どんどん尾ひれが付きまくって最初とは全く違う話になっているらしいよ。ちなみに、崩れた階段も石垣も補修工事はもう全部終わっていますよ。私も何度も屋敷まで上がっているけど、土砂崩れに巻き込まれた事はないし、石垣が崩れて死人が出たって話も聞いた事がないねえ」

「あの屋敷の工事なら、全部ドワーフギルドが請け負っているが、今まで死人が出た事なんて一度もないぞ」

アルバンさんが笑いながら断言してくれる。だよねえ、いくらなんでも死人が出るようないい加減な工事をドワーフ達がするわけないいって。

「夜中に勝手に窓が開いて、一晩中不気味な音を立てるって……」

「ああ、それは東側の窓が強い風に吹かれて壊れて開いた時の話だね。念の為、他の窓もその修理の時に確認したからもう大丈夫だよ。それ以降、窓が勝手に開いたって話は聞かないね」

「深夜、真っ暗な屋敷の中に急に明かりが灯ったり、光が移動したりするのが遠くから見えたって」

「ああ、それは街の子供達が夏の早駆け祭りの夜に、勝手に集まって肝試しをしていた時の話だね。あの時は大変だったんだよ。子供が何人もいないって騒ぎになった時、屋敷に不自然な光を見たって人が何人も出て、野盗が住み着いたりしたら問題だから、念の為に冒険者に依頼して確認に行ってもらったんだ。子供達は冒険者にこっ酷く叱られたらしくて、あれ以来二度とやらなくなったよ。まあ空き家を見たら潜り込みたくなる気持ちは分かるけど、何かあったら大変だからね」

最後はもう、笑いながらのマーサさんの言葉に、リナさんがまた机に突っ伏す。

「私、またやりました？」

「そうだよ」

突っ伏したまま顔を覆って叫んだリナさんに、俺達の返事が返る。

「もうやだ〜！」

リナさんの叫び声に、その場は大爆笑になったのだった。


その後改めてマーサさんと相談した結果、明日、物件の見学をする事になった。

「あの、ちょっと相談なんですが、冬用の上着やマントを売っているお勧めの店ってありますか。バイゼンで冬を越す予定なんですすけど、冬装備を持ってないんですよね」

デザートのリンゴを食べていたアルバンさんの腕を叩いて相談する。

「明日の午前中なら空いているから、良い店を案内するぞ」

「それなら見学は午後からにするかい。何か食べてから行けばいいだろうからさ」

アルバンさんの言葉に、マーサさんも笑顔でそう提案してくれる。

「ああ、いいですね。もう少し朝市も見たかったので、じゃあ朝市での買い物が終わったら商人ギルドへ行きますよ」

「了解だ。ではその予定にしておこう」

「では、青銀貨を用意しておくから、本契約の際は冒険者ギルドへ来ておくれ」

エルさんの言葉に頷き、改めてお願いしておく。

「じゃあ、今夜はここで解散かな？」

俺の言葉に、すっかり食べ終えていた一同は口々にご馳走様を言って立ち上がった。

予定通りに俺とハスフェルが半分ずつレストランチケットを使って会計を済ませ、別の宿に戻るリナさんやギルドマスター達と別れ、笑顔のスタッフさん達に見送られてホテルを後にした。


「ただいま〜」

戻った宿泊所で待ち構えていた従魔達に順番に抱きつき、もふもふを堪能する。

「ああ、癒されるよ。やっぱりお前らがいないと駄目だな」

もふもふに埋もれて幸せを満喫していた俺は、明日の見学会を密かに楽しみにしていたのだった。

第99話　大豪邸と謎の存在？

　翌朝、いつもの如く従魔達総出のモーニングコールで起こされた俺は、何とか起きて水場で顔を洗った。

「はあ、やっぱりニニやマックスとくっついて寝るのが良いな」

　サクラにいつものように綺麗にしてもらい、跳ね飛んでくるスライム達を水槽に放り込んでやりながら、のんびりそんな事を考えていた。

「ご主人、お水ください！」

　水槽の縁に留まって羽を広げて水浴びをせがむお空部隊の面々に、手で水をすくってかけていてふと気付く。

「なあ、この水槽の水を吸って触手の先から噴き出したり出来るか？　出来ればもうちょっと細かい水をたくさん出す感じで」

　そう言って、俺は両掌を合わせてその中に水を入れて指の間から吹き出して見せた。子供の頃、水遊びでやった手でする水鉄砲だ。

　水槽の中に潜ったサクラは、すぐに出てきた。

「そんなの簡単だよ！」

そう言って、触手の先から鳥達に向かって勢いよく粒状になった水を吹き出した。これはまさしくシャワーだ。当然、鳥達は大はしゃぎだ。

しかも、次々にスライム達が水槽から出てきて水を吹き出し始めた。

「ええと、水漏れは……ここ一階か。じゃあ大丈夫だな」

地下室があるって話は聞かないので、大丈夫だろう。多分。

お空部隊だけでなく、マックスや狼達まで集まってきて、水周りは大騒ぎだ。

「後片付けはちゃんとするんだぞ」

「了解です！」

アルファとアクアが揃って敬礼した後、また豪快に水をぶっ放し始めた。

サクラに、びしょ濡れになった服と体を改めて綺麗にしてもらい、一緒に部屋に戻る。

「なんだか、とんでもない事を教えた気がするなあ」

身支度を整えながら水場で大はしゃぎしている従魔達を眺めて和んでいると、ハスフェル達から念話が届いた。

それで相談の結果、午前中は彼らも一緒に買い出しをして、そのまま午後からの見学会に行く事になった。

従魔達を引き連れて、全員揃っていつもの広場の屋台で朝食を食べる。

屋台に出ていたタマゴサンドをありったけ買い込んでから、揃って朝市の通りへ向かった。

アクアゴールドには小さくなって鞄に入ってもらっているので、従魔達をハスフェル達に預けた俺は、朝市で果物や旬の野菜を中心にありったけ買い込んだ。

KEN
KEN
KEN

商人ギルドでアルバンさんと合流して、彼の案内で初めて見る大きな店の中へ入る。マックス達は、店横の厩舎で待機だ。

様々な服が彩りよく並ぶ様子は某ファストファッションのショップそのものなんだけど、並んでいる品物はもうちょっと高級感もあって、凄くいい感じだ。

初めての買い物にテンションが上がった俺は、ワイバーンの革に赤狐の毛皮の縁取り付きマントをまず選んだ。マントの内側は羊のもこもこな毛皮が内張りしてあるので防寒対策もばっちりだ。

それから同じくワイバーンの革製のシンプルなマントも選んだ。こっちはレインコートにもなるんだって。

色はスタッフさん達に選んでもらい、縁取り付きは薄紫、普段使い用のシンプルマントは薄緑を選んだ。自分だったら絶対に買わない色だったけど、羽織ってみたら意外に似合っていて更にテンションが上がったよ。

しかしここで問題発生。

俺の胸当ての左肩には、ファルコの為の止まり木が取り付けてある。マントを羽織ると止まり木が隠れてしまうし、不自然な段差が付いてしまう。

もうこの時点で俺はマントの購入を諦めていたんだけど、なんと補整してくれると言う。

しかし、それぞれ自分のやり方でやりたいスタッフさん達の間で、ああだこうだと大騒ぎになった。さすがは職人、無理難題を言われると無駄に燃え上がるのは、皆同じみたいだ。

途中からは見かねたアルバンさんまで乱入して、大激論が繰り広げられたのだった。

無事に話が付いた時には、割と本気で安堵した俺だったよ。

ちなみに出来上がりは三日後らしい。

しかも、俺がマントを選んでいるのを見てハスフェル達も欲しくなったらしく、それぞれなかなかに立派で格好良いマントを選んでいたよ。

他に靴下や下着の予備もいくつか選び、会計をしようとして手が止まる。

目についたのはハンカチやスカーフ、バンダナなどが並んだ布コーナーだ。

「これ、祭壇に敷いたら良さそうかも……」

思わずそう呟いてじっくりと見てみる。

シルヴァ達の為の祭壇に、こういうおしゃれな柄入りを敷いたら彼女達も喜びそうだ。

選んでもらおうとハスフェル達に声をかけたんだけど、何故か嬉しそうに笑っているだけで選んでくれない。

それどころか、シャムエル様までがキラキラの目で俺を見つめている。

か、神様達の無言の期待が重い！

「ええと、どれにしようかなあ……」

誤魔化すようにそう呟いて見てみる。

「あ、これが良さそうだ」

選んだのは、綺麗な緑色の背景に円がいくつも描かれていて、縁に沿って金色のつる草模様が描かれたバンダナっぽい布だ。

しかも空いた四隅には犬、猫、猛禽類の鳥、リスがそれぞれ描かれている。

円形をスライムだと思えば、旅を始めた頃の俺達そのままだ。

「ああ、良いね。うん、これにしようよ！」

シャムエル様も気に入ってくれたみたいなので、これに決定。

一緒に会計をしてもらい、お直しの引換券も貰った。

「じゃあ買い物も無事に全部済んだ事だし、クーヘンの店へ行こう。さて、家の見学はどうなるんだか」

「実は本物の幽霊が出たりしてな」

俺の言葉に笑ったギイが、何故だか嬉しそうにそんな事を言う。

「変なフラグを立てるな！　郊外の優雅な別荘の夢を壊すんじゃあねえよ」

俺の抗議に、全員揃って堪える間も無く大きく吹き出したのだった。

フラグ？　そんなもん俺がへし折ってやるぜ……って、希望的観測を述べてみる。

だけど、またこの後とんでもない展開になったんだよ。あはは……。

「おお、相変わらず繁盛しているな」

到着したクーヘンの店は相変わらずの大盛況で、店の前にはいつものように何人もの人が途切れる事なく並んでいた。

「お邪魔だったかな?」

列の横から中を覗こうとしたら、行列していた人達が俺に気付き笑顔で手を振ってくれたので愛想笑いで手を振り返すと、彼らは前の人の肩を叩き俺を見ながら何か耳打ちする。そしてまたしても伝言ゲームよろしくどんどんと前の人に伝わって行き、しばらくするとクーヘンとマーサさんが店から駆け出してきた。自動呼び出し機能付き。何これ、面白い。


出掛ける前に、店の横の円形広場を見てみる事にした。

最初の頃は閑散としていた広場には、屋台が何軒も出てずいぶんと賑やかになっている。

クーヘンお勧めの美味しいジュースの屋台が出ていて、俺は店主さんにお願いして、お任せでお勧めジュースを大量にまとめ買いさせてもらった。

よしよし、思わぬところでドリンクの在庫が大量に確保出来たぞ。

お礼を言ってお金を払い、他の屋台も順番に見てみる。

そしてさっきから、シャムエル様はとある一軒の屋台に釘付けだ。

それは四角く焼いた薄いクレープっぽいのに、たっぷりのクリームと刻んだ果物やチョコの粒、砕いたクッキーと刻んだケーキの生地を全部のせて広げて端から海苔巻きみたいにくるくると筒状に巻いた、見ただけで胸焼けしそうなロールケーキだった。

「あれにするのか。はいはい、分かったから落ち着け」

お願いして作ってもらっている間中、シャムエル様は大興奮状態で肩の上で飛び跳ねて俺の頰を巨大化した尻尾で叩いていた。いいぞもっとやれ。

出来上がった全部巻きのお皿を受け取り、店の横にあった机に置いてシャムエル様をその前に降ろしてやる。

「美味しそう！　では、いっただっきま～す！」

ご機嫌でそう叫ぶと、自分の体よりも大きな筒を両手で摑んで端から丸齧りし始めた。

「相変わらず豪快だなあ。じゃあ俺は、あっちのパン屋を見てくるよ」

すでに自分の分を確保していたハスフェルにマックス達を任せて、俺は気になっていたパン屋に向かった。

ここでは具を巻き込んで焼くお惣菜系のパンや、デニッシュ系やパイ生地の菓子パンみたいなのがあったので、もちろんお願いして大量購入。

おにぎりの屋台でもまとめて大量購入してからシャムエル様のところへ戻って、俺もようやく遅い昼飯にありつけた。

「お疲れさん。仕入れも大変だな」

笑ったハスフェルが、コーヒーを買ってきてくれたのでお礼を言って受け取り、まだ全部巻きと格闘しているシャムエル様を眺めつつ、俺も惣菜パンとコーヒーをいただいた。

「ふおお、これは最高だよ。ねえ、お願いだからこれも買い置きしておいてください！」

惣菜パンを食べ終えて残りのコーヒーをのんびり飲んでいると、ようやく全部のせ巻きを完食したシャムエル様が、クリームでベトベトになった顔を綺麗にしながら大興奮状態でそんな事を言い始めた。

「そんなに気に入ったのかよ。じゃあ買ってくるよ」

しかし、残念ながら全部のせ巻きはあと三つしか作れないらしい。

とりあえずその三つは今貰い、明日の昼に取りに来るので、それまでにありったけ作ってもらうようにお願いした。一応十本は確実に作れるらしいので、その分は前金で払っておいた。

店へ戻るクーヘンを見送り、俺達はようやく当初の目的の家の見学に向かったのだった。

馬のノワールに乗ったマーサさんの案内で、俺達もそれぞれの従魔に乗って目的地へ向かう。

貴族の別荘地が並ぶその高級住宅地の辺りは、祭り期間中は通行証の無い一般市民の立ち入りも制限されているんだって。貴族ってすげえ。

人通りが無くなった別荘地の広い道をさらに奥へ進む。

時折大きな屋敷の窓から、子供が俺達の名前を呼びながら手を振ってくれたりするので、笑顔で手を振り返してやったりもした。

この辺りのミーハーさ加減は、貴族も庶民も関係ないみたいだね。

「ようやくの到着だね。ここが目的の屋敷の入り口の門だよ。今は施錠してあるから開けるね」

マーサさんの言葉に、俺はマックスの背の上でぽかんと口を開ける事しか出来なかった。

少し前から前方に小高い丘が見えていて、もしやとは思っていたんだけどまさかこれほどとは。

その丘の上に見える建物は、はっきり言って大邸宅だよ。白亜の宮殿だよ。

敷地も小山というよりゴウル川を臨める丘陵地帯の端っこ全部って感じだ。あちこちに大きな石が剝き出しになった段差もあって、運動神経抜群の従魔達には、最高の遊び場だろう。

しかもマーサさん曰く、ここから川まで全部が敷地内らしい。

「おいおい。予想以上だなあ、これは」

笑ったギイの言葉に、ハスフェルとオンハルトの爺さんも笑いながら頷いている。

「じゃあ、まずは屋敷へ行こうか」

俺は半ば呆然としながら、マックスを進ませて敷地の中に入って行った。

「ご主人、じゃあ私達は敷地内の庭を調べてきますね」

それぞれの主人を乗せた従魔達とスライム達以外の全員の従魔達が、張り切ってそう言うとあっという間に走って行ってしまった。

『大丈夫ですよ。敷地内に結界を張っておきますのでご心配無く』

楽しそうなベリーの声が届き、俺はもう笑うしかなかった。

「おお、近くで見ると更にデカいなあ」

屋敷に到着したんだけど、正直言ってもうその言葉しか出て来ないよ。

ここを俺が買う?　マジっすか?　まるで他人事のように考えながら、とにかくマックスから降りる。

「じゃあ中を案内するからね」

正面玄関の巨大な扉の前に立ち、大きな鍵を取り出すマーサさんを見ていて気がついた。

マックス達が全員揃って建物の上の階を見ている。

「どうかしたか?」

マックスの首を叩いてそう聞いてやると、マックスだけでなく、残った従魔達が全員揃って困ったように俺を振り返った。

「ご主人。非常に言いにくいんですが、家の中に、明らかに人ではない何かがいますよ」

「はあ、家に人ではない何かがいるって、なんだよそれ!」

マックスの言葉に驚いて叫んだ俺を、ハスフェル達とマーサさんが揃って振り返る。

「おい待て。今なんて言った?」

真顔のハスフェルに、俺はマックスの首を叩きながら目の前の屋敷を指差した。

「従魔達によると、建物の中に、明らかに人ではない何かがいるらしい。ちなみに何がいるかは……」

そう言ってマックスを見たが、マックスだけじゃなく従魔達が揃って首を振る。

要するに、何かがいるのは分かるけど、ここからでは判断がつかないらしい。

狩りの得意なこいつらに気配しか摑ませないって、一体、建物の中に何がいるんだ?

一気に緊張の高まった俺達は、無言で巨大な建物を見上げた。マジでどうするんだよ。

「ケンさん、一体何がいるんでしょうか? 先月、空気の入れ替えの為にここへ来た時には、もういたんでしょうか?」

マーサさんの質問に、俺の方が困ってしまう。

揃って顔を見合わせていたら、口を開いたのは真顔のハスフェルだった。

「マーサさん、鍵を貸してください。万一の時には俺達が相手をします。貴女は最後に入ってください」

しかし、マーサさんはハスフェルの提案に首を振った。

「お気遣い感謝します。ですが、ここはまだ私の店が管理する物件です。お客様を先に危険に晒して、私が隠れる事なんてそんな卑怯な真似は出来ませんよ。これでも冒険者の端くれです。どんな相手であれ、そうそう後れを取りはしませんよ」

だから、それは普通の人相手の場合でしょうが！

って言葉は、その場にいたマーサさん以外の全員の心の叫びだった。


しかし、俺達の心配をよそにマーサさんは鍵を開けてしまった。ゆっくりと大きな扉が開く。

「ううん、さすがに暗い。これでは何がいても見えませんね」

苦笑いして持っていた収納袋からランタンを取り出すマーサさんを見て、俺達も大急ぎでランタンを取り出した。

火の術を使えるオンハルトの爺さんが、一瞬で全員のランタンに火を入れてくれた。

扉を入ったところにある、いわゆる玄関ホール部分が明かりに照らされてその姿を現す。

「うわあ、マジで大邸宅だ」

思わずそう呟くのも無理はない。吹き抜けになっている高い天井、ここから見える二階部分は、廊下の端が手すりの付いたバルコニーみたいになっていて、誰か入ってきたら上からすぐに確認出来るようになっている。

無駄に広い玄関ホールの正面右手側には、その二階の広い廊下へ上がるための緩やかにカーブを描く幅の広い階段があり、正面に顔を向ければ、奥へと続く広い廊下が見える。

要するに、一階も二階も真ん中部分に奥まで続く広い廊下があって、その左右に部屋がある仕様みたいだ。

「廊下の明かりをつけますので、待ってください」

マーサさんがそう言って、入ってすぐの廊下の壁にある操作盤のようなものに駆け寄った。

「貴族の大きな屋敷なんかでたまに見る、部屋や廊下の明かりをつけたり消したりする為の操作盤だよ。だいたい玄関と居間や寝室の近くにあるな。どこでも家中の明かりを操作出来るから便利だぞ。ただし、ジェムはかなり良い物を大量に使うがな」

ハスフェルの説明が合図だったかのように、廊下の壁に取り付けられていたランプに一斉に明かりが灯る。

廊下が明るくなったおかげで、広い視野が確保されたよ。これなら、何かが隠れていてもそうそうハスフェル達が後れをとる事はないだろう。俺は……頑張るよ。


「それで、問題の奴が何処にいるか分かるか？」

扉を入ったところで立ち止まっていたマックスの側へ行って聞いてみたが、やっぱり困ったような顔をして二階を見上げている。

「上の階にいるのは確かなんですが、どうにも気配が希薄でよく分からないんです。恐らく、姿隠しの術を使っているのかと」

「それって、いつもベリー達が使っている術だよな？」

揃って頷く従魔達を見て考える。これはどうやら、単なる動物が迷い込んだとかそんな簡単な事ではないみたいだ。

だけど、シャムエル様は幽霊じゃないって言っていたし、となると……本当に何だ？

「ああそうだ。ねえマーサさん、今更ですけど、従魔達ってこのまま中に入れても良かったですか？」

肉球クッションで足跡を残さない猫族軍団ならいざ知らず、マックスもシリウスも大きな爪があるから床に傷をつけてしまいそうだ。それに、蹄のあるエラフィは絶対駄目な気がする。

「ああ、従魔達は裏庭の厩舎で待ってもらうつもりだったんだけど……」

そう言いつつ、不安気に明かりのついた廊下を見る。

その気持ちは分かる。万一何か危険な奴がいた時の事を考えると、マックスとシリウスがいてくれると安心だものな。だけど万一悪人がいた場合、マックス達がいる方が危険な気がする。

買うかもしれない家で、いきなりのスプラッタは嫌だよなあ。

『なあ、どうするべきだ？　俺達だけで大丈夫か？』

念話でハスフェル達に呼びかける。一応トークルーム全開状態だ。

『だが、さすがに従魔達を中に入れるのは不味かろう』

顔を見合わせて頷き合い、オンハルトの爺さんがマックス達を外へ連れて行ってくれた。

俺とハスフェルとギイは、マーサさんと一緒に廊下へ足を踏み入れた。

・・

しかし、警戒しつつ一階の部屋を一通り見て窓を開けて回ったのだが、何処にも何もいない。

ちなみに部屋は何処も広くて立派だし、超豪華な高級家具付き。

生まれも育ちも一般庶民の俺は、もう見ただけでビビりそうなレベルの家具が並んでいて、逆に不安になった。家を買って、ここで寛げるかなあ俺……。

戻って来て合流したオンハルトの爺さんは、一応家の周りも確認して来てくれたらしいんだけど、やっぱりそっちも問題無し。

結局、問題の二階部分を確認しに行くしかなくなってしまった。

『一階部分を戸棚の中まで全部確認したけど、特に問題なし。二階に、確かに奇妙な気配を感じるんだけど、どうにもよく分からないんだ。姿隠しを使っているのなら、ベリーやフランマ並みにかなり優秀な相手だよ』

念話で返ってきたシャムエル様のその言葉に、俺だけじゃなくハスフェル達までが驚きに目を見開く。

『お前でも分からないのか？』

おお、ハスフェルの声が真剣になった。

『一応奇妙な気配は感じるから、何かいるのは間違いないよ。ここはベリーに鑑定してもらうのが番良いと思うね。呼んだからちょっと待ってね』
俺達は顔を見合わせてマーサさんを振り返った。
「一階は大丈夫みたいですね。じゃあ問題の二階へ行ってみましょう」
揃ってため息を吐き、並んで二階への階段を上がって行った。

二階に到着した瞬間、俺の視界の隅を何かが動くのが見えて咄嗟にそっちを見た。

ほぼ同時にハスフェル達三人が揃って身構える。

腰の剣に手を掛けてはいるが、まだ抜いてはいない。

「い、今……今何か動いたよな」

「ああ、確かに動いた。しかしかなり小さかったぞ」

戸惑うようなハスフェルの言葉に、明かりのついた廊下を見る。

「見つけた！」

その時、俺の肩に座っていたシャムエル様が、いきなりそう叫んで肩から飛び降りた。

「おい、何処行くんだよ、危ないって！」

しかしシャムエル様は、そのまま廊下を走って行ってしまった。

当然走って追いかける俺。更にその後ろを追いかける三人とマーサさん。

廊下の奥の突き当たりまで走った俺達は、少し手前で立ち止まって呆気にとられる事になった。

「ええ、ちょっと待ってくれよ。シャムエル様がもう一人いるぞ！」

叫んだ俺の視線の先にいたのは、こっちに背を向けて後脚で立つシャムエル様と、それと向かい合うようにしてこれまた後脚で立ち上がっている、シャムエル様とそっくりで同じ大きさのリスもどきの姿だった。

俺の背後では、それを見たハスフェル達が吹き出す音が聞こえたけど、何故かシャムエル様は振り返らない。

だけど、いつものもふもふ尻尾が大きく膨れ上がっているので、シャムエル様のテンションも上がっているのは間違いない。


しばらくそのまま睨み合いが続く。

廊下の端っこまで追い詰められたリスもどきには、もう逃げる場所が無い。

右に左にタイミングを計って動こうとしては、追い詰められて止まるのを繰り返している。

「キュィ～～～！」

謎のリスもどきが、威嚇っぽい奇妙な声で鳴いた直後に、短い前脚をバンザイするみたいに頭上に上げてちっこい口を開けた。しかも指先がパーになっている。ちょっと可愛いぞ。それ。

開いた小さな口からは、やや出っ張った短い前歯が剝き出しになっている。

うん、これは明らかに威嚇しているね。こいつ、神様相手に何やってんだか。

「ふおぉおお～～～！」

しかしそれを見たシャムエル様が、なんとも情けない声で威嚇するように鳴いて同じようにバンザイの体勢になった。

こっちに背を向けているので見えないけど、同じように口を開けていると見た。

あれはもう間違いなく、面白がってやっているよ。タマゴサンドを賭けてもいい。

「キュキュッキィ〜〜〜〜！」

「ふぉおうおおお〜〜〜〜〜！」

「キュキュッキキキキィ〜〜〜〜〜〜〜〜〜！」

「ふぁおうおおおぉおおおお〜〜〜〜〜〜〜〜〜〜〜！」

「キュキキッキキュキュキュキィイイイ〜〜〜〜〜〜〜〜〜〜〜〜〜！　ハアハアハア」

「ふあぉうぁおうおおおうおおおおうおおぉうおおおお〜〜〜〜〜〜〜〜〜〜〜〜〜〜〜〜！　ゼエハアゼエハア」

何故か鳴き合う声がどんどん長くなっていき、最後には息切れしている。大丈夫か、おい。

息を切らしつつ前脚をついた両者は、今度は尻尾で対決する事にしたらしい。

先攻はリスもどき。

膨れた尻尾を見せつけるかのようにドヤ顔で腰を捻って尻尾を前に振り回して持ってきて、そのまま足元に猫みたいにくるっと巻き込んで見せる。

負けじとシャムエル様も同じように振り回した後に足元に巻いて見せる。うん、尻尾のもふもふっぷりの勝負ならシャムエル様の勝利と見た。

何だか面白くなって黙って見ていると、また両手をパーにして高く上げてバンザイしたリスもどきは、尻尾をまた振り回した後に、上下に見せつけるみたいに高く振り上げて落とした。

バンバンと何度も尻尾を床に叩きつけて大きな音を立てる。ああ、あれはまたしてもドヤ顔だぞ。

するとと、それを見たシャムエル様も当然のように反撃する。

こちらも同じようにパーにした両手を高く上げた状態で、膨れた尻尾をこれ見よがしに振り回した後、両手よりも遥か上まで高々と尻尾をぴーんと伸ばして自分の頭上高くまで掲げて見せ、ダンダンと床に何度も尻尾を叩きつけるようにして音を立てる。

一体何の勝負だ。これは？

しばしその状態で睨み合っていたが、負けを認めたのはリスもどきの方だった。

しょぼ～ん。て感じに打ちひしがれたように床に両手をついて、尻尾もしおしおと細くなって恥ずかしそうに小さく丸くなる。

『ふん、私にもふもふ尻尾で勝とうなんて百年早いよ』

『参りました。私の完敗です。お見事でした。それにしても素晴らしい尻尾をお持ちですね』

得意気なシャムエル様の念話の声が聞こえて吹き出しかけた時、妙に可愛らしい初めて聞く声が聞こえた俺達は揃って飛び上がった。

当然だけど一人だけ全く状況が分かっていないマーサさんは、何事かと驚いているだけだ。

「ねえ、一体何がどうしたってんだい。あのリスさんは、ケンさんが樹海から連れて来た子だよね。奥にいるそっくりなもう一匹は一体何なんだい？」

いや、それは俺達も知りたいですって……。

俺が内心でそう突っ込んだ時、振り返ったシャムエル様は俺のところまで走ってきて、ズボンをよじ登ってきた。

どうやらマーサさんがシャムエル様をガン見していたので瞬間移動はやめたらしい。うん、賢明な判断だね。

「はいはい、いつものここだな」

笑った俺は、シャムエル様を捕まえて肩に乗せてやる。

『で、あれは一体何なんだ?』

念話でシャムエル様に尋ねる。当然だけどトークルームは全開なので、ハスフェル達も興味津々だ。

『あれはパルウム・スキウルス。小さなリスって意味の名前。私がこの姿を作る時に参考にした種族で幻獣なんだ。どうやらあの子もタロンと同じで、こっちの世界に落っこちて帰れなくなっちゃったみたいなんだ。ねえケン。お願いだからあの子も保護してやってくれる?』

可愛らしくお願いされてしまい、もう俺は先ほどから笑いが止まらない。

またしても新たなるもふもふが仲間になる。しかもシャムエル様と勝負するくらいの立派な尻尾持ち! うん。断る理由はどこにも無いね。

「お前、俺のところへ来るか?」

進み出て、リスもどき改めパルウム・スキウルスに少し小さな声で話しかけてやる。

『ああ、ありがとうございます!』

念話で、可愛らしい声でそう叫んだその子は、ポーンと飛び跳ねて真っ直ぐに俺の胸の中へ飛び込んで来た。

「うおお、これまたもふもふ!」

シャムエル様より少し短めだけど、この子の尻尾も最高にもふもふのふわふわだよ。笑った俺は、両手でリスもどきをそっと包み込んで新たなもふもふを満喫したのだった。

「ええと、どうやら樹海で鳥に捕まって、飛んだまま連れられてここまで来たみたいですね。この小ささですから、屋根裏なんかに逃げ込まれたら、そりゃあ見つかりませんって。あはは……」

マーサさんが、俺の手の中のリスもどき改めパルウム・スキウルスをめっちゃ不審そうな目で見つめているもんだから、何とか苦しい言い訳を頭の中で考えた。

だってマーサさんには、シャムエル様の事は樹海から勝手について来た、樹海独自の生き物でリスもどきって設定にしているんだよ。そうなると、シャムエル様と同じ見かけのリスもどきが、樹海からこんなにも離れた場所に一匹だけでいる理由が必要になる訳で……考えた結果が今の苦しい言い訳。

マーサさんは、苦笑いしながら俺の手の中を覗き込んで頷いてくれた。

『なあ、こいつの名前は？』

『ええと、彼女の名は……カリディアだってさ。古い言葉で胡桃(くるみ)って意味だよ』

『食事は何を食うんだ？』

仲間になったのなら、何が主食なのかは把握しておかないとな。

『うん、主食は果物とか木の実とかだね』

『了解。じゃあ食事はベリー達と一緒で大丈夫だな。名前はそのままで行こう』

小さく深呼吸した俺は、手の中で俺を大人しく見つめているリスもどき改めパルウム・スキウルスを見つめた。

『お前の名前は、カリディアだよ。よろしくな、カリディア』

指で小さな額を撫でてやると、嬉しそうに目を細めて俺の指先に頭をこすりつけてきた。

『嬉しいです、よろしくお願いしますね』

笑った俺は、カリディアを右肩にいるシャムエル様の横に乗せてやる。

「じゃあ、とりあえずカリディアはそこにいてくれよな。詳しい話は後で」

最後は小さな声でそう言い、今更だけど改めて辺りを見回す。

「いやあ、侵入者に気を取られていてじっくり見ていませんでしたけど、改めて見ると凄いですね。大豪邸じゃないですか」

ちょっとわざとらしいかと思ったが、話を切り替える。

「まあ、大金持ちの貴族の御隠居が贅の限りを尽くして建てた別荘だからね。だけどそのお陰で持ち主の死後は逆に値段が付かなくて荒れ放題になっていたんだよ。その後、色々あって私のところで引き取る事になったんだけど、まさか売れる日が来るとは思わなかったね」

それって購入希望者に言ってもいい話か？　って頭の中で突っ込み、ハスフェル達を振り返る。

「なあ、もう問題はないんだよな？」

「ああ、もう大丈夫だよ。それにしてもなかなか良い家じゃないか。王都の貴族の屋敷みたいだ」

ギイの言葉に俺はため息を吐く。生まれも育ちも庶民な俺が、こんな貴族しか住まないような豪華な大邸宅を買うってか？

「ええと、今更だけどここってお幾らなんですか？」

「一応確認するけど、即金でいただけるのかい？」

「ええ、そのつもりですけど」

「だったら、金貨十五万枚です」

簡単に言われた金額を頭の中で反芻する。

『なあ、相場が分からないんだけど……』

『破格の値段だな』

『俺はもう一桁上がると思っていたぞ』

ハスフェルとギイの笑いを含んだ念話が届く。

『確かに破格だな。まあ幽霊屋敷の異名があって、それなのに即金だから、それを考えての価格だろうさ。良いではないか、取引して損は無い金額だぞ』

オンハルトの爺さんにまで笑って言われてしまい、俺はもう笑いを堪えられなかった。

「本当にその値段で損していませんか？」

「していませんよ。ここはかなり長い間買い手がつかなかったんですが、少し前の競売で、最低金額で入札したら何とそのまま通ってしまったんですよね」

「ええ、良い屋敷だと思うのに、買い手が付かなかったんですか？」

すると、マーサさんは苦笑いしながら屋敷の外を指差した。

「別荘にするには立地条件が悪すぎるんですよ。庭は広いけれど、岩だらけで遊ぶには危険な箇所が多い。屋敷へ着くまで延々と急な坂道。しかも道幅は狭いので馬車が上がるだけでも一苦労。それなのに屋敷は無駄に広くて部屋数も多い。要するにチグハグなんですよ。人を招く別荘にするには足場が悪く不便極まりない。だけど家族程度で住むには無駄に広すぎる」

次から次へと述べられる理由の数々に、俺達はもう笑いが止まらない。

これはもう、俺達の為にその人が建ててくれたんじゃゃね？　って言いたくなるくらいに、俺達にぴったりの家だ。

「その値段で契約します。じゃあ一旦ギルドへ戻りますか？」

「良いのかい、ありがとうケンさん」

満面の笑みのマーサさんに手を握られて、俺はもう一度乾いた笑いをこぼしたのだった。

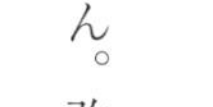

「ううん。改めて見ると、俺なんかが本当に買って良いのかって言いたくなるような大豪邸だよなあ」

戸締りをして庭へ出て、改めて屋敷を振り返った時の感想がこれだよ。

「良い家だよ。帰ってくる楽しみが出来たじゃないか」

だけど、笑ったハスフェルにそう言われて、俺も開き直ってこの状況を楽しむ事にした。

「じゃあ、このままギルドへ戻って契約ですね」

「本当に良いのかい。決して安くはない金額だ。一晩寝て、落ち着いて考えてもらっても全然構わないよ」

「ハスフェル達も良いって言ってくれました。それに、従魔達も気に入ったみたいだし」

笑って振り返ったそこには、厩舎にいたはずのマックス達を含め、従魔達がキラッキラに目を輝かせて勢揃いしていた。

ちなみに、従魔達の体には落ち葉や枯れ枝、それから砂埃が付きまくっていて、どれだけここの庭が楽しかったのかを何より雄弁に物語ってくれていたよ。

「そうかそうか、楽しかったんだな。ここを買う事にしたから、ここにいる間は好きなだけ遊んでいいぞ」

俺の言葉を聞いた従魔達は、文字通り一斉に飛び跳ねたり羽ばたいたりして大喜びしていた。

そのまま冒険者ギルドへ向かう。

シャムエル様と並んで俺の肩に座っているもふもふ尻尾の幻獣カリディアに、皆興味津々だ。

「後で紹介するよ。ここはマーサさんがいるからな」

小さな声でそう言い、後は素知らぬ顔で並んで進んで行った。

到着した冒険者ギルドでは、笑顔のエルさんが出迎えてくれた。
「そりゃあ素晴らしい。じゃあ部屋は用意してあるから、契約してしまおう。どうぞ」
マーサさんから話を聞いたエルさんは笑顔でそう言い、全員揃って移動した部屋は、以前クーヘンが家の契約をした時の部屋と同じだった。
何でもここは、今のように大金が動く契約の際に使う部屋で、特に不動産の売買は、術を介しての個人間の契約になるから、第三者の邪魔が入らないように浄化の術を掛けてあるらしい。

「ええ、何か怖い事言っているぞ。第三者の邪魔ってなんだよ！」

無言でビビっているとエルさんは笑って首を振った。

「だからこういった公式の場で交わす正式な契約は大丈夫だよ。相手も不動産の売買には定評のあるマーサさんだからね」

「つまり、詐欺とかに使われる可能性も……」

「否定はしないね。特に今みたいに大きな金額の動く契約を交わす場合は、どこかのギルドを介して正式な契約をする事をお勧めするね」

「了解です」

バイゼンへ行ったら、まずは冒険者ギルドと商人ギルドへ行こうと心に誓った俺だったよ。


その後、クーヘンの契約の時よりもさらに大きな青銀貨をエルさんから渡され、俺がマーサさんにそれを渡して家の金額が記された売買の契約書に双方がサインをする。

何でもこの青銀貨がそのまま現金と同じ扱いになるらしく、今サインした契約書と一緒にマーサさんが青銀貨をギルドのカウンターに渡して手続きすれば、俺の口座から彼女の指定した口座に家の代金が振り込まれる仕組みなんだって。

要するに青銀貨って、金額未記入の小切手と同じって事だよな。

立会人にはエルさんとハスフェルがなってくれて、それぞれのサインも記された。

「では、これが屋敷と門の鍵になります。本当にありがとうございました。肩の荷が一つ下りましたよ」

笑ったマーサさんと握手を交わして鍵を受け取る。

それから、留守の間の事をお願いしておく。

詳しい説明によると契約は年単位。雑草刈りなどの家の管理と、万一家に問題が出た場合は緊急の修理対応もしてくれる。ただしこれは後日実費請求されるんだって。まあ当然だな。

管理の開始は、俺がマーサさんに鍵を預けると始まり、戻ってきた時はマーサさんのところへ行って鍵を返してもらう。

だけど管理費用は申し訳なくなるくらいに安くて、オプションをつけてもらう事にした。

裏庭の草地になっている場所に、果樹を植えて管理してもらう事にした。

俺達は、春と夏と秋には戻って来るから、それに合わせて実がなるように色々と植えてもらう。

収穫時期がずれて間に合わない場合には、クーヘンのところへプレゼントするようお願いした。

果樹の手入れは、マーサさんの会社が契約しているドワーフギルドの植木職人を派遣してもらい、日々の水やりなどの管理はマーサさんの会社にお願いした。

マーサさんは、この追加の契約を喜んでくれた。

ハンプールに戻ってくる楽しみが出来たよ。

「本当にありがとう、ケンさん。屋敷の手続きはこれで完了です。だけどももしも何か不具合や問題点があれば、すぐに対応するから遠慮なく言っておくれ」

「分かりました。ではこれからもよろしくお願いしますね」

・・・・・・・・・・・・・・・・・・・・・・・・・・・・・・・・・・・・

満面の笑みのマーサさんを見送り、俺達は何だか色々なものが籠ったため息を吐いた。

「鍵は貰ったけど、どうする。今から行ったら屋敷に着く頃には真っ暗闇だぞ」

「だな、ギルドの宿泊所はまだ借りたままなんだから、一旦戻ろう」

当然、そのまま全員が俺の部屋に集合する。まあ腹が減っているんだな。分かるよ。俺も腹ペコだ。

だけどその前にカリディアを皆に紹介だ。

「幻獣パルウム・スキウルスのカリディアだよ。タロンと同じで幻獣界からこっちの世界に落っこちて帰れなくなっていたらしい。屋敷の中に隠れていたのを見つけて俺が保護した。これからは一緒に旅をする仲間だから、仲良くしてやってくれよな」

手の上にカリディアを乗せて従魔達の目の前へ順番に持って行ってやる。

皆、顔を寄せて仲良く挨拶をしていた。

改めて考えたら、猛獣とこんな小動物が仲良く一緒に暮らせるって、異世界ならではだよな。

カリディアをベリーに預け、果物と焼き栗を出してやる。

それからハスフェル達の好きな揚げ物と肉系を中心に、適当に作り置きを取り出して並べた。

お前ら、しっかり好きなだけ食って良いから野菜も食え。

俺は適当にたっぷりと取った料理を、新しい布を敷いた簡易祭壇に並べる。

「おお、良い感じになった。これで燭台があれば立派な祭壇って感じだな」

なんだか嬉しくなって、笑ってそう呟いていつものように手を合わせて目を閉じた。

「まずは報告です。ハンプールに大豪邸を買ったよ。庭も広いし景色も最高です。部屋もたくさんあるから、早駆け祭りの見学に来る時には是非泊まってくださいね」

まずは、本日一番の出来事を報告する。

「夕食は、おにぎり盛り合わせと鶏ハムサラダとおからサラダ、それから味噌汁だよ。冷えた白ビールも一緒に少しですがどうぞ」

いつもの収めの手が、これ以上ないくらいに何度も俺の頭を撫でてくれた。目を開いて顔を上げると、料理を一つずつ何度も撫でてから消えていった。

何故だろう。手しかないのにはしゃいでいるのが分かったぞ。

「あはは、皆すっごく喜んでるね。うん、あの家もこの新しい祭壇も気に入ったみたいだよ」

笑ったシャムエル様の言葉に安心する。

「そっか、気に入ってくれたなら良かったよ」

笑ってそう言い、自分の分のお皿を席へ運ぶ。

「あ、じ、み！　あ、じ、み！　あ〜〜〜〜〜〜〜〜〜〜〜〜〜っじみ！　ジャジャン！」

今日のステップはいつもよりもかなり激しく、尻尾もブンブンと振り回されている。

どれがいるのか聞こうとしたその時、シャムエル様のダンスを見たカリディアが隣へすっ飛んで来て同じようにステップを踏み始めた。

お皿は持っていないが、シャムエル様のダンスを完コピしていて、今度はダンス対決だ。

ドヤ顔で踊り終えたカリディアの顔を見て、笑って目にも留まらぬ速さの足捌きで更に激しいステップを踏むシャムエル様。

それを見て、負けじとばかりに全く同じステップを踏むカリディア。

呆気に取られる俺達を尻目に、ダンスに夢中のシャムエル様とカリディア。

しかし、ここでもシャムエル様が有利だったようで、息が切れて足捌きに余裕が無くなってきたカリディアと、ここぞとばかりに追い込んで更にヒートアップするシャムエル様。

最後に仰向けになって尻尾を体に巻きつけてお皿を立てて持ち、ブレイクダンスみたいにクルクルと連続大回転したのを見て負けを悟ったカリディアが踊るのを止めた。

「参りました。お見事。それにしても、貴方は一体、何者なんですか？　私はこれでも、里一番の、踊りの名手と、呼ばれていたんですよ」

息を切らせながらも悔しそうなカリディア。

「我が名はシャムエルディライティア。我と互角に踊れる其方は、充分に踊りの名手を名乗る資格があろう。見事であった」

久々の神様バージョンの声キタ〜〜！

思わず叫びたくなるのを我慢して見ていると、カリディアの尻尾が一気に三倍くらいに膨れ上がった。うわあ、その尻尾もふらせてくれ！

「シャムエルディライティア様でいらっしゃいますか！　ええ、そのようなお姿で一体何をなさっているのですか！」

「今は彼と共にこの世界を見て回っている。彼がここに来てくれた事で次元は安定し、地脈は整いこの世界は救われた。其方ならばこの意味が分かるな？」

目を瞬かせたカリディアはプルプルと震えて、いきなり俺の胸に飛び込んできた。

「まさか、私を助けてくださったお方が、この世界の救世主だったなんて！」

「あはは。まあ、気にしないでくれよ」

「ではあの、私に何か出来ますでしょうか！　何かして欲しい事など！」

何処かで聞いたようなその台詞を聞いた瞬間、俺は叫んでいた。

「その尻尾もふらせてください！」

「はい、喜んで〜〜〜！」

やっぱりどこかで聞いた覚えのある答えと共に、もふもふ尻尾が振り回されて俺の手を叩く。

「ふおお〜これは良い。これは良いぞ」

両手で包むみたいにして小さな体を捕まえてやり、もふもふ尻尾に思いっきり頬擦りする。

「ああ、幸せ。カリディアの尻尾も最高じゃん」

「ねえ、お腹空いたから早くそれをください！」

しかし、一瞬で肩の上へ移動したシャムエル様が、お皿を水平に持って俺の頬骨の辺りに力一杯押し付けてくる。

「痛い痛い。分かったからそれは勘弁してくれ」

慌ててカリディアを下ろしてやり、シャムエル様のお皿を受け取る。

それから、顔を見合わせた俺達は揃って吹き出し大爆笑になったのだった。

「ふう、ごちそうさまでした。いやあ、肉巻きおにぎり最高！　また作ってね」

肉巻きおにぎりを丸ごと一個完食して、シャムエル様はご満悦だ。

「なあ、シャムエル様。ちょっと聞いても良いか？」

「何？　改まって」

残りのビールを飲んだ俺は、シャムエル様を見た。

「パルウム・スキウルスって、初めて聞く名前でリスっぽく見えるけど、ダンスをする幻獣なのか？」

俺の質問に、ビールを飲んだシャムエル様が頷く。

「パルウム・スキウルスは、幻獣界の中でも特別な種族でね、幻獣界最古の漆黒の森を守る、守護の一族なんだ。その漆黒の森はとても木々が大きくて高いし、足元は蔓草や茨がびっしりと生えていて、大型の幻獣や魔獣や獣の類は入れない、文字通り、暗闇に包まれた迷路そのものの森なんだ。その中に住む彼らは、その強い魔力で更に森を包んで守っている」

「ああ、姿隠しの術を使っていたもんな」

「幻術系と、水の術が得意だね。もちろんカリディアも相当な使い手だよ。それで、その森の中心であるエントの長老の木に、自身の存在を示すために踊りを奉納するんだ。高い枝の先や、大きな葉の上なんかでね。倒木によって、森の中に空間が出来た時なんかには、さっきのように何人もが差し込む光の下で競い合うようにして踊るね」

「へえ、そうなんだ」

「だから、踊りの名手は仲間達からは尊敬されるし子供達の人気者になる。カリディアが急にいなくなって、きっと漆黒の森の仲間達やエントの長老は寂しがっているだろうね」

その言葉に振り返って、ベリーと話をするカリディアを見る。

「……帰りたいだろうな」

「まあ、そりゃあ故郷だからね。だけど、こっちの世界も面白そうだって言ってくれたよ。私は踊るライバルが出来て嬉しいよ」

「確かにさっきの対決は見応えがあったぞ。あんなに踊れるって、尊敬するよ」

「ケンったら、そんなに褒めても何も出ないよ」

他意はない。単に思った事を言っただけだが、何やらシャムエル様が盛大に照れている。ダンスを褒められるのがそんなに嬉しいのか？

「じゃあ、次からは毎回あんなダンスが見られるのか。楽しみだな」

「毎回は勘弁してよ。でも、ケンがまたスイーツを作ってくれるなら頑張れちゃうかも」

おう、まさかのスイーツおねだり来ました。

「分かったよ、じゃあ街にいる間に急いで何か考えるよ」

すると、シャムエル様だけでなくハスフェル達までが一斉に俺を見た。

「何だよお前。あんな立派な家を買ったのに、まさか一泊もせずに出発するつもりか？」

真顔のハスフェルにそう言われて無言になる。

「ええ〜私達、もっとあそこで遊びたいです！」

「そうですよ、ご主人。そんな勿体無い事言わないでください！」

「もっと遊びたいです～！」

遊びたいオーラ全開の従魔達の圧が凄い。

「分かった。じゃあ、しばらく滞在する事にしよう」

笑って呆気なく降参する俺。

大喜びする従魔達を眺めながら、もしかしてバイゼンへ行けない呪いがかかっているんじゃあないかと真剣に考え始めているのだった。

俺の目的地のバイゼンが、遠い……。

番外編　リナライトの呟きと反省

私の名前はリナライト。草原エルフで五児の母です。一応言っておきますが、年齢を聞いてはいけませんよ。

五人の子供達はもう全員が成人してすっかり手を離れているので、今の私はのんびりとソロで冒険者をやっています。

ちなみに夫は、今は息子達とチームを組んで冒険者としての心得や様々な知識などを教えているようです。

面倒見が良いのは夫の魅力の一つですからね。

さて、冒険者の仕事とは、どんな事をするのでしょうか？

もし誰かにそう聞かれたとしたら、ほぼ全員が真っ先に思い浮かべるのは、郊外でジェムモンスターを倒してジェムや素材を手に入れる。という事ではないでしょうか。

まあ、間違っていません。それが一番手っ取り早くお金になる方法ですからね。

ですが当然、ジェムモンスター狩りにはそれ相応の危険が伴います。

高く売れるジェムは、当たり前ですがそのほとんどが強いジェムモンスターが元ですし、生息地域も街からかなり離れている事が多いですからね。

特に冒険者の仕事は基本的に全て自己責任なので、もしも狩りの最中に怪我をして、一番の回復手段である万能薬を持っていなかったとしても、誰にも文句を言えません。

運よく助かったとしても、怪我が回復するまで狩りに行けなくなりますから、貯えが無ければその瞬間に詰みです。

当然、最悪の場合には命を落とす事だってありますから、ジェムモンスター狩りは、高い報酬があるとはいえよほどの凄腕冒険者でない限り、決して楽な仕事ではありません。

それに、この五十年ほどの間は何故かジェムモンスターの出現率が年々減り続け、この二十年ほどは特に出現そのものが激減していて危機的な状況でした。

狩りを主な生業とする冒険者達は、基本的に自分の行動範囲の中にあるジェムモンスターの出現箇所というのを幾つも知っています。ギルドでもある程度は把握していますが、上位冒険者になると、人の来ないような郊外に自分だけの狩場を持つ者も多くいました。

ですが先ほども言ったように、この二十年ほどはジェムモンスターの出現箇所そのものが激減していて、場所によっては、出現そのものが枯渇したまま復活しないで消滅してしまう事も多かったんです。

手練れの冒険者であっても、狩りに出たものの一度もジェムモンスターに出会う事すら出来ずに手ぶらで戻る。なんて事も最近では珍しくはないような有様でした。

そうなると、人々の生活に必要な最低限のジェムさえ足りなくなり、それどころか枯渇する地域すら出るほどで、ギルド連合が必死になって人々の生活に必要な最低限のジェムを確保して回っている間もジェムの枯渇は深刻化の一途を辿り、市場に出回るジェムの値段は一時期とんでもなく上がっていました。

狩りを生業としていた冒険者達は、皆必死になってジェムモンスターの出現箇所を探し回っていましたが、聞こえてくるのはどれも消滅、激減といった悪い話ばかりで、場合によっては冒険者同士、貴重な狩場の優先権をめぐって争いになる事さえもあるほどでした。

一時期は、ジェムモンスターの出現箇所に関する情報そのものに、とんでもない高値が付く事さえあったほどですからね。

そんな状況の中、狩りを諦めて街で定職を得て定住して、冒険者を辞める者も多くいました。

本人にとっては無念であり辛い事かもしれませんが、他に生きる道があるのならそれも選択の一つですよね。

でも、冒険者の中には一か所に縛られる事を嫌がったり、人の下で働く事を良しとしない、いや、出来ない人達も大勢いましたから、そんな彼らにとってジェムモンスターの出現の減少と消滅は、文字通り死活問題だったのです。

ですが、元々冒険者の仕事というのは多岐にわたっており、ジェムモンスター狩りは、あくまでもその中の仕事の一つにすぎないので、それ以外に稼ぐ手段が全く無いわけではありません。

他に一番多い仕事といえば、やはり護衛の仕事でしょう。これは人が生活している限り、決して無くならない仕事ですからね。

例えば、多くの様々な品物や、時には情報さえも荷馬車に積んで街から街へ移動して商売をする商人達は、冒険者達にとって重要な依頼主です。

商人達は特に安全を重要視しますので、よほどの事情持ちでない限り個人で街から街へ移動するような事はまずありません。

彼らは同じ目的地を持つ仲間を集め、キャラバンと呼ばれる商隊を組んで移動する事が多いのですが、その際に商隊の規模に応じて護衛として多くの冒険者を雇います。

護衛専門の冒険者は案外多くて、決まったルートのみの護衛を専門に請け負う冒険者もいれば、特に活動範囲を定めず、決まった商隊や商人と長期間の契約をして、その商隊について世界中を移動する冒険者もいます。

長期間の契約の場合は、ほぼ定職と変わりませんよね。

私の夫や同じく冒険者になっている息子達も、最近では効率の悪いジェムモンスター狩りを諦めて、護衛の仕事ばかり請け負っていますよ。

私はまあ、護衛対象が女性の場合には個人的な依頼で仕事を受ける事もありますが、基本的に商隊の護衛はやらない事にしています。

え？　何故かって？

だって、私はこんな見た目なので、どうしても人付き合いが濃厚になる護衛の仕事は、色々とトラブルに巻き込まれる事が多いんですよ。

もちろん、私は強力な術を使えますから何をされようとそうそう負ける事はありませんが、無駄な争いは嫌ですからね。

そんなわけでここ最近、まあ十年ほどですが私はほぼソロで冒険者をしていて、たまに護衛の仕事を短期で受けたりする以外は、薬師からの依頼で薬草採取をしたり、農家からの依頼で害獣の討伐依頼をこなしたりしていました。

薬草採取や害獣の討伐依頼は、どちらかと言うと熟練の冒険者は嫌がる事が多い地味な仕事なのですが、私は楽しんでやっていましたよ。

まあ、ジェムモンスター狩りに比べれば大した金額にはなりませんが、人の役に立てているのだという実感が得られて嬉しいので、私は好きなんですよね。


そんなある日、夫と末の息子の二人からギルドを通じて伝言を受け取りました。

それは、久し振りに一緒にハンプールの早駆け祭りを見に行かないかとのお誘いでした。

もちろん、私も喜んでハンプールで会おうとの返事をギルドに託したのですが、なんとその誘ってくれた肝心の夫と息子は、その時に引き受けていた護衛の仕事が急遽延長となってしまい、結局祭りに間に合わなかったんですよ。

おかげで私は、せっかくの早駆け祭りを一人寂しく見る羽目になったんですからね。

しかも、ちょっとだけ好奇心で買った賭け券は全敗！　割と本気で一位になった彼に殺意を覚えたほどでしたよ。

まあそれは冗談ですが、心中穏やかではなかったのは事実ですね。

何しろ、一位になった魔獣使いの名に聞き覚えがあったんですから。

彼の名は、魔獣使いのケン。

大きなハウンドとリンクスを連れた彼は、それ以外にも多くの従魔を従えていて、仲間達にまで彼の紋章の付いた従魔を渡して乗せている程でした。確かに、世界最強の魔獣使いと司会者が紹介したのも頷けます。

更に彼の弟子だという二人には、彼の紋章と同じ意匠が刻まれていました。

明らかに、一族だという事を前面に出している感じです。

そしてその仲間達までもが早駆け祭りに出て上位を独占するのを見た時、私の頭の中は、ある考えでいっぱいになっていました。

間違いなく、あの男は以前レスタムの街で商人が言っていたのと同一人物だ。

彼はあの時と同じく、自分の従魔を高く売るつもりなのだろうと。

それどころか、弟子達の連れている従魔でさえも売るつもりに見えました。

だってあの魔獣使いが刻んでいる紋章の意匠はかなり印象的でしたから、似たような紋章なら、間違いなく釣られて高値が付くでしょうからね。

更に魔獣使いの彼は、早駆け祭りで上位を独占しただけでなく、表彰式ではスライム達を使って有り得ないような事をして見せました。

長く生きている私ですら、あんな事をするスライムなんて初めて見ました。

最弱のスライムに出来る事なんて、せいぜいがジェム集めとゴミ処理程度だと思っていたので、あれは本当に衝撃でした。いったいどうやって、彼はあんな事をスライム達に教えたのでしょう。

街中の人達、あの後ずっと彼のした事を噂していました。そしてほぼ全員が口を揃えてこう言っていました。

自分もスライムトランポリンに乗ってみたいと。

確かにあれは、興行として成り立つほどの事だと思います。

最弱で簡単にテイム出来るスライムにそんな付加価値が付けば、間違いなく高値で売れるでしょう。

あの男はそれを狙っているに違いありません。


許せない。従魔を何だと思っている。

命ある従魔は金儲けの道具ではないのに！


ああ、つい熱くなってしまいましたね。失礼しました。

私はその……過去にちょっと大きなやらかしをいたしまして、従魔を商人に売るという行為に対し非常な嫌悪感を抱いています。許せないとすら思っています。

そんな彼の行為を見て、もう私の中ではあの男は最低最悪の人間になっていましたよ。

ですが、その後に問題の魔獣使いの彼と直接に会う機会があり、その際に色々あって……それは私の完全なる思い込みの産物で、彼自身は素晴らしい人格者であり、従魔達の事を溺愛し、また大切にしている非常に優れた魔獣使いである事が分かりました。

ううん、またやってしまいました。私は割と思い込みが激しくて、気が付くと暴走してしまう事が多々ありまして、夫や昔の仲間達からよくからかわれていました。

最近はかなりましになっていたのですが、今回は賭け券の負けによる個人的な恨みも手伝い、一人だった事もあって暴走する思考に制御が利かなかったみたいです。

思い込みによる暴走から、幾度も非常に失礼な態度を取った私を笑って許してくれた彼に、心から感謝しないといけませんね。

ちょっと今夜は、宿屋で一人反省会を開いてきます。

明日にはようやく遅れていた夫と息子が、護衛の仕事を終えてハンプールにやって来ます。

本当に、祭り見物に誘った本人達が揃って祭りが終わってからやって来るなんて、どういう事？って感じです。

二人に会ったら、気が済むまで文句を言ってやるつもりですよ。

この後しばらくは、彼らと久し振りに行動を共にする予定なのでちょっと楽しみです。

自由気ままな冒険者暮らし。

さて、次は何処へ行きましょうかね？

番外編　カリディアの挨拶とこれからの事

ええと、私の名前はカリディアです。

迷子になって困っていたところを今のご主人に保護された、パルウム・スキウルスの女の子です。従魔の皆様方、それから幻獣仲間であるベリーとフランマとタロン、そしてシャムエル様。改めまして、どうぞよろしくお願いします。

え？　パルウム・スキウルスって何だって？

ええ？　従魔の皆様方は、パルウム・スキウルスをご存じないのですか？　そ、それはちょっとショックです……。

ああ、失礼しました。ええと、では私自身の事を話す前に、パルウム・スキウルスについて少し説明させていただきますね。

パルウム・スキウルスっていうのは、古い言葉で小さなリスって意味の、文字通り小さなリスのような体をした幻獣の事です。

本来はこの物質界と呼ばれる世界ではなく幻獣界に住んでいて、その幻獣界にある唯一にして最古の森である漆黒の森を守る、守りに特化した一族なんです。

漆黒の森を守る為、幻術系の術と水の術を最上位まで上手く使いこなします。

ちなみに守りの一族である我らは、その漆黒の森にしか住んでいません。

その漆黒の森には全ての植物を司る特別な存在であり樹木の王であるエントの長老が御座(おわ)します。

とてもお優しいお方で、我らは皆エントの長老の事が大好きなんです。

ですがエントの長老はその圧倒的な大きさ故、小さな我らの姿が見えぬ事や、側にいても気付いていただけぬ事も多いのです。なので我らは、我ら自身の存在をエントの長老に示す為に、高い木の枝先や大きな葉の上に上がり、全身全霊を込めて様々な踊りを踊るのです。

我らの中にはとても歌の上手い子達が何人もいるので、歌と共に踊りを捧げる事もよくあります。

もちろん、手拍子のみや、無音であっても延々と踊る事だって出来ますよ。

先程シャムエル様と共に踊らせていただいたように、二人以上で競い合うようにして踊ったりする事も多くありましたね。

それはもうとても楽しくて、時を忘れて夢中になってしまい、気付くと夜明けから日が暮れるまで踊り続ける事などもよくありましたよ。

ですがあの日……そう、私がこの世界へ来るきっかけとなった、あの恐ろしい事件の事をお話ししますね。


この世界を襲い、世界崩壊の危機を招いた地脈の乱れと衰弱は、当然ですがこの世界に隣接する幻獣界をも襲い様々な問題を引き起こしていました。

その中でも特に大変だったのが、地脈の乱れと衰弱によるマナの弱体化と減少です。

我々のように特に多くのマナを必要とする幻獣達にとって、マナの弱体化と減少は存在そのものの危機と言っても過言ではありませんでした。

当然、エントの長老にもその影響は強く及び、日々弱り衰えていくお姿に、我らはどうする事も出来ずに、ただ周りでおろおろとするだけでした。

もちろん我ら自身にもその影響は大きく、力はどんどんと弱っていき、日々の森を守る結界の術を行使するのにも苦労するありさまでした。

そんなある日、最悪の事態が起こりました。

漆黒の森に、巨大化した昆虫の魔獣が集団で襲ってきたのです。奴らは森の木々を食い荒らし、木々の中にあるマナを喰うのです。

本来ならば結界に弾かれて決して漆黒の森には入れないはずなのに、飢えた奴らは結界のほころびを見つけるや否や集団で侵入を開始して、手当たり次第に森の木々を食い荒らし、硬い茨の茂みすら喰い破り乗り越えて、我らの住処にまで迫ってきたのです。

我らがいなくなれば、抵抗の手段を持たない漆黒の森は丸裸も同然ですからね。

当然、我らも必死になって応戦しました。

しかし、多くの魔法を使い反撃した結果、何とか撃退はしたものの森は更に荒れ、弱っているエントの長老の力を更に削ぐ結果となってしまったのです。

翌日、結界を修復している最中に数を増した魔獣達がまたしても群れを成して襲ってきて、我らもまた必死で応戦しました。

私は兄上達と共に、何があろうともエントの長老をお守りするために、長老の周辺に更なる強固な結界を張ろうとしました。

当然強い術ですので相当量のマナを必要としますが、最悪な事に、もうそのマナ自体があまりにも足りなかったのです。

最後の手段として私達は、私達自身の持つマナを捧げ、術を半ば強制的に行使したのです。

幸いな事に術は成功しました。

ですが無理に術を行使した事により発生した謎の亀裂に、私と兄は落っこちてしまい……落ちる際に私は、咄嗟に私の上にいた兄を亀裂に向かって力一杯蹴飛ばしたんです。

まあ少々乱暴だったとは思いますが、きっと兄は元の世界へ戻れたと信じています。

そのまま亀裂に落ちていった私は闇に包まれ意識を失い……気が付いたらこの世界にいたんです。

亀裂に落ちたはずがまさかの界渡りとなり、抜けた先が物質界なのだと理解した時には、もう言葉も出ないほどに驚きました。

しかも、何故かあれほどに枯渇していたはずのマナも地脈の乱れも完全に回復していて、世界は穏やかなマナに満ち満ちていました。

その時は知る由もありませんでしたが、地脈の回復はご主人のおかげだったのですね。

弱っていた体が回復したと喜んだのもつかの間、結果として私は元の世界へ自力では戻れなくなってしまったのです。

もう帰れないのだと分かり、私はショックのあまりしばらくは動く事すら出来ませんでした。

でも、一生漆黒の森から一歩も出る事なく生涯を終えるつもりだった私の目の前に、事故の結果とは言え見知らぬ世界が広がっていたんですから、考え方を変えれば、私は自身の種族の定められた運命から解き放たれたのだとも言えました。

かなり悩みはしましたが、好奇心には勝てませんでした。私は、とにかくこの世界を見てみる事にしたのです。

もしかしたら、この世界の賢者様にお会いして幻獣界へ帰る方法が見つかるかもしれませんからね。

以来、小柄な体を活かして荷物などに紛れて時には人の街へ行き、人の暮らしを眺めたり、季節の果物を森から収穫して食べたりもしました。

ただ仲間達がいないだけで、世界そのものはあまり変わらないのだと理解した頃、あの屋敷を見つけました。

最初は意味が分かりませんでした。

だって、建物の中はとても広くて綺麗なのに何故か人は全く住んでおらず、時折小さな人の子が来て窓を開ける程度ですぐに帰ってしまうんですから。でも、住処の無い私には最適の場所でしたね。

一応、万一を考えて建物の中にいる時には必ず姿隠しの術を使っていましたから、うっかり人の子が来ても見つかる事はありませんでしたよ。

ええ、皆さんがあの屋敷に来るまではね。

実を言うと、あのままこっそり逃げるつもりだったんですが、シャムエル様に見つかってしまいましたからね。

初めてあのお姿を見た時には、一瞬兄もこっちの世界へ落っこちてきたのかと思って本当に驚いたんですが、よく見ると兄とは全く違っていたし、少なくとも私の知る仲間の誰の姿とも違っていました。しかもちょっと太り過ぎな気が……ああ、失礼いたしました。いえ、何でもありません。気になさらないでください！

それにしても、まさかあれがシャムエルディライティア様だったなんて、改めて考えていたら、何故だか笑ってしまいます。

おこがましくも威嚇や尻尾対決までした私に、何も言わずにお付き合いくださったシャムエル様に改めてお礼とお詫びを申しあげます。

え？　どうしてシャムエル様だけでなく、皆さんまで笑っているんですか？　楽しかったから良いよ？　まあ、なんて心の広いお言葉でしょうか。

改めましてこれからもよろしくお願いします。不肖カリディア、精一杯ダンスのお相手を務めさせていただきます。

それから後は従魔の皆さんご自身の事や、ベリーやフランマ、タロンからもご主人がどんな方なのかに始まり、もふもふしたものがお好きな事や、意外に戦うと強い事、それなのに何故か警戒心が驚く程に無く、従魔の皆さんが協力してご主人をしっかりとお守りしている事などを教えてもらいました。

ああ、それにしてもまさか、まさか私を助けてくださったご主人が、世界をお救いくださった救世主様だったなんて！　何度考えても、信じられないくらいの喜びと感動にこの小さな体が震えます。

それならば是非、ご主人をお守りする際には私も参加させてください。

私、こう見えて守護の術や水の術は上位まで扱えますし、誰かを守るのは得意なんですよ！

それからもう一つ重要な事を教えていただきました。なんでもご主人は、朝がとても苦手でもの凄く寝起きが悪く、起こしてもなかなか起きないのだとか。

寝起きが悪いだなんて、そんな事があるのでしょうか？　と言うか、それは生き物として大丈夫なのでしょうか？

え？　人の子には割とある事なのですか？　まあまあ、それは驚きです。

我らがそんな迂闊な事をしていたら、あっという間に喰われてしまいますよね。

それで朝は、いつも従魔の皆さんが総出でご主人を起こしておられるのですか？

へえ、それは楽しそうですね。私もちょっとやってみたいです。

え？　是非一緒にやろう？　まあ、シャムエル様。お誘いくださって嬉しいです。では、どうやってご主人を起こすのか教えてくださいますか。

え？　じゃあ一緒にぺしぺししよう？　あの……ぺしぺしって何ですか？

へえ、そんな風にして叩くんですか。ああ、それはちょっと楽しそうですね。是非やらせてください！　お願いします。

ああ、明日の朝が楽しみです。早く朝にならないかなあ。

それにしても、横でこんなに私達が普通にお話をしているのに、ご主人は本当に全然起きませんねえ。

まあ、我らの事を信頼して寛いでくださっているのだと思えば愛おしさが募りますが、ちょっと心配になるくらいの無警戒さと熟睡加減ですねえ。

ああそうだ。ちょっと失礼しますよ。

私はそう言って、ニニのお腹にもたれかかって熟睡しているご主人の横へ行きました。

人の子のお顔は、全然毛が生えていないんですね。触るとつるつるです。

へえ、柔らかくてなかなかいい手触りですねえ……ああ、これはちょっと癖になりそうです。

私は思わずそう呟いて、柔らかなご主人の頬を両手でこねるみたいにしてもみもみしてみました。

「う、うん……誰だよ……」

その時、熟睡していると思っていたご主人が、不意にそう言って私を右手で捕まえたのです。

もちろんそっと握られているだけなので逃げようと思えば簡単に抜け出せますが、なんだか嬉しくなった私はご主人の力の抜けた指に自ら潜り込んで思いっきり頬ずりしました。

「きゃあ、捕まっちゃった〜〜」

我ながらとろけそうな甘い声が出て、ちょっと恥ずかしくなって笑っちゃいました。

「大変だ！　カリディアを助けないと！」

すると、笑ったシャムエル様がそう叫んで、私を握っているご主人の指の間に頭を突っ込んで潜り込んできました。

「お助けくださ〜〜い」

笑った私もそう言って、シャムエル様を引っ張り込みました。

「きゃ〜大変！　シャムエル様まで捕まっちゃった〜〜」

ご主人の抱き枕役になっているフランマが笑いながらそう言って前脚を伸ばし、私達の捕まっているご主人の握った手を上からぱんぱんと叩いています。

もちろん、爪も出ていないソフトタッチなので、全然痛くないし怖くもありません。

「カリディアとシャムエル様をお助けしないと〜〜！」

嬉々としてそう叫んだ猫族軍団の皆様とお空部隊の皆様が、一斉にご主人の手に集まり舐めたり甘噛みしたりし始めました。

「うん、何だよ一体……」

笑いながらそう言ったご主人が逃げるようにごろりと寝返りを打ち、私とシャムエル様を握ったままの右手を顔の前まで持っていくと、無意識なのでしょうが我らのもふもふ尻尾にすっぽりと顔を埋めました。

「はあ、何このもふもふ……」

妙に嬉しそうにそう呟いたご主人は、なんとそのまままた眠ってしまいました。

「捕まっちゃったねえ」

「捕まっちゃいましたねえ」

私とシャムエル様は顔を見合わせて吹き出すと、そのままご主人の手の中でくっついたまま丸くなりました。

「仕方がないからこのまま寝ちゃおうっと」

これまた妙に嬉しそうにそう言って目を閉じたシャムエル様の言葉に私も吹き出し、一緒になって丸くなり一つ欠伸をしました。

「じゃあ、井戸端会議はここまでね。おやすみ〜〜」

「おやすみ〜〜」

笑った従魔の皆様の声が聞こえて、皆ごそごそと寝る体勢になったのが分かりました。

そこで私ももう一度おやすみなさいを言ってから、シャムエル様の頭を抱きしめるみたいにしてゆっくりと目を閉じたのでした。

おやすみなさい、明日が来るのが待ち遠しいなんて、いつ以来かなあ……。

あとがき

この度は「もふもふとむくむくと異世界漂流生活」をお読みいただき、誠にありがとうございます。

作者のしまねこです。

何だか最近、毎回こう言っているような気がしますが、今回もかなり大変な大幅改稿の作業続きでした。

でも、何とかこうして無事にもふむくの八巻をお届けする事が出来ました。

今回は、二度目の早駆け祭りとその後のあれやこれやです。楽しんでいただけたでしょうか?

はい、そして現在小説家になろうにて執筆中の、もふむく最新話でも一緒にいるランドルさんと並んで、ほぼ準レギュラーとなっている貴重な女性キャラである、草原エルフのリナさんが登場しました!

そうそう、彼女の登場シーンって確かこんなだったよね。

美人のガン睨み、怖いよ〜とか言いながら原稿を書いていたのを思い出して、思わず笑ったのは内緒です。

ここで裏話など披露してみたいと思います。

実を言うとこのリナさん。初期設定の時点では、草原エルフである事と悲しい過去こそそのままですが、もっと豊満ボディーの豪快な性格で五人の子持ちの未亡人で、見かけはおばさん冒険者にする予定だったんです。

そうです。よく飲みよく食べよく笑い、ケンを勝手に息子扱いするような。決して美人ではないけれども、でも魅力的な肝っ玉母さんキャラになる予定だったんです。

しかしようやく出てきた貴重な女性キャラがそれでは、絵面的にも色々と問題ありかと考えてかなり悩んだ結果、こんな可憐な美少女キャラになりました。

まあ、中身はほぼ初期設定そのままですが……キャラの外面変わり過ぎやろ！　って突っ込みは喜んで受けます。

でも、結果として作者個人的にはかなり気に入っている魅力的なキャラになったと思うのですが、いかがだったでしょうか？　感想などいただけたら、作者が猫と一緒に転がって喜びますので、どうぞ遠慮なくお寄せください。お待ちしております！


そして、前回の七巻のあとがきに書こうと思っていたのに、色々と事件が起こり過ぎてすっかり忘れていたのですが、なんと前回の七巻の時点でデビュー二周年でした。

八巻現在、デビュー三年目に突入しております。

まさかのコンテスト受賞からの本作でデビュー。そしてこの二年の間で、なんと本編七冊とコミックス二冊で、合計九冊もの本を出版していただきました。ほぼ四か月に一冊ペースです。

もふむく一巻とコミックスの一巻は、重版もしていただきました。

本棚にもふむくの分厚い本が増える度に、何冊あるか数えて感動に打ち震えている作者です。

こうして引き続き本を出させていただけるのも、いつもお読みくださる読者の皆様のおかげです。

改めまして、本当に、本当にありがとうございます。

まだまだ愉快な仲間達の旅は続きます。どうぞこれからも、彼らの旅を一緒に見守ってやってください。


そしてちょっと個人的な報告など……。

七巻のあとがきでも少し書きましたが、母が家の中で転倒して左足大腿骨の根元部分を骨折、即入院からの手術となり本当に大騒ぎでした。

しかも時を同じくして、姉と二人同時にインフルに罹患して寝込むヘタレっぷりを発揮して、なかなか体力が戻らずもう本当にいろいろと大変でした。

おかげさまで母の怪我も、作者の体力も順調に回復いたしまして、母はリハビリ病院を無事に退院し、今は週三回の日帰りで、デイケアというリハビリ中心の介護をお願いしています。

今まで高齢とは言え両親ともに健康だったため、あまりそういった介護系の事には縁もなく無頓着だったのですが、そんな事言っていられませんからね。

姉と二人して、慣れない介護申請や保険の申請などに奔走しました。

そして、市役所の手続きのありとあらゆるものが超アナログすぎて、目が点になりました。

こういった事務系は正直言って超苦手な作者は、事務方面に強い姉がいてくれて本当に良かったなと、割と本気で姉を尊敬しました。

それから、今回インフルで寝込んで思った事。冗談抜きで、備蓄食料って大事ですよ。少しくらい買い物に行けなくても、そこらにいろいろと埋まっていた備蓄食料と冷凍食品とインスタント食品で、一週間くらい余裕で食いつなげましたからね。

そんな感じで、やっと少しずつですが日常が戻って来ました。

今回の事は過ぎれば笑い話ですが、日々の健康の大切さを思い知らされる出来事となりましたね。

それから、最後になりましたが、いつも最高に可愛くて素敵なイラストを描いてくださるれんた様に心からの感謝を捧げます！

届いたリナさんとマーサさんのキャラ設定を見て、そうそう、まさにそんな感じ！　完璧です〜〜！　と叫んだ作者です。

俺は全てを【パリイ】する

～逆勘違いの世界最強は冒険者になりたい～

鍋敷 著
イラスト カワグチ

I WILL "PARRY" ALL

「才能なしの少年」

そう呼ばれて養成所を去っていった男・ノールは一人ひたすら防御技【パリイ】の修行に明け暮れていた。

そしてある日、魔物に襲われた王女を助けたことから、運命の歯車は思わぬ方向へと回り出す。

最低ランクの冒険者にもかかわらず王女の指南役となったノール。

だが…その空前絶後の能力を、いまだノールだけが分かっていない…。

コミックアース・スターで
コミカライズも
好評連載中！

作品情報は
こちら！

才能がないと言われ、
磨き上げた最底辺スキルの
防御技【パリイ】で
無自覚最強は 
危機に陥った王国を救えるか!?

もふもふとむくむくと異世界漂流生活 ⑧

発行 ―――― 2024年7月18日　初版第1刷発行

著者 ―――― しまねこ

イラストレーター ―――― れんた

装丁デザイン ―――― AFTERGLOW

地図デザイン ―――― おぐし篤

発行者 ―――― 幕内和博

編集 ―――― 佐藤大祐

発行所 ―――― 株式会社アース・スター エンターテイメント
〒141-0021　東京都品川区上大崎 3-1-1
目黒セントラルスクエア　7F
TEL：03-5561-7630
FAX：03-5561-7632

印刷・製本 ―――― 中央精版印刷株式会社

ISBN 978-4-8030-1982-7